桃花源里桃花梦

T A O H U A Y U A N L I T A O H U A M E N G

苦竹 著

三辰影库音像出版社

图书在版编目（CIP）数据

桃花源里桃花梦 / 苦竹著 . —北京 : 三辰影库电子音像出版社，2018.2（2025.4重印）

ISBN 978-7-83000-310-4

Ⅰ . ①桃… Ⅱ . ①苦… Ⅲ . ①长篇小说—中国—当代 Ⅳ . ① I247.5

中国版本图书馆 CIP 数据核字 (2018) 第 004217 号

书　　名：桃花源里桃花梦
作　　者：苦　竹
出版发行：三辰影库音像出版社
地　　址：北京市朝阳区北苑路媒体村天畅园 2 号楼
出 版 人：王六一
印　　制：三河市天润建兴印务有限公司
开　　本：700 毫米 ×1000 毫米　1/16
印　　张：16.625
版　　次：2018 年 5 月第 1 版
印　　次：2025 年 4 月第 3 次印刷
书　　号：ISBN 978-7-83000-310-4
定　　价：42.00 元

《桃花源里桃花梦》简介

这是一部新农村建设的范本，桃村人的思想、政策、做法对各级政府特别是农村基层干部具有借鉴和参考意义。

桃村在党支部书记刘东山和村长林雷的领导下，广种桃树，以桃为业，以花为媒，举办桃花节，扩大桃村的影响。为解决水蜜桃的上市难题，推出奉化水蜜桃销售公司，推广新品种，指导、帮助桃农创收。创办村级企业，创办花木公司，承包绿化工程，发展果园，广开就业门路，壮大村集体经济，后来又根据村民要求，组建村建筑公司，建设花园式别墅村。同时也改造了周边环境，建造村文化大礼堂、村办公楼、旅馆、商店。桃村成了桃花源里的美丽桃村。

村子建设好了，他们以桃花为媒，利用后山自然资源，建设桃花走廊，望海楼景点，和新村景点一起，推出了“桃村景区”，发展旅游业，进一步壮大了集体经济，实现了村民家家住别墅，人人享受医疗、入学、就业、劳保福利的桃花梦。

他们的经验是：做大做强特色产业，农工商并进，利用自然资源，适度发展旅游业，建设美丽新桃村。

苦 竹

桃花源里桃花梦

桃花源里，
桃林幽幽，
桃花灼灼，
蜂蝶共人舞。

玉露香甜，
舌尖琼浆，
玉液生津，
玉露比蟠桃。

春暖桃园，
香桃富果，
金妪娇儿，
桃园梦成真，

——献给读者

苦竹 作

儒医同源　老骥伏枥（代序）

吾与苦竹先生相识恨晚，同学皆同志也。先生耄耋之年，然老骥伏枥，然读其《梦不言弃》《绿地山鹰》两篇文稿后，今又知先生的《桃花源里桃花梦》即将脱稿。

初阅长篇小说《桃花源里桃花梦》，疑作者系桃村人也，是也，非也。作者是农家之子，熟悉农事，实非桃村人也。文中全系农家创业之语，让人耳目一新。小说中，详几代人创业之艰辛，为民之劳苦，具巨匠之风，实事也。苦竹遵事而不拔高，当也。真真切切一掬男儿之泪，实实在在不失英雄本色。述一代人的男女之欢情而不肉麻，卿卿我我不失真情，恩恩爱爱恰到好处。

落笔之见形，如临其境。言情之悲伤，令人吞声。洋洋洒洒数万言，又是三年冬夏苦寒。阅稿知先生操行高洁，言同心声，文如其人。

史有儒医同源，愿济世度人者，孙文也，鲁迅也，亦苦竹也。

苦竹原杏林高人，治病救人已成巨匠。后习文又精，德宗华佗，比孙文、鲁迅同志也。

观《桃花源里桃花梦》一卷，叹情节文字之高超，难抑悲欢。

惊悟言之奇绝，不忍释卷。“读书破万卷，下笔如有神”。字里行间，可见一斑。千锤百炼，始成风骨。苦读勤练，唯公自知。

作者一人，而读家千万。评其文，见仁见智而风格各异。文章评述，当引为知己。万马齐喑，方才为悲哀。不愁百家争鸣，但恐文无评论。读苦竹小说，评先生之文，宏可见社会大概，微益显人情冷暖。看悲欢离合的故事情节，然知作家用意所在。

小说者，稍说也。唯先生知其真谛。怜其情也。

“功夫在文外”，文外之意，容读者细细品味。继而思绪万千，遂成百家之文说，是为个中三昧。借此《桃花源里桃花梦》出版之际，是为序。

杨士义

自序

《桃花源里桃花梦》是广大农村、农民追求新生活的梦想。

本书是一部以桃村（奉化萧王庙桃农）为载体，以奉化小有名气的新农村为依据的长篇小说。桃村青年是“文革”后期出生的一代青年，他们的父母亲都曾经历过“反右”、三年困难时期和“文化大革命”的洗礼，所以，他们追求新生活。到国家走上经济建设道路，社会安定，经济发展的时候，他们已经长大成人。所以，他们能发挥他们的聪明才智，为建设自己的家园而贡献青春。

这一代青年思想活泼，都有科学文化基础，敢于创造新生活。

当他们走上领导岗位，接过老一辈人的事业时，他们有了施展才华的广阔天地，从而带领村民建设美好家园。当我了解了一大批活跃在农村第一线的共产党员、青年干部时，我为这一批人的作为欢呼、骄傲。

青年人都要经历结婚成家的阶段，所以，本文的前半部分主要写了他们一边创业一边创造新生活的人生经历，完成了这一阶段后，就全身心地扑在事业之上，带领群众向幸福出发。他们遵循上一代人的发展思想，走农工商并进，发展集体经济。他们广种桃树，种花木，建果园；他们办厂，办公司，广开就业门路。不但村民富起来了，村集体经济也同步增长，从而有能力改河，造路，建新村，把家园建设好了，又发展了旅游业。这就是新的桃村。在奉化还有多多少少的农村，现在是各具特色，树木成林，河道清水，村庄漂亮的山清水秀的古村或别墅成片的新农村。中国农村已经是城里人向往的宜居宜游的良好选择。

奉化是桃乡，桃子是奉化的特产，奉化人种桃已有2000年历史。桃农靠桃生活已属过去，靠桃致富，已不稀罕。然而，桃农现在是以桃促游，以桃搞活经济，正在形成气候。所以，我在《桃花源里桃花梦》里总结新农村建设的成功经验是：因地制宜，寻找、扶持特色产业，并做大做强，农工商并进，充分利用自然资源，适度发展旅游业，这是农村发展的必由路子。能否走好这条路子，关键是村基层领导的思想和魄力。为欢呼千百个新农村，才写了《桃花源里桃花梦》。

苦竹

目录
CONTENTS

主要人物介绍

许桃红：刘东山的妻子，台塑经销公司经理。

刘东山：园艺师，桃村党支部书记，桃村集团公司的总经理。

刘祥庆：刘东山的父亲。第一任桃村党支部书记。

陈晓晓：刘东山的母亲。

许忠谊：许桃红的父亲，原奉化中学语文教师。

许诚谊：许桃红的叔叔，市建筑公司建筑工程师。

朱文学：密封件厂厂长，高级工程师，许诚谊的同学。

康家敬：许桃红的生父。

康家珍：许桃红的姑妈，奉化某初级中学的数学教师。

林忠华：桃村上一届书记。

林生民：桃村上一届主任。

林道理：林生民的儿子，纸箱厂工人。

林　雷：林忠华的儿子，复员军人，后任桃村主任。

林妙儿：林雷的母亲。

毛裕娥：桃村妇女主任。

徐蕾蕾：桃村会计。

章川田：农民，后来成为桃村民生纸箱厂厂长。

刘国苏：刘东山的堂妹，林雷的妻子。集团公司办公室主任。

章水涯：章川田的女儿。谢山嶂的妻子，桃红公司业务员。

谢国成：农民，原桃村副主任。

章芝蓉：谢国成的妻子，谢山嶂的母亲。

谢国勇：谢国成的弟弟，原孙家民生纸箱厂厂长。

章芝芳：谢国勇的妻子。

谢山嶂：谢国成的儿子，桃红公司业务员。桃村团支部书记。

汪　涛：园艺师，刘东山的同学，后来成为刘东山的得力助手。

苗小珍：园艺师，汪涛的妻子，刘东山的同学。

陈　明：桃村建筑工程公司经理。

王怡虹：刘东山的大学女朋友。

阿　贵：花木园林公司总经理。

刘云山：花木公司经理。

开篇词

在那风景秀丽的山村，
越过没有硝烟的世昏。
桃花源里做梦人，
聆听老人的嘱咐：
桃园须扩大，品质须提高，
后山该美化，村民盼新房……

风萧萧，风扫千古陈垢，
雨沥沥，雨唤美丽新村。
桃花源里做梦人，
书写时代的记忆：
桃园红，红透果香一片，
桃园艳，艳满别墅新村。

——献给桃花梦

第一章

刘国苏寻根回桃村 伯父母沉痛说家史

一

在20世纪六七十年代，刘祥福夫妇因说了一句“错”话而遭遇不幸。那时其女儿刘国苏还不到两岁，由大姨收养，成了孤女。风雨20年，时过境迁，世事沧桑已成了过眼云烟。如今，当年的黄毛丫头已长成亭亭玉立的姑娘。刘国苏应届高中毕业了。

七月，高考分数揭晓了，国苏和表姐都上了“一本”线，国苏考了679分的高分。在老师赞扬，同学们频频祝贺声中，刘国苏怎么也高兴不起来。因为她知道大姨家无论如何也供不起两个大学生。如果姐妹俩同时被高校录取，要上大学，两者只能取其一。

各高校录取分数线下达后，姐妹俩都进了省内大学的分数线。一家人都为让谁上大学纠结，她大姨表面上高兴，背地里愁眉不展，已有时日。大姨决定舍女就义，上几天已瞒着国苏同表姐商量：女儿，儿辈双双登科，本是一桩喜事，但家里情况你也知道，我家根本不可能负担两个大学生的费用。国苏考了高分，能不能让国苏上大学？你以后再说。

大姨要表姐放弃上大学的机会。表姐嘴里没说，背地里却在无声流泪，第二天，两只眼睛已哭得像金鱼眼。国苏知情后，满脑子的“我怎么办？”

眼看同学们说说笑笑，旅游的旅游，走亲访友的走亲访友，都处在难得的轻松之中。刘国苏却心情沉重，因为自己是大姨收养的孤女，没有理由与表姐争着上大学。如果我接受大姨的安排，顺水推舟，上了大学，我的心也就永远留有一条伤痕。今后，我将如何面对表姐，如何面对大姨一家。不仅如此，还将留下千古骂名，众人指责。表姐也会恨我一世的。倒不如我偃旗息鼓，忍痛割爱，主动放弃，让表姐上大学。可是，上大学是我一生的追求，关系到我一生的前途啊！我咋办？妈呀，你叫女儿咋办啊……

志愿表发下来了，她双手战战兢兢地久久不敢落笔。不填吗，我如何对大姨说？如何同老师说？但如果我填上了录取分数线内的学校，待录取通知书邮来时再向大姨提出放弃，大姨就会强行要表姐放弃，事情就难办了。填不行，不填也不行，怎么办？一天以后，国苏想，只有一个办法，把志愿填高到录取分数线不能录取的几个学校，造成没被录取的假象而主动放弃上大学的机会。决心一下，她瞒着大姨，违心地在志愿表上填上了北大、科大、哈工大、清华、复旦、交大。在满腹忧伤又装着若无其事的样子把志愿表交给班主任老师后，她掉头就走。走出校门时，她如释重负，但又是何等惋惜，何等凄楚。像湖上的浮萍逢干旱，前途难卜。她默默地流着泪离开学校。姑娘把一肚子的委屈像羊肉串一样都串了起来，收藏，并把它深深地埋了起来……

班主任老师看了刘国苏的志愿表，吓了一跳，说：这个刘国苏，难道没看过这些学校的投档分数线？他叫同学把刘国苏叫来。可是，国苏没有再去学校。

八月中旬，表姐的浙江医科大学录取通知书来了，录取在药学系。她欢天喜地，国苏忍着内心的忧伤，一面表示祝贺，一面帮表姐准备，内心的苦楚唯天可知。直到马上要开学了，还不见国苏的录取通知书，大姨只得送表姐走。

表姐赴校后，国苏仔仔细细地分析了今后的日子怎么过。找工作嘛，哪有这么容易。做农民嘛，心有不甘。左思右想，日夜不宁几天后，她想离开大姨家，投奔大伯家去。决心就这样下定了。虽然决心回老家，但老家人生地不熟，我有立足之地吗？大伯能接受我吗？桃村人能接受我吗？到了桃村也不可能有谁能培养我上大学……但是不走不行，我就去桃村探探路，找找大伯去吧。

时漫漫，几度风云。路迢迢，来日方长。刘国苏面对“月落乌啼霜满天”的处境时，想，落得如此地步，我何罪之有？

要走了，却又留恋起生活了近20个年头的小山村了。国苏在这个小山村里，在大姨的关照下度过了还算是无忧无虑的懵懂童年。她记得，还不太懂事的时候，是大姨送她到溪口上学。童年时代，星期天，她跟着大姨到田野里剪马兰、挑荠菜。有时跟姐姐到溪里拾螺蛳，同小姐妹一起去松树林里拾松枝松蛋。过年时，姐有新衣服，她也有，凡是好吃的总有她的份。她记得初中毕业考上高中时，家里非常困难，大姨是东借西凑才凑足学费，高高兴兴地亲自送她和表姐到学校的……

此时，这些情景又浮现在眼前。在她的记忆里，大姨如亲娘一样时时都在抚着她，尽管家里困难，还是培养她高中毕业。想到这些，她心里一阵难过：如今，我要投奔桃村去，说实在的，我也不舍得大姨，舍不得这个家。我走了，大姨的养育之恩未报，欠下了一笔债，何时才能偿还？

国苏是少小离家老大回，来到上山村后从未去过桃村，对桃村根本就没有一点印象。

桃村位于同山脚下剡溪之滨，全村204户，1008人。改革开放前，这里与其他农村一样，靠卖桃子的几个铜板艰苦度日。改革开放初，全国兴起打工潮时，虽然也有几个人外出，但绝大多数人都跟随刘祥庆书记改水改地，扩种桃树，以桃为业。直到21世纪，桃村已有万亩桃园，号称“天下第一桃园”。虽然大伯和伯母在她考上初中那年来看过她，可六年过去了，她对大伯和伯母的印象也不深了。如今去找他们，还不知能不能认识他们？她只知道老家是个桃乡，是奉化水蜜桃的主要产地。

刘国苏的头上蓝汪汪白亮亮的天穹，大地在大片大片的白云像挡阳板样保护下移动，她迎着火热的风尘，戴了顶白布帽，骑了一辆单车离开家。

一路之上，她遐思到自己未来的人生历程时，又伤心不已。一路上问了两个人，才找到桃村。

奉化的公路像是血管，汽车像流淌在血管里的血球，它们像为完成既有任务孜孜不倦驰过身边。短短的二十里路，一个小时就到了。还没进桃村，她就看到路边的汽车排成了长队，电动三轮、摩托车、电动车停满了大街小巷。车上全是桃子。她把单车停在路边，锁在树上，慢慢腾腾地走进村前广场。在那里，她举目无亲，一个人也不认识。眼前只看到堆积如山的桃箱，人们正在把一筐筐一篮篮的桃子装箱。然后一箱箱桃子被装上车。大卡车上装满了一排排标有"奉化水蜜桃"的桃箱，有人手里举着小红旗指挥车子进出桃村广场。眼前是一片繁忙的景象。

过了一会儿，她问了身边一位正在装箱的中年女子：大姐，请问，刘祥庆家在哪里？

那大姐抬起头来看了一眼国苏，转过脸去，高声地叫：大婶，有人找你。说着给国苏指指那一大堆桃箱边的老妇人，说：就是她家。

国苏来到老人的身边，说：伯母，我是国苏——

国苏？陈晓晓一时不认识国苏了。

唉！我是国苏。

陈晓晓又打量了一番站在面前的姑娘，认定是国苏后，说：你怎么来啦？走，回家去！裕娥——你帮我看着桃子，林主任过来时，叫他帮我把桃子卖了。说完带着国苏往家走去。

伯母，伯伯呢？

你伯伯去市青少年教育基地了。

伯母，我要回家，我要回桃村，桃村是我的血地（出生之地）。

噢！你要回来，你回来做啥呢？在陈晓晓的记忆里，国苏今年应该是高中毕业了，便问：你今年应该是高中毕业了，大学考取了没有？

没有。

成绩没上线？

不，我考了679分，重点线都上了。

那为什么没被录取？是不是你大姨不让你上大学？

伯母，这事你就不要再问下去了，好吗？我想到村里报个到。

好。你出来时，你大姨知道吗？

国苏点点头。

她同意你回老家吗？

国苏又点点头。

那我就带你到林书记家去，给林书记说说。

她俩一起来到林家。

妙儿，老林呢？

老林上桃山了。有事吗？这姑娘是谁呀？

阿姨，我是国苏。

国苏？让我看看。林妙儿一听姑娘是国苏，就放了手里的活。嗯，同小时候大变样了，成大姑娘了。

晓晓说：国苏，她就是送你到溪口上山你大姨家的阿姨。

国苏看了一眼林妙儿。

妙儿说：你俩找老林做啥？

晓晓说：国苏要回来，先在林书记这里来报个到。

妙儿说：国苏要回来，住到哪里去呀？她家的房子早在桃村改造时拆了。

这还用问吗？当然住我家啰！东山上大学后，他的房间空着，能住。

妙儿拉过国苏到自己面前，痴痴地上上下下地看了足有三分钟，她在寻找国苏父母的影子。他们被抓的情境再次浮现在她眼前，不知不觉中，眼泪就流了出来。

二

国苏在大伯母家吃了中饭，就回上山她大姨家了。

她大姨见她头上流着汗，双眼红肿地回来了，以为是因为没被大学录取，哭过了，便问：国苏，你去哪里了？中饭吃了没有？没被录取，也没关系，不用伤心，明年再考。大概是你志愿填得要求高了的关系吧？

大姨，我明天就想回桃村去，上午我已经去过了，伯母叫我住在她家。

干吗要去桃村？你是不是觉得大姨这里不好？

不，大姨姨夫对国苏恩重如山，国苏感恩还来不及呢！因为我长大了，我该回家继承父业。

噢！是这样啊！晚上，我给你姨夫讲，如他同意，明天，大姨就送你去桃村。

不用送，我自己能去。

第二天，国苏就把自己的衣服、被褥整理打包好，将铺盖装在行李车上，两手各拖着一个行李箱依依不舍地出门了。

大姨送她，也依依不舍地送了一程又一程，已经看不到村子了，抹着泪，才挥手回转。

三

国苏到伯母家时，伯母已经为她打扫了房间，烧好了水，把儿子的东西放在柜子的下格，留出上半个柜子给国苏。国苏打开行李箱，挂上蚊帐，就住下了。

自从刘国苏来桃村后，林妙儿脑子里经常浮现刘祥福被抓时的凄惨景象。故此，一天中饭后，妙儿就来到晓晓家看国苏。

晓姐！

哎！妙儿，快进来坐——

国苏忙给妙儿泡茶。

国苏，别忙，阿姨把你爸妈的事告诉你。让你知道你爸妈是怎样死的，好吗？

国苏从她大姨那里听过父母被害的经过。林妙儿要说，她不知如何回答，只是呆呆地等妙儿说下去。

林妙儿拉了国苏坐下，说:“文革”狂热的时期，你爸妈都在公社工作。那时，你爸是公社文书，你妈是公社妇女主任，我在公社办公室楼下信用社当会计。一天上班时，孙书记叫大家手捧毛主席语录，要早请示，晚汇报。大家读了一篇毛主席语录,算是请示了。喊完了“祝毛主席万寿无疆—祝毛主席万寿无疆——”回办公室后，你爸对这种形式主义提出了一些质疑。就是因为这些话，闯大祸了。这事被公社副主任、公社毛国林报告到县领导那里去了。不出一个星期，县里就派来了五个文攻武卫的兵，把你爸绑走了。我问你妈：秀恩姐，出了什么事了，怎么把祥福抓走了？她说：不知道呀！我说：秀恩姐，你去问问孙书记，到底是什么事？你妈去问了，孙书记说，县里以现行反革命罪把祥福带到县里去了。下午你妈就去了县里。后来传来消息说，你爸妈就都不在了。

国苏流着泪，痴痴地听林妙儿讲家史。父母亲被抓的画面再次在脑子里浮现，眼里泪水无法控制地挂在脸上，说：阿姨，我当时几岁？

妙儿说：你妈走的时候给我讲了一句，说是，万一情况不妙，叫我把你送到溪口上山你大姨家去。我就遵照你妈吩咐，三天后，把你送到上山你大姨家了。那时，你还不到两岁。

晓晓说：国苏，你爸妈死了后，你大伯花了九牛二虎之力，顶着造反派的压力，分两次把你爸妈的遗体运了回来。这是历史，历史无法修改，你知道了就行了。

妙儿走后，国苏两只眼睛蓄满了泪水，紧闭着嘴，强忍着泪水不让自己哭出声来。她恨死了那个平白无故遭灾的时代，也恨死那个毛国林了。整个上午，她坐在客厅里，双手狠狠地抓着头发，低着头，不停地流泪。

四

第二天，晓晓领着国苏到村委会办公室时，林书记迎了出来，说:欢迎！欢迎！我们老一代革命家的女儿来了！

坐定后，林书记说：当我们知道你想叶落归根后，我和林主任商量了，我们马上要成立桃村总公司，请你去当办公室主任。未去之前，帮裕娥做做妇女工作。你家的地，在分田到户时分掉了，没有桃园了，房子也没了。没关系，你先住在伯父家。桃村现在已经强大了，有你干的事了。

从办公室出来，晓晓带国苏去裕娥家。裕娥一家人都在包装桃子，她已经知道国苏是来协助她工作的，就说：好呀，欢迎，过几天，我把村里的情况给你说说，下星期一吧！

好！裕娥姐，我算是来报到过了，你要帮我，指导我。我刚出校门，村里的事一点也不知道，不知道怎样做工作。

好！下星期一说吧！我也忙不开。桃子吃了吗？裕娥用盆子盛了五六只桃子，放在国苏面前。

晓晓说：不吃了，家里有。下星期再说。

从裕娥家回来，国苏就帮伯母把桃子装箱，汗流浃背却手脚利索地把桃箱码在院子里。她刚把桃子装完箱，把空筐拿到后门去时，刘祥庆开会回来了。晓晓给老头讲：国苏来家了，她要叶落归根，已经到村里报到了，林书记叫她先帮裕娥做妇女工作。

祥庆说：好，我回来的路上碰到林主任了，他已给我讲了对国苏的安排。

国苏看大伯回来了，说：大伯，你回来了，国苏来家三天了，我要叶落归根，做桃村人。

好，回来好，儿承父业吧！你本来就是桃村人嘛。我本想等你大学毕业，动员你回村来。现在来了更好。过几天，我带你去看你爸妈的墓地，他们也在盼你呢！

晚饭后，祥庆对晓晓说：等我把会议精神传达后，我们带国苏去她爸妈的坟上，让她看看她爸妈。你准备一些香烛和祭品，到了墓地，让她跪在父母坟前，我们把她的身世说说，让她知道知道祥福的一生。

好！

第二天，刘祥庆老书记到村委会，向大家讲了教育青少年的要求和兄弟县市的一些经验，建议村干部在教育村民做文明村民的同时，要重视青少年的道德教育，要开展优良传统、礼仪教育，让革命后代知道今天的生活来之不易。也建议村干部清明节到烈士墓地扫墓。动员村民，家家有家训，有家规，村里也要议订村规民约。在大搞经济建设的同时，不忘思想精神道德教育。道德教育要从儿童抓起，只有重视了道德教育才能提高国民的素质。

五

两天后，祥庆同晓晓带国苏到了后山树林下的祥福墓地。点上了香烛，摆上了祭品，晓晓擦洗祥福和秀恩的遗像。国苏说：伯母，我来擦！

祥庆清理了坟上的杂草，培上新土。墓茔几经风雨，几经春秋，几经花开花落，依然似将军转战风云中的顽强。国苏流着泪一遍又一遍地擦着父母的照片，看母亲梳着短发着列宁装，一副慈祥的面容。看父亲的照片上斑斑点点，像个眉清目秀的青年。本该为党为人民做出更多贡献的时代，却不情愿地去了西天……嘴里轻轻地呼喊着：妈妈——妈妈——

国苏擦完父母照片后，祥庆叫国苏跪在墓前，自己则站在国苏的后面。祥庆对祥福说：兄弟，秀恩，国苏回来了，今天我带她到你俩面前，让你俩好好看看女儿……

话没讲完，国苏已号啕得泣不成声，断断续续地喊着爸妈：爸——妈——爸爸——妈妈——女儿不孝，今日才来看望，恕罪。女儿回家了，我会继承你们的遗志，完成你们尚未完成的事业……她一边挥泪叫爸妈，一边叩头不止，头叩得嘭嘭响。啼哭到后来，只听她“爸——妈——”的一声，悲痛欲绝地瘫坐在墓前了。祥庆和晓晓马上上去扶起侄女，并与她一起跪在地上，说：国苏，哭吧，让你哭个够。这是历史记证，这是任何人也不能埋没、否定的记证。好好向爸妈学习，不忘上一代人曾经栉风沐雨的过去，不忘自己这一代人的肩上重任，做一个有用的人，做一个像像样样的桃村人……祥福，国苏回来了，国苏不会忘记过去，定会继承你们的遗志，奋发图强，立志建设祖国，建设美好家园。我会支持她，村里也会支持她。你就放心吧——

国苏一直在一阵又一阵地恸哭。也不知过了多久，她抬起头来，抹把泪，说：爸——妈——我——我一定不辜负你们对我的期望。我在桃村会好好做事，好好做人。说完她又跪下叩了三个头，带着充血的眼睛和满脸的泪痕，站了起来。

祥庆说：国苏，给你爸妈敬杯酒。

国苏双手发抖，把两杯酒洒在墓前，又拜了三拜，回来了。

六

从坟地回来的路上，国苏问：大伯，那个公社副主任现在在哪里？

祥庆说：你说毛国林吧？“文革”结束时跟着县造反派头头逃走了，听说在香港浴室间做擦背工。最近有消息传来说，他死了。这是只没有脊梁骨的狗，也是个不知天高地厚，得势就嚣张的东西。你们这一代人没有经受过过去的苦难岁月，而我们这一代人吃够了田园寥落，骨肉分离，时难年荒世业空的历史时期的苦头。你爸初中毕业 15 岁就参加工作，一直在乡里当文书，几年后同你妈在乡政府结了婚，第二年就有了你。你妈当时是乡妇女主任。记得在“大跃进”年代，毛国林当革委会副主任，叫祥福没日没夜地去建小高炉，大炼钢铁。他不想去，当时毛国林就指责说，刘祥福，你对三面红旗是什么态度，注意点态度。迫于副主任的权力，说了句，炼什么铁，胡搞，但最后还是去了。

国苏铁青着脸，眼睛盯着大伯，脑子里想着，这是什么世道？这是共产党的干部吗？

国苏听了大伯大妈讲的故事后，心情沉重，好几天没有讲话。经常饭后就坐在自己房内思绪万千。中国共产党历经千辛万苦，浴血奋战，才建立了新中国，却为何会出现伯伯所说的田园寥落，骨肉分离，时难年荒世业空的时期？明明不是刀光剑影烽火连天的年代，却为何在善良的百姓家中仍会有动乱愁苦，落得我失去双亲，无家可归，我们何罪之有？

国苏念天地之悠悠，独怆然而涕下，无声流泪。

直到九点了，晓晓还是听到国苏房间里嘤嘤的哭声。她当然知道孩子正处在伤心欲绝之中，怕她受不了如此沉重的打击，走了进去，劝说道：国苏，这是历史，历史是不会因你我的反对而改写的，事实上，亦无须改写。即使你是铮铮硬汉，即使你是有铁骨柔肠的烈女，也无法洗净陈年污垢。不可能让经历者申平怨恨。你该振作精神，创造新生活。这才是告慰英烈的最好办法。

国苏点点头，说：伯母，你回去睡吧，国苏不哭了！

七

国苏回来正当时，这年，在她的帮助下，祥庆家很快摘完了桃子。大热天摘桃，挑着桃子下山，对像她这样的姑娘来说，够辛苦的。但是，国苏不叫苦。回到家里，还帮着做饭，洗衣。

桃子摘完了，国苏给伯母说，出来快一个月了，想去看看大姨。伯母说：好的，你带两箱奉化水蜜桃去，去去就回来，桃子摘完了，村里可能有事，总公司也需要你去筹备。

她说：好！

当天，她在大姨家吃了中饭，就回来了。

祥庆家后边，住着一户刚移民来村的李大嫂，她有个女儿叫李静，有台电脑。国苏在李静房间里用电脑写了一篇文章——《混沌的年代》。不久就在杂志上发表了。

国苏喜欢摄影，李静也喜欢摄影，两个姑娘拍了许多桃山、桃子、桃农、桃村、装桃、挑桃、卖桃、吃桃的照片。一张以国苏为主体的“美丽的桃姑娘”，在《奉化日报》上登出来了。

八

国苏在林书记办公室与书记谈成立桃村集团总公司的事，说：林叔叔，要成立集团总公司，我们只有两个子公司呀！

是呀，我准备马上组建“桃村建筑工程公司”，以配合新村建设。再组建“桃花源服装有限公司”，以促进村级经济发展，也可安排剩余劳动力，让村里的姑娘、大嫂子进服装厂。我们桃村，现在是单靠桃子收入，如果家里有人进厂、进公司，生活马上就会更好一点。国苏，你去协助组建，行吗？

好的，村里准备投资款了没有？

资金是有的，地址也选好了，在开发区四明路上。傅阿平厂长正在搞厂房设计。你去了，是去当他的助手，具体事，厂长都会落实。你去帮帮就行。

好，我明天就去那里。

傅厂长把桃花源服装厂厂房、附属用房一年就建成了，机器也进来了。国苏报告书记，林书记又叫林主任贴张布告：欢迎村民去服装厂做工，有技术特长者优先，到村委会刘国苏办公室报名。

一星期后，有 12 个人报名。一个月后，刘国苏开始组织服装厂新工人培训，用以老带新的办法培训新职工。

这个厂生产传统西服，服装主要出口到西欧，也生产职业装，均系各大公司、机关单位的工作服。由于各道工序的绝大部分技术工人都是其他厂里调过来的，质量不太成问题，所以，很快就形成了规模。筹备到投产，仅花了一年多时间。

新职工培训结束后，桃村总公司也成立了。林书记就把国苏抽回来，正式任命她为总公司办公室主任。

九

放寒假前，晓晓想在书房里放张床，让儿子住。正在准备床时，国苏看到了，说：我早就想到这事了，伯母，你别麻烦了，哥哥假期时，我住到办公室去！

办公室哪里还有房子让你住呀？

有，我看好仓库间了，可以放一张床。

国苏把办公室后的杂物间整理出来，放了张床，被子枕头也拿来了。

林书记看国苏在整理仓库间，就说：国苏，这里太挤，东山放假回来，你就住到我家去吧。雷雷当兵后，他的房间空着。

国苏说：谢谢林叔叔！不去了。他的房间他回来要住，我住了，到时候还得搬，麻烦。我还是住在这里好。

这间房间只能放一张单人床，只有一个小窗。国苏把它搞得清清爽爽，住下了。房间虽小，但她因有了自己的房间而高兴。就这样，库房成了国苏临时的安身住室。国苏虽然感到住仓库的寒酸，但在无处安身的情况下，总算是解决了安身之处。

林书记回家后，把刘东山放假回来，国苏住仓库间的事告诉了妙儿。妙儿说：这仓库间怎么住呀？国苏可怜相，呒爹呒娘（方言），我去叫她到这里来住。说完她急急忙忙地来到村委会国苏的办公室，国苏，走！住到我家去。我儿子的房间空着。说着拉了国苏就走。

国苏从小没有体会过母爱，妙儿像母亲样地关心她，她感到了亲情，像是得到了母爱，得到了幸福。从此她就住在林家，过着不是女儿像女儿，不是林家媳妇像媳妇的生活。

放寒假时东山回家，国苏被妙儿叫去，住到林家去了。晓晓想，这不行，叫东山住书房就行了，就到林家去叫国苏回家。妙儿把国苏拉到怀里，死拉着国苏不让她走。晓晓看妙儿的态度说：妙儿，你想把国苏当干女儿还是当媳妇啊？

妙儿说：可以呀！当干女儿可以，当媳妇就看你愿意不愿意了！

不是我愿意不愿意，是看国苏愿意不愿意。

妙儿说：国苏，你愿意吗？

两个长辈的讲话让国苏面红耳赤，她依偎在妙儿怀里，妩媚地对妙儿笑笑。

第二章

好儿郎转业回家乡 兵哥哥钟情西施女

一

时间像流水，国苏来桃村一年多了。

刘国苏经常住在林家，得到林书记夫妻俩无微不至的关怀。林妙儿看国苏生得漂亮、伶俐、稳重、秀气，逐渐喜欢上她了。林书记看国苏做事认真，也喜欢上了。这一年多，刘国苏已经深深地感到林家夫妻俩对她的关爱。国苏也喜欢去林家。

林雷当兵后，在给父母亲的来信中，写的大量的内容都是军营生活，从来没谈起过有没有女朋友。妙儿写信问他这方面情况时，他也只字未提，好像当兵人不需要儿女情长，好像“婚姻”两个字已被遗忘了。事情的发展情况就是这样，林雷只字不提，老夫妻更加关心儿子的婚事。因为完成儿子的婚事是老夫妻一大心事。

有一天晚上，妙儿多次想同老林商量的事终究是说了出来。老林，我们探探国苏的想法，如她能来我家，成为我的媳妇，那是再好不过了。

你是皇帝不急太监急，我还担心人家国苏愿意不愿意来我家呢！年轻人的事让他们自己去解决，姻缘没到，顺其自然吧！

你这个人呀，真够呛，脑子里全是桃村如何发展，村民收入如何提高，家里的事一点也不关心。国苏比雷雷小几岁？

比雷雷小两岁吧？具体，我得去看看她的履历表。

我去给儿子写封信，告诉他，我们看上了一个姑娘。顺便把国苏的情况给儿子介绍介绍。

看，你又急了。

妙儿给儿子写信中介绍说，国苏是刘伯伯的侄女，聪明秀丽，为人大方，办事认真。高中毕业后来到桃村，是村总公司办公室主任。我喜欢这姑娘，你能写信同她谈谈，结成朋友吗？

信发出已有半个月了，妙儿天天等儿子的信，可林雷始终没有消息。妙儿就很想在国苏那里探探姑娘的心思。碰巧，星期六上午十点多，国苏接到祥庆电话，叫她来家吃饭。国苏来家时在路上碰上了妙儿。

妙儿说：国苏，到哪里去？

伯伯叫我去吃饭。

到我家吃吧！阿姨有话问你。

那就现在说吧！

路上不好说，到家，阿姨好好同你谈谈心。

那么，我吃了饭过来。

妙儿点点头，也好，我在家等你啊！

国苏在伯母家吃了饭，祥庆就叫国苏去了书房。晓晓看老头神秘得很，想问又不敢开口，看着他俩上了楼。

祥庆点了支烟，同国苏相对坐着。国苏，伯伯问你，你有男朋友吗？22了，该成家了。

一句话，一瞬间，国苏低下了头，脸就红了。

你说呀！伯伯面前要讲真话。

国苏摇摇头。

那好，伯伯给你介绍个男孩子，好吗？你看林雷怎么样？

是不是林书记的儿子？

是的。老林没给你讲过吧？

国苏又摇摇头。林阿姨叫我吃了饭就去她家，她说有事要问我。

刘书记听了国苏的话，脑子里立即就想到，可能林妙儿看上了国苏，要为儿子介绍对象了，就说：那好，你去吧！我估计林阿姨找你也是这事。

伯伯，那个林雷怎么样？我在他家看到过他的照片。

林雷呀，个子与你能配对，孩子很正气，懂礼貌，行为端正，村里人都说他是好青年。妙儿给你谈了后，把情况同我说说。去吧！

果然，妙儿同国苏谈的也是这事。从妙儿的话中，国苏知道了林雷在高中二年级时，部队来学校选飞，体检合格后去了部队。后来部队复查时，发现他有鼻膜炎而当了步兵。

国苏说：阿姨，等等，等他回来探家，或者信上交流一段时间后再说吧！阿姨，你说呢？

好，我写信问他。国苏，有照片吗？

阿姨，写信可以，你在信上千万别说这里有姑娘在等他，他当兵站岗，不能分心。说着她从手提包里找出一张高中毕业时的照片，递给林妙儿。

好，好姑娘。

当晚，妙儿留国苏在家吃饭，饭后又同国苏讲了许多话，介绍了林雷在部队获得的奖状、证书，也让国苏看林雷的照片。国苏看林雷穿着军装，背着支冲锋枪，目光炯炯，挺胸收腹，精神抖擞，真是英俊帅哥。国苏的脸就红了起来。

国苏在读高中时曾听小姐妹说过，军人是一群特殊群体，这个队伍有严格的组织纪律，个个都是铁打的汉子无敌的兵。虽然，现在的兵不需要上战场，但他们都是不怕苦、不怕死的英雄。国苏到底是姑娘，心里喜欢，嘴里却不肯讲。

她从妙儿那里回来，没主动给大伯讲他们讲的事。但从她的表情上看，肯定是喜欢上这个家了。

不多久，刘东山大学毕业回了桃村。国苏把东西全搬到仓库间去了。林书记不想让姑娘住在这样的房子里，邀国苏去林家住。国苏还是没长住林家，但去林家更频繁了，有段时间还吃住都在林家。

二

林雷接到母亲的来信，知道老妈说的那姑娘是刘伯伯的侄女，也看到了信上夹去的国苏的照片了。他反复看了照片后，心里喜欢，很想能立即交流交流，于是写信说，妈，你把信交给国苏，请国苏再忙也要给我来信，我们交流交流。关于婚事嘛，慢慢再说，待我们先信上交流了，再做决定。另外，听团长说，自己有可能提干。就是这句“慢慢再说”让妙儿不高兴了好几天。

国苏发信还不到一个月，林雷所在的部队缩编的命令下达了。林雷在侦察兵部队当了五年兵，因军委决定裁军，他所在的部队干部集体转业、战士复员。本已上报提干的他，要复员回来了。林雷马上又给父亲写了封信，说是情况有变，因部队缩编，很快就要复员回家。并把这个消息告诉了国苏。

妙儿知道儿子要复员，就告诉了国苏。国苏说：我看到他的信了，复员、提干都是正常的事。当兵五年了，是得回来了。

是呀！五年不见，不知长高了吗？

国苏说：阿姨，你想儿子了啊？可惜呀！如果提了干回来，多好。现在也好，就回来吧！

晚上，国苏手里捧着林雷的信，又从包中取出林雷的照片，自言自语地说：还慢慢再说吗？男子汉，一点也不果断。

不几天，国苏又接到林雷的信，说是时间定了，三五天后就可起程，估计星期天到家，我们的事，回来再说。国苏又电话告诉妙儿，说，林雷星期天到家。

星期天早晨，国苏同妙儿一起到城里菜场买菜。阿姨，今天你只管买菜，买完了我埋单。他们部队在北边，可能好长时间没吃家乡菜了。还有我们南方人爱吃的糯米食品，买些糯米块吧？

好的，好的，你陪着我就是了，我养的儿子还会不知道他想吃什么呀？

他喜欢吃梅干菜烧肉，所以要买点肉，他还喜欢吃萝卜丝烧带鱼，也该买几条带鱼……妙儿像是自言自语，也像是说给国苏听的。

是，是，是——当然是娘知道儿子的食性啰！

下午三点，林书记的手机响了。爸爸，我已经到奉化了，我们奉化兵集体到民政局去报到，所以，晚上回家可能要到六点多了。

没有关系，家里等你吃饭。老林又电话告诉了妙儿。

刘国苏今天一天没离开林家，整天帮妙儿洗、烧，搞清洁卫生。整理林雷的房间后，她自言自语地说：你来了，房间还给你。这时她才想到，该打扮一下了。这个从来不化妆的女孩，今天对着镜子还施了淡妆。穿了件大红的毛线衫，原本就挺拔的胸部挺得高高的。妙儿把饭菜都准备完了，国苏上楼穿上羽绒大衣，在房间里等他。此时，她心里有点不自在了。

快七点了，林雷才一身军装，背着那条已经发白的草绿色军被，手里拖一只大旅行箱到家。妈——我回来啦——

回来就回来嘛，大惊小怪的。把东西放在下面，让我看看长高了吗？胖了还是瘦了？

林雷笔挺地站着，举起右手，向妈妈敬礼，报告老妈，儿子林雷前来报到——

好，好，好！是一个军人的样子了，嗯！高了，也壮实了，但是黑了。身上有一股子臭味。晚上得好好洗个澡。

林书记下来了。林雷又立正说：报告老爸，老兵复员了——

好的，坐。

林雷回来时，国苏正在楼上她经常住、现在又得交还给林雷的房间里。听到林雷的声音时她就心跳加快了一阵，有些手足无措，知道日夜思念又未曾见面的人来了。

老林在楼下大声地叫：国苏——吃饭——

刘国苏听叔叔叫她，又脸红又心跳，哎——来了——

林雷听老爸叫国苏，说：她在家啊？

老妈说：国苏经常在家，在你住的房间里，等你一天了。

国苏大大方方地出现在林雷面前。林雷看国苏洁白的皮肤修长的腿，高耸的胸部圆圆的臀，鸭蛋形脸盘粉红的脸，弯弯的眉毛玲珑的嘴，像是西施降临人间。感到国苏好漂亮啊。

刘国苏眼睛瞟到林雷，觉得林雷好英俊，就低下了头。不管林雷是不是在看她，她不声不响地坐在妙儿旁边。虽然，她平时大大咧咧，但此时此刻，她低着头，不敢说一句话。

到底是当兵的人胆大。林雷说：国苏，你来桃村多久了？常来我家吗？话一出口，林雷自己也承认是多此一问。

来桃村一年多了，有时来看看叔叔阿姨。我信上不是告诉过你吗？部队辛苦吗？好好休息几天，明天我要上班，到下午下班了，我会来家。

林雷听到国苏讲会来家，心想，她已经把这里当成自己家了。

饭后，国苏回到她经常住的，现在要还给林雷住的房间，洗了脸，刷了牙，又上了点妆，走了。阿姨，我走了，明天晚餐我回来吃。

妙儿说：国苏，你那里的被子够热了吗？要不要再拿床被子去！

阿姨，有垫被吗？我那床垫被太薄。

好，你等一下！没两分钟，妙儿把一床旧被交给了国苏。

三

林雷看在眼里，心里有数，一家人都已经把她当成是自家人了。看到她的一举一动，他也喜欢她。他心想，要找个机会，好好交谈交谈，女孩子终归是女孩子，我得主动一点，找她坐下来谈谈心。

林雷到家，有的是时间，第三天就有了第一次约会。

第一次谈心是在国苏的办公室里。那夜月明星亮，窗外桃花已经含苞欲放，国苏泪流满面地向自己心爱的人讲了自己出身，就是因为自己是孤儿，考了 679 分还是不得不放弃上大学的机会，不得不离开大姨家，投奔桃村而来……

林雷一次次劝国苏，国苏，不哭，国苏，不哭，我们共同努力，将来是美好的，我们共同努力，打造一个美满温馨的家…… 说着递过手帕给国苏擦泪。

这次谈话让林雷同情国苏的遭遇，赞美国苏毅然放弃上大学的精神，也赞成国苏回家继承父业的不畏困难精神。直觉告诉林雷，这是个知书达理的姑娘，这是个敢于面对困难的姑娘。

国苏又讲了来桃村后得到林书记和村干部的关爱。我感谢林叔叔的关心，感谢阿姨对我无微不至的关心和照顾，让我有了家的感觉，或说是回到家的感觉。阿姨和书记是我的再生父母……

林雷听了很感动，笑着对国苏说：我知道他们都喜欢你。确实，你也是个有为青年。

林雷也讲了五年部队生活，战友间的情。当讲到青年人的儿女情长时，林雷说：高中读书时，我是野小子，只知道功课，只知道玩，没有注意过女同学。到部队时，当了团长的通信员，没有机会接触女性。所以，我在谈情说爱方面是沙漠荒野，不见鲜花草地，更不要说了解女孩的情操了。说来可能让人不信，到接到母亲来信介绍你时，我才想到人生还得上一个台阶，还得建立一个家。这就是男孩子，不懂事的小男孩。你信吗？

我信，其实，女孩成熟比男孩早，高中时，我们班上已经有人谈情说爱，有师生恋、同学恋。只是我和表姐都是不被人看好的山花。客观原因是家里条件不允许我们分心。说实在的，我也从来没看上哪个男生。大概是有姻缘的，我来桃村后就喜欢上你家了。到阿姨给我介绍你时，我像花蕾得到了春风暖阳，一发不可收拾，想你了。

是爱情力量的伟大吧？

在以后的交流中，国苏也了解林雷的志向，为人处世的态度以及在恋爱、婚姻方面的严谨。两人的心越来越近，都认对方为知己了。

到了这时，国苏已彻底相信自己已扫尽历史的血痕，新生活将不再有海棠血泪。山悠悠，地悠悠，春光无限催花蕾。

四

林雷回来后，国苏基本上中晚饭都在妙儿家吃。一天晚餐时，林书记回家跟妙儿说：今晚我们不要等国苏了，国苏到服装厂去处理劳资纠纷了。裁剪车间的鲍主任在同劳资科诸小平科长吵奖金，傅阿平厂长不在家，国苏主动去调解了。

林雷说：什么原因吵嘴？

老林说：裁剪车间接连发生三次裁剪尺码差错，根据厂里规定，要扣当事人半个月奖金，车间主任也要扣20%奖金，全车间扣10%。鲍主任不服，说是我被扣除20%没意见，全车间都要扣10%不合理。诸小平说服不了，就报告到总公司。国苏当即赶到服装厂给鲍主任说：傅厂长不在家，鲍主任同诸科长吵奖金，我们得按规定制度办事。你有意见，待厂长回来再同厂长说，奖金暂时扣着。

林雷了解了经过，吃了饭，便骑着单车去了服装厂。他刚进厂部办公室就听到鲍主任说："你是总公司办公室主任，你是代表总公司来的，你说奖金暂扣着，职工却在等奖金，你说这件事咋办？

国苏像久经沙场的人民调解员，不慌不忙，坚持原则，面带笑容，说：厂规章制度定的时候征求过大家意见，现在你说制度不合理，说诸科长太死板，我想，等傅厂长回来，请示厂长后再决定。你们车间的奖金过几天再发。

我说呀，刘主任，我再说一遍，我们这些工人都在等待奖金，你要扣住不发，你的良心到哪里去了？你要为工人想想啊！鲍主任把矛头对准了国苏。

国苏不跟他吵，但是坚持自己的意见，不肯松动。双方僵持在那里。

林雷站在国苏身后专心听大家意见，不敢随便发表自己的意见。他问国苏：按不扣计算，平均每人能发多少？

1168元。

你让个步，每人先发500元。等厂长回来定了，再补足。

那你帮我说吧！

林雷站到国苏前面说：同志们，我是林书记的儿子，刚从部队回来，听了你们的意见，我征求了刘主任同意后，先发每人500元，留下来的数，待厂长回来后再说。我们这样的决定，主要是考虑工人的生活。行吗？

鲍主任听了林雷的话，说：嗯，这样才对。便带头离开了现场。工人们也跟着鲍主任走了。

现场静下来后，林雷说：饿了吗？乘我单车回家去，肚子饿坏了，要生病的。

国苏对林雷笑笑，跳上自行车后座。胸部贴着林雷的背，感到很温暖。

在处理这件事中，林雷感到国苏有魄力，一个姑娘能不急不躁地面对众多人，能坚持原则处理矛盾纠纷，确实已经不易，是个人才。

林雷帮国苏处理这件事，也让国苏感到，林雷比自己灵活，他想到的是工人生活，我却没想到，如此处理又不违反厂里规定，可谓是合情合理。我相信厂长会同意这样处理的。

林雷带着国苏到家时向楼上喊：妈——饭还有吗？国苏还没吃饭呢！

有！我来，只热一热，简单。

妙儿下楼来，看两个孩子亲亲热热地回来，心里像蜜样甜。

国苏确实是饿了，中饭吃了一点点，临下班就去了服装厂。与鲍主任讲了半天，连一口水都没喝。

妙儿为国苏炒了份蛋炒饭，泡了盆紫菜虾米汤。林雷坐在国苏旁边，看着国苏吃饭。慢慢吃，喝口汤，当心！烫——

国苏抬头给雷雷笑笑，雷雷，晚饭后，我去你房间洗个澡，洗了澡再走！行吗？

林雷点点头。

国苏吃完饭就叫：阿姨，我的洗脸毛巾和洗澡的浴巾呢？

我放起来了，我来拿。

妙儿进去拿毛巾、浴巾的时候，国苏已脱得只剩短裤胸罩了。白嫩的肌肤，乳房挺拔，充分显示了女性的美。国苏，你要洗头吗？阿姨帮你洗。

好，谢谢阿姨！

妙儿像母亲为女儿洗头一样，仔仔细细地给国苏洗了头，就出来了。妙儿下楼就看到林雷脱了棉衣，在院子里打拳，全是部队训练的那个样子。出汗了吗？别冻着了，等国苏洗完了，你也好好洗洗。

林雷打完拳，看国苏还没开门，在门外叫：好了没有？

国苏在里面回答：好了，好了！你来吧！我在吹头发。

国苏看林雷头上冒着一丝丝热气，头、面颊都在流汗，便说：快脱衣服，你的汗衫、衬衫肯定湿了，脱下来，等等，我给你洗掉。

林雷三下五除二，一下就脱得只剩短裤。国苏看林雷身上的皮肤没有手脚、面部黑，尤其是胸背部，还称得上白嫩白嫩的。肩宽腰圆，四肢、胸部肌肉发达，身体匀称，雄性体态明显。国苏拿起衣服一闻，嗯，臭死了，真是个臭小子。

林雷说：这就是当兵的人，部队到了没水的地方，还要臭。

当兵人苦啊！

但是战士不怕苦。我也没觉得苦。

看林雷进了浴室，国苏就抱着林雷的衣服下楼。妈——雷雷在洗澡，他换下的衣服我拿走了，明天上午叫他到我办公室来，我同他一起去买几件衣服。

好，我会告诉他。

国苏提着衣服就走了。妙儿第一次听国苏叫她妈，心里好甜。经国苏提醒想到，儿子是该买几件衣服了。

五

国苏回到她的住处为林雷洗衣服时，看那些军装都已发白，衬衫领子也破了，军裤上、军装袖子上各有一条好大的青草迹，再搓再洗也洗不掉。洗一件，闻一下，臭，再洗，总是有汗水的酸臭，便自言自语地说：这些兵啊，在军营里，衣服再洗也不清爽。他回来后，总不能叫他还穿军装吧？

明天，给他买几件挺括一点的衣服，让他穿上更帅。想到这些，国苏心里甜蜜蜜的。

第二天上午，国苏坐在电脑前制定总公司各级干部工作职责和操作规程，等林雷。十点多了，却接到林雷电话说：国苏，我上午来不了了，几个老兵约我有事，下午吧！

那你就去嘛！

上午几个老兵坐在一起商量办个公司。到中午一点多了，林雷才来到国苏办公室。国苏说：吃饭时间过了，我们去快餐厅，边吃边讲。他们俩并肩去了华莱特快餐厅。

国苏点了三样菜，一瓶红酒，边吃边讲。林雷把战友商量办公司的事说了。国苏说：好啊，这么快就就业，挺好。

林雷说：我可没有做过生意呀！

没关系，做了就会了。去吧！

下午，国苏同林雷一起跑了好几家服装店，里里外外的衣服都买了，两人高高兴兴地回到家。

妙儿这一段时间来总是笑口常开，林雷和国苏相处得挺亲热，心里蜜样甜。她在等待小两口告诉她，我们要结婚的喜讯。看他们俩有说有笑地走来，就迎上去，接过国苏手里的包包箱箱，说：等你们吃饭了，饭都冷了。国苏，中饭哪里吃的？买衣服花了多少钱？她顺手把钱递给国苏。这两千元给你。

阿姨，我们在外面吃快餐。我有钱！

死娘子，早就叫妈了，一下又改成叫阿姨了呢？

妈——

哎——老头——吃饭——

饭后，国苏推林雷上楼，说：洗澡去！洗了澡，新衣裳穿起来让我看看合适不合适。

林雷做事雷厉风行，脱衣服也是，没用一分钟就脱得精光。国苏怕难为情，不敢看林雷脱衣服，面朝外坐在床沿上。待林雷进了浴室，才把林雷换下来的衣服拿到脚盆里，把新衣服一件一件展开，放在床上。

林雷出来了，这下国苏看到了林雷赤裸裸的身体，既然看到了，也就不怕难为情了。林雷拥抱了国苏。国苏抚摸着林雷的背，用鼻子闻了闻……把衣服递给林雷。这样才不是臭小子，把衣服穿上。

第三章

刘东山学成成村官 同学情用心帮桃红

一

刘东山从初中开始，年年都是三好学生，年年都是优秀班干部、学生会干部，成绩年年都优秀。晓晓和祥庆都相信儿子是品学兼优的好孩子，将来一定有出息。

在他读初中时，家里生活非常困难。考上高中后，为了让他上高中，二老到处借学费。后来，晓晓又卖了婆婆给她的首饰，决心培养儿子。东山读高中时，为了凑足学费，还清债，晓晓还去城里给人家护理产妇娘。

东山知道妈给人家护理产妇娘后，觉得妈太辛苦了。放假归来曾哭着对妈说：妈妈，我假期去打工，你就别去做护理工了，好吗？我跟陈明叔叔讲过，他同意我去他那工地做泥水小工。就这样，三年高中，他做了两个寒假的泥水小工。

东山在读高中时，生活非常节俭，从不多花一分钱。高中毕业了，高考成绩虽然没上国家重点线，但超“一本”30多分。当时，晓晓和祥庆已准备了钱，让他上大学。

祥庆问儿子：东山，你准备考什么大学？

儿子在父亲面前说出了他的理想。他说：世界上先进国家都重视环境绿化，我国城市绿化也正在形成气候，这是人心所向，势在必行，即使像我们桃村，谁不想住在花园一样的环境里。我们桃村种桃，种桃也要科学选种，科学施肥，科学管理，所以，我想上浙江农业大学园林管理系。

父子俩讨论后，祥庆同意了儿子的选择。

二

上浙江农大两年时，国苏回来了。晓晓一心操在国苏那里，没有过多地关心东山。他还是每个寒假都到陈明的建筑工地去做泥水小工。做泥水小工辛苦，回来一身泥一身灰，不是国苏给他洗衣服就是娘给他洗。暑假里则跟了老爸上桃园。

好容易培养到东山毕业，爷儿俩为就业的事，谈了一个晚上所谓“志向”，后来东山就成了桃村“村官”。晓晓只知道当干部，从来也没听说过做农民的“村官”。“村官”是干部吗？难道这“村官”就是爷儿俩说的“志向”？晓晓知道儿子大学毕业回家的第二天，他曾自已跑到市园林管理局去过，人家也要他，却被老头的死脑筋给他留在桃村了。说是在农村大有作为，当“村官”好。

她搞不明白现在的青年人脑子里在想点啥？当“村官”容易吗？一个两百多户、千把人的村子容易调理吗？可是儿子像他爹，心在桃村，心在村民，把心扑在村里。

当妈妈的就不一样，26了，该结婚了，但对象的影子也没一个。晓晓知道，儿子读高中时，有过一个叫许桃红的姑娘，上了大学就再也没讲起了。他好端端的姑娘摆着不要，还找啥样子对象呀？要么就已经在大学里找了对象了，因此，晓晓很注意儿子的书信来往。果然，东山大学毕业回来后不久，晓晓曾看到过一封从德清寄来的信。看信封上那秀气的字迹，就推测是东山的女朋友寄来的。可是，自那封信后，好长时间再没有消息。当然，这是她的直观。晓晓无法知道是否有书信来往。无论如何，时间已过了一年多了，为什么东山从来没有谈起关于“德清”的情况。像在等车，看不到汽车，也该有点汽车的声音呀，好像汽车开在路上出故障，抛锚了。这种事，东山不说，她也不好问，但儿子 26 了，该结婚了。他不急，做娘的能不急吗？眼看自己年纪大了，媳妇却还在天涯海角，他嘴里不说，心里肯定急得不得了。

三

国苏经常去林家，与妙儿有说有笑。晓晓推测妙儿为儿子选了媳妇而高兴。可是，我无法为儿子选姑娘呀。此时此景，让晓晓再次想起许桃红。

许桃红是奉化许家人，她的婶婶是晓晓的表姐。她在她婶婶那里了解过桃红的家庭情况。许桃红原名康桃红，她是康家敬和苏丽英的女儿。康家敬和苏丽英都是日本留学生，学成后回国任教。康家敬是数学教师，苏丽英教英语。1959 年，两人双双被划成右派分子，劳教一年后“戴罪任教”。1973 年，“文革”期间又以“日本特务”的名义把康家敬带走了。隔了几天，又以“颂洋媚外，里通外国罪”，把苏丽英也带走了。那时，康桃红还只三岁多一点。康老师的好朋友，考虑再三，还是偷偷地把孩子送到奉化许家康家敬的妹妹康家珍处。后来，妹夫许忠谊因为久无兄长的消息，把康桃红改了姓，叫许桃红。当时的许忠谊和康家珍也有一个同样大小的女儿许山花，生活也困难，虽然两人都在奉化一所中学里教书，因为头上也有“右派”帽子，所以也低着头在造反派学生的监督下扫马路。许桃红送来许家后，使得康家珍家的生活更加困难。好在三年后，“文革”结束了，学校也开始上课，许忠谊和康家珍也恢复了教职。许桃红和许山花 7 岁时到江口上学。后来，姐妹俩又在奉化中学上高中，许桃红与刘东山同班。高三时，东山曾带桃红来过桃村，晓晓看姑娘很秀丽，很懂礼貌，心里喜欢，很想留她住几天，却没留住。东山上大学以后，就没了许桃红的消息。过去，晓晓听东山讲过，许桃红成绩优秀，那么为什么没上大学呢？后来才了解到，桃红的父母亲都退休的那一年，两个孩子都考上了大学，许忠谊手拿女儿的录取通知书，低着头，想了再三，想再苦再累也要让许桃红姐妹俩上大学。

许桃红懂事啊！她知道家里生活困难，不可能有钱供她和妹妹同时上大学，两者只能取其一。许桃红下定决心让妹妹去上大学，自己去做工，赚钱供妹妹读完大学。决心下了，她去找了叔叔许诚谊，说：叔叔，我不想读书了，你帮我找个工作，好吗？

许诚谊是浙大土木工程系毕业生，在建筑公司做建筑工程师。他心想，找个工作，有那么容易啊？他看侄女文文弱弱，无论如何也不可能胜任建筑业体力劳动。那么哪里去找工作呢？苦思冥想了几天，他想到了朱家尖的朱文学。朱文学是他小学同学，他自己在朱家尖开了个密封件厂。许诚谊想请朱文学在他的厂里为侄女找份工作，或者出资让桃红上大学。他把自己的想法同朱文学说了。

朱文学说，让我想想。

过了几天，朱文学来找许诚谊，说，我有个朋友的儿子去年想开台塑经销公司，因为我兄弟在台湾开台塑经销公司，已经同我兄弟接上头了，与进出口公司都谈妥了，后来他考上公务员了，放弃了。我提议，让你侄女在奉化开一家台塑经销公司，经销台产塑料粒子……

许诚谊把这事给桃红讲了，桃红也愿意。这样，8个月后，许桃红以房产证抵押，贷款50万元，在奉化岳林街道岳林大厦，开了一家单间门面的“桃红台塑经销公司”。

四

东山大学毕业回家后，晓晓曾叫东山去看看桃红。他却说：妈，我没空，我了解过，她在办公司。

是的，许桃红在办台塑经销公司。桃红的公司是开了，却打不开销售渠道。23岁的姑娘，又从来没做过生意，谈不上有多少经营经验。她这次初涉塑料行业，对塑料粒子的型号、用途方面都缺乏知识，像小学生上学学习写字，像驾驶员初次上路一样困难。为了生存，她硬着头皮经商。初开公司，她不敢招收帮工，只是在电脑上发点信息，招揽顾客，所以，始终打不开销售渠道。公司开张以来，仅三个厂同她公司订货，年销售量仅80吨。所赚的钱只够交房租，这让许桃红整天愁眉苦脸。

晓晓猜想，东山是不是考虑桃红家庭出身，是不是因为桃红没上大学，才断了交往。

她哪里知道东山是另有隐情，在举棋不定之中。

五

东山当桃村村官还不到一年，在上海工作的东山和桃红的高中同学陈金生回乡探亲，请同学聚餐。许桃红去了，刘东山也参加了。在餐桌上许桃红诉说了办公司艰难，有可能停办，请同学们参谋参谋。

有同学说：慢慢来，公司开了，就得打开门路，托亲戚朋友帮忙，大家帮一点，就会有希望。

刘东山说：桃红，你光杆司令一个，得配一个助手，专门跑业务，把生意做大了，公司才会兴旺发达。

东山，我困难重重啊，我像困死笼内的鸟，欲飞不能。我也想找个人帮我，但没合适的人选啊！

东山马上想到出屁股打交的林雷，说：你光杆司令一个，搞不出名堂，我去问问我村的林雷。他部队刚复员，工作还没落实，如他来给你当助手，一定会打开局面。

好的，你尽快给我一个回音，我给他3000元一月工资。

许桃红像久旱听到了雷声，周身有了希望。她多么希望有一场雷雨，让她几乎要枯干的公司生机勃勃。

陈金生说：我在上海长宁区经委工作，我给你想想办法，联系几个塑料制品厂，有眉目了给你来信。

桃红听他说话好像很有把握，微笑着说：帮我打开了门路，钱赚到了，下次我请客。

另一个同学说：东山，你看在过去你俩的情谊上，也得帮帮桃红。上大学后，你们俩还通信吗？

许桃红和刘东山相互看了看一眼，没有说什么。

许桃红在这次同学会上看刘东山对她的态度表现，猜想东山还在爱她，只是，不知道什么原因，东山对她不像读书时那样热忱。桃红虽然心里还在爱着东山，满以为东山可能在大学里已有了女朋友，也不愿再说什么了。

其实，东山的情感世界里还有许桃红的位子。大学里，为了掌握专业知识,他暂时抑制了那份情感。毕业后,虽然王怡虹还在干扰他的情感世界，但他对许桃红的恋情，思想上并没停止。他总觉得许桃红是他理想中的女性。

但在同学聚会时，东山在同学面前不敢表露情感。他对桃红为了让妹妹上大学，敢于自找就业门路，创业开办台塑经销公司表示敬佩和赞赏。他决心要尽力帮助桃红，找个人给桃红当助手。

因此，第二天，东山就去找林雷商量了。东山与林雷从小一起长大，只是人生的路不一样，东山上大学那年，林雷没有读完高中就去当兵了。现在东山大学毕业在桃村当村官，林雷复员在家待业。他了解过林雷同他战友一起办公司，也不知道公司办得如何了？早饭后，东山就进了林家，婶娘，林雷在家吗？

东山，来，坐。雷雷——你东山哥来看你了。

林雷他们的老兵公司没有办成。

林雷听娘叫他，就下来了。

刘东山说：当兵人闯荡五湖四海，复员后却成了名门贵族的小姐了，大门不出小门不迈，像话吗？拿出军人的气魄来，去闯一番自己的天地，这样才像个复员军人。今天，我是无事不登三宝殿，来了就有事。我想同你商量一件事。许桃红开了家台塑经销公司，急着要一个助手，我想请你去帮她，如何？

林雷说：许桃红是谁呀？我不认识。

不认识有什么关系，去了就认识了。

你要我去帮她经商啊？我是背枪杆子出身，从来没经过商，当兵人会跑路，给她跑跑腿可以，奸商奸商，我奸不了。林雷一脸的无可适从。

试试嘛，反正闲着。如果习惯了，经商也不错。一段时间后，你也可能成为奸商，成为老板，不过当心，不要成为不法资本家。

林雷笑笑说：我没有想过此事。

怎么样？别拿不定主意。

林雷被东山说动了，说：那么我就去试试。成也萧何，败也萧何。除了动脑筋办事外，就听天由命，听命从命了。

东山说：这就对了。雷雷，你的态度，前半句讲对头，后半句违反了功到事竟成的办事规律，应该是，革命尚未成功，同志仍需努力。走吧，跟我去公司。

第四章

为桃红林雷去公司 撤林雷桃红入困境

一

林雷像在部队当团长的通信员那样，跟在东山后面，去了岳林街道岳林大厦桃红台塑经销公司。林雷答应东山去桃红公司时以为公司都很气派，现在看到的公司却是一间办公室，一张桌子，一台电脑。墙上有台塑粒子用途介绍，连一张销售业绩图表都没有。他心想，这算什么公司？

桃红接待了东山和林雷，为他们泡茶，请坐。

东山说：桃红，不忙，我给你介绍介绍，这是林雷同志，25 岁，我们桃村人，复员军人……

哎呀，你给我报户口呀？林雷同志，坐吧，想试试吗？

废话，我把他带来，当然想助你一臂之力啊！你具体给他讲讲做些什么就是了。刘东山想象着林雷能帮桃红把公司办得红红火火，要桃红给林雷布置任务。

好，好！林雷同志，我要你跑外勤，到上海、宁波、杭州的塑料制品厂去，让他们用我们的塑料粒子，订了供货合同就行。给厂方讲清楚，我们提供的是台湾塑料公司生产的塑料粒子，质量保证，价格比巴西产品优惠 10%。基本工资 3000。你的出差车旅费全报，按业绩提成，作为奖金。如何？许桃红一口气把意图讲了。

林雷看看东山。东山说：你自己表态！

林雷点点头。

桃红说：那好，你回家里去准备准备，三天后来上班。

回家后，林雷把刚才的事同国苏讲了。国苏说：好啊，这么快就就业了，挺好。

林雷说：许经理叫我跑外勤，我可没有做过生意呀！

国苏说：我还是那句话，没关系，做了就会了。去吧！

二

三天后林雷就正式上班了。两天后，桃红说：林雷同志，这次你先到上海，去找上海长宁区经委陈金生同志，他是我的同学，请他介绍几个塑料制品厂。这样，联系就比较方便。

林雷接过许桃红给陈金生的信。第二天，林雷就带了名片、合同单、产品介绍说明书，一身军装，背上军用挎包，去了上海。

到了上海，他在旅馆里给陈金生去了电话，说明自己是许桃红派来做销售台塑料粒子的。果然，次日，林雷在上海市经委找到了陈金生。陈金生给他在上海浦东的三家塑料制品厂地址和联系电话。第二天早饭后，林雷就甩开双腿进了一家又一家的供销科。林雷就近到了十八汽车配件厂供销科。报告——

供销科同志看门口有一军人求见，问：啥人？啥事？跑进来说吧！林雷毕恭毕敬地站到他们前面，自我介绍说：吕科长，我是长宁区经委陈金生同志介绍而来的，是奉化桃红台塑经销公司副经理，来拉生意的，我们……说着他拿出陈金生写的介绍信。

好，好！同志贵姓？请坐。林雷马上送上名片。

供销科科长看林雷直截了当的讲话，心里欢喜，就说：林雷同志，我们厂生产汽车前后灯罩外壳，原来用巴西的塑料0号粒子，据说，台湾生产的塑料粒子质量更好一点，就想用台湾塑料粒子，你们价格多少？

科长，为了打开大陆供货渠道，我们以巴西价的90%供货。首先是价低，再是厂方可节约外汇，何乐而不为呀！

科长被林雷军人的姿态和简短而真诚的讲话再次感动了。爽快！先订50吨，试用。那能？如质量过硬，再电话答侬联系，再续订。小同志，你看那能？

林雷说：好！

林雷同供销科科长在合同上签了字，一式两份。科长，台湾马上给你们发货，一星期就能到上海港。货到按合同账号付款。林雷给科长敬了个军礼，回来了。

林雷如此在上海就订了三份合同，总共180吨。之后他又跑了两家塑料日用品厂，一家塑料儿童玩具厂，都没谈成。

到了旅馆，他就向桃红报告。许经理，我订了三份合同，共计180吨。我发现小塑料制品厂在生产日用品，我们的粒子价格相对较高，他们不大感兴趣。大厂，生产汽车配件的厂，我们产品绝对有优势。所以，我决定不去杭州、宁波了。

好，祝你旗开得胜。你回来吧！桃红接到林雷电话高兴得不得了。

林雷在上海住了一个星期，又跑了两个汽车配件厂，又订了一份合同，100吨。回来了。

三

林雷回到奉化时，桃红就开车去车站接林雷。雷雷，你辛苦了，明天不用来上班，把合同单给我，我送你到家。

第二天，桃红电告台湾，把到达港、收件单位、收件人和供货数量都讲得清清楚楚。办完了事，她拿起电话告诉东山，林雷为公司争得了第一桶金。

东山也被桃红的高兴劲儿传染了。

林雷到家向妈妈报告战绩，说：妈！儿子还能干吧！一个星期就订货280吨。

妙儿说：光订货多少还不够，要言之有信，要有良好的售后服务。

是，首长——

这么大了，还调皮！国苏讲得不错吧，做了就会了。

我走后，她来过吗？

你说国苏吧？她也忙着办公室的事，昨天来家洗完澡就走了。你给国苏打个电话，叫她早点回来吃饭。

那晚，这对小青年像是久别重逢，无话不讲，一直谈到深夜。夜十二点了，两人还拉着手出去吃夜宵。因为林雷发到两千元奖金，一下成了“大款”。

在夜宵城，林雷点了四样菜，两瓶60度的洋河大曲，与国苏对着碰杯。因为兴奋，大口喝酒，两瓶洋河喝完了，林雷也喝醉了，天旋地转，趴在酒桌上。国苏也喝醉了，而且醉得一塌糊涂，频频呕吐，吐得衣服裤子上都是酸臭的酒菜。恍惚中，他们被两个丫鬟打扮的服务员一人一个地搀扶到出租车里，送他到家。妙儿开门，同年轻司机一起把两个醉鬼从车里拖出来，扶进卧室。妙儿道谢司机后，分别把他们沾满酒菜的衣服脱了，看林雷和国苏都醉得像死猪一样，摇摇头，才离开。

天蒙蒙亮时，林雷经过一夜昏睡之后，迷迷糊糊中醒来，睁眼看到国苏胸罩短裤地睡在他身边，双手就下意识地伸到她胸前的两座小山上。国苏有些清醒了，感觉到了林雷的手在她的乳房上，依旧闭着双眼，任林雷抚摸，让他欣赏她那丰满的乳房。几分钟后，她伸出双手搂住林雷，身体依偎在林雷胸口上。这时，国苏感觉到林雷的下体硬邦邦地正顶着自己的大腿间，这时，她多希望林雷会褪掉她的内裤。林雷却没动手……天全亮了，两人分别洗了澡，才找衣服，穿衣出来。

四

第三天，林雷又要走了，这次他要去武汉。因为上次在上海汽配二十一厂时技术科金科长说，武汉汽配八厂因巴西粒子生产的板材太硬，塑型困难，建议林雷去板材厂看看。林雷决定先找八厂，再找那板材厂。桃红送他到机场时，甩给他一千元，并说：路上小心，祝你马到成功。

林雷在武汉没有找到汽配八厂，说是八厂被三厂并了。他几经转折才找到了那个板材厂。情况果然如此，他和板材厂订了100吨合同。经板材厂介绍，又和几个小厂订了三份合同，共150吨。货到付款。一个星期，林雷就回来了。

桃红如前一样请台湾发货。按理，武汉的合同，货到后一个星期货款就能进账，可是等了半个月，林雷去宁波汽车制造厂了解配件厂情况回来几天了,还是不见两个厂的款子进来。桃红去银行查了三次了。又等了几天，那两个厂的贷款还是没到账，她得马上给台湾付款，桃红等不及了。

一个春风徐徐的傍晚，桃红跑到林雷家里说：武汉的那个厂货款还没到账，你再去趟武汉吧。

林雷一听，暗暗叫苦，脊梁沁出了冷汗，这是我去订的合同，那两个厂为什么这样不守信用?

第二天林雷就去了武汉。

到了武汉，他才了解到，欠款的那两个厂被另外的一个大厂吞并了。供销科的同志也找不到，林雷心急如焚。他找厂办，厂办的同志又说不接头;给原供销科科长打电话,电话一直忙音。林雷在宾馆里一住就是半个月，他天天去老厂，天天去供销科，几次找厂长。终于有一位厂长说：小同志，你放心，等我们把厂搬完了，一定把款子汇出，反正新厂还是要你们的货。

那天林雷打听到他们的新厂地址，便打的找到新厂供销科，碰上了签合同的吕科长。吕科长，我找你好苦呀，你同我们订的合同，到现在款子还没到账，咋办?

谁说的？款子早就汇出了，你同我一起到会计室去。

林雷将信将疑地跟着吕科长到会计室，一查，因为会计写漏了账号的一个数字，转不了账，被退回来了。退回后又忙于搬厂，便搁置下来。另一厂也是会计出错，把“奉化”写成“奉华”，无法转账。一场虚惊，苦了林雷半个月，吃不下，睡不稳，东奔西跑，过了半个月流浪汉的日子。

好在他在武汉又订了一份合同，共120吨，每季度30吨。解决完问题，他又回来了。

林雷辛苦，这辛苦比部队野战训练中夺不下堡垒还懊恼，一股说不出的味。回来后林雷对东方说：经商倒不是奸不奸的问题，只是不爽气，有人失信用。然后把武汉的事说了一遍。

五个月后，林雷要去上海。因为上海十八厂来电要订正式合同。林雷将走的头一天晚上，国苏想同林雷一起去上海。国苏真是山窝里的凤凰，长到二十几岁了，仅去宁波参加过一次中学生作文比赛，对大千世界还挺陌生。林雷不敢同桃红讲，偷偷地上车走了。到了上海，林雷带国苏手拉手地跑遍了外滩、南京路。在四马路上，林雷第一次为自己深爱的人买了件淡水红色的印花旗袍。晚上在宾馆里试穿，挺合身，也挺漂亮。林雷抱起国苏在地上飞转，国苏尖叫中已飘飘欲仙。林雷在上海又续订了三个厂的供货合同，数量达350吨之多。

又一个月后，林雷同上海另外一个公司订了50吨合同。经那个供销科科长介绍，他又去了济南汽车配件五厂，又订了100吨的合同。

那天晚上，林雷独自在酒店里喝了点酒，洗了个温泉澡，给许经理通了次话后，躺在床上想国苏。国苏漂亮，勤劳，稳重，懂事，尊敬长辈，深得我父母的喜欢。要是这次她同我一起来，我们可一起洗温泉了，那多浪漫啊！我林雷有这样的妻子已够满意的了……

三天后，林雷回来了。

林雷跑了一年外勤，为桃红公司争得了不少订单。

五

桃红想正式聘他为副经理的时候，东山来找林雷了。桃红，雷雷呢？

林雷印名片去了，你找他有事？

村委会要改选，他得回村任职。

听东山这么一说，许桃红一脸惊讶：你讲什么？

林雷回来了：东山哥，来看桃红姐呀？

东山说：雷雷，老书记找我谈了，要你回村，村里要换届选举，要你任职，你回去吧！

林雷说：那么桃红公司怎么办？桃红姐不能没有我呀！

许桃红说：东山，我的公司刚刚有点发展，你眼红了，是吗？我的业务刚有点发展，你就来拆台了，是吗？你怎么这么点面子也不给啊。林雷不能走，要走，也要等你派人来接班了才能走。

东山说：桃红，你跟我吵架是吗？不要有意见，我想过了，你有困难我会帮你，我知道你急需要有人帮你跑外勤，想把雷雷留住，但你想过没有，你的公司势单力薄，经不起一两次风暴，你把公司并到我们桃村总公司去，我们总公司无论哪方面力量都比你强，我们给你配备力量。只有这样，你那公司才会兴旺。再说林雷，村里要他回去，是照顾大局，因为领导班子在调整，需要有新生力量接替。这是关系到全村村民利益的大事。你这里我们会再派人来帮你。

无论入不入你们总公司，你得先给我派人来，没有人来，林雷就不能走。桃红还是想留林雷，也给林雷讲了许多好话，劝他不要走。

林雷左右为难，走不好，不走也不好。最后，林雷还是遵循军人服从命令为天职，说了一句：林雷待命！

东山说：好，这才像个军人。

桃红说：好，服从我，留下！

不能留下，要服从全局。我答应你再派人来，帮你。

林雷回村。

林雷走后，桃红又成了单干户，光杆司令，这让许桃红心里很不高兴，一下子人像霜打的茄子，没了精神。等呀等，十几天过去了，还是不见东山派人来。于是她给东山去了电话。东山答应再给桃红配个人去，但要再过些时间。

桃红等不及了，决定广告招人。应聘的人不是文化程度太低就是要求太高，不是年纪太小就是年纪太大，身体状况欠佳。有几个已经在社会上游荡了几年根本不是安心经商的人，让桃红不敢接收。正在这时，QQ 中有了山东枣庄的信息。桃红赶赴枣庄。

六

其实，桃红公司只要维持现有这个业务量，日子也不难过。然而，桃红不满足现状，她想加强公司的力量，要东山再为她派个像林雷一样的人来，专跑外勤，却迟迟没有来人。这样的想法无可非议，谁不想赚钱呀？谁不想过好日子呀？没有哪个人会说：我的钱太多了，还赚钱干吗？她想让她的家人都过上幸福的日子，她想未来的小家庭过上幸福日子。除了自己，除了家之外，她没想过其他。

刘东山想过。刘东山在尽力扶持花木园林公司时，就想让花木园林公司赚到更多的钱，发展村集体经济，建设公共设施。如果积累多了，就建新村。他也想扶持桃红公司，挑选一个像林雷这样的人去帮桃红，让她赚钱，只要把桃红公司拉入桃村总公司，她的钱，就会用在为人民造福这样的刀刃上。

第五章

刘东山山东遇桃红 许桃红红桃献东山

一

桃村的党支部和村委会换届选举临近。

支部大会前，东山听到群众议论说，无论谁来当支书，只要能让群众过上好日子就行。还有人说，新一届支部能叫大家从现在的房子里搬出来，住上新房，我就拥护他。现在的房子实在是太潮，也太小。人家都住别墅了，我们还住20世纪70年代的68平方米的房子。这事老林不知想没想过？我就寄希望于东山了。当阿贵把这些话传到刘东山耳朵里时，东山把它记在心里了。

林书记根据他自己的观察，认为可把刘东山和林雷都推上领导岗位。他想此事得征求一下老书记的意见，便去了老书记家里。说：刘书记，换届选举时间快到了，我想，东山回村当村官已经两年多了，该任职了。林雷回来也一年多了，我想叫他们来接班，你看行不？

刘书记说：两个孩子确实不错，但是他们还年轻了一点，尤其是东山，书生气不少，再看看吧！下一届再说，好吗？

林忠华书记把换届选举之事向镇党委报告时，党委书记说：两个青年还嫩着一点，刘东山配给你当副书记，林雷给林生民当助手，当副主任，这一届选举延期，两年后再说，你看如何？

林书记回来就开支部大会，宣布这期换届选举延期，根据镇党委意见，刘东山同志任支部副书记，林雷同志任村副主任。

二

上几天，邮差又送来一封从山东枣庄寄来的信，东山看信时高兴得不得了。晓晓却猜不透怎么一回事，是不是女朋友的来信？她心里想着可能是他女朋友寄来的信，便等待儿子来向她报喜。

就在收到来信的第二天，东山下班刚到家，就接到了在山东枣庄的同学汪涛的电话。老同学，几年不见，我可想你呀！上几天发出的信收到了吗？

我也想你们呀，苗小珍好吗？信刚收到。

汪涛的信上说：今天有一件事想同你商量。我们枣庄市要建一个和平公园，规模空前，市政府指名我负责设计。设计已基本完成了，没有把握，我想请你来给我参谋参谋。如你有兴趣，我去请示公司领导，想请你们来负责建设这个公园，我同你们一起干。你来一趟枣庄，好吗？

东山立即就想到，机会难得，这是我的专业，这是我学以致用的一次考验。他想趁机大干一场，所以在电话里回答说：好，我同花木公司主任说一下，过两天，我带我们花木园林公司的几位师傅一起过来。

因为东山知道桃村花木园林公司已承建过好几家大型的绿化工程，对村花木园林公司承包外单位的绿化能力充满信心。然而，要负责如此大型的公园建设，这还是第一次。

说定了，来前给我电话，我到车站去接你们。

好——

接了汪涛电话后，东山马上把此事告诉了村委会。林书记认为这是一件大工程，如能接这一工程，花木园林公司将走出家门，赚到大笔钱了。

机不可失，时不再来，林书记就电话告诉了阿贵。

阿贵来了。

东山说：阿贵叔，山东枣庄市要建一个和平公园，规模很大，你有信心去承建吗？

很大！大到什么程度？

东山说：我同你去次枣庄，怎么样？去了就知道了。

阿贵说：好，再带几个人去，看看我们承担能力够不够他们的要求。

好，后天，我们出发。

东山当天就电话告诉汪涛：我三天内到枣庄。

东山从村委会回来就对娘说：妈，我要去一趟山东枣庄。

晓晓满以为是东山的女朋友来电，说：是你朋友请你啊？谈好了就回来给我报个喜讯。东山点点头。

三

汪涛和苗小珍是刘东山大学时的园林管理系同学。在大三的昌化地质公园社会实践课时，三人又被编在一个组。他们在苗绿叶老师的带领下，走遍了几个主要风景点，观看了地形、地貌和生态植被。昌化地质公园在地域形成时，由一块块石块堆积而成一座座山峰，形成了一个个峡谷。古树山花装扮了地质公园秀美的景色。在实践课结束前，在苗老师的指导下，由刘东山起草，他们三人共同完成了一份《昌化地质公园建设设想》的论文。后来，此“设想”被昌化采用了，并获得了“最有创意的设计奖”。

毕业后，汪涛受聘于枣庄园林绿化公司，苗小珍也受聘于老家松阳园林公司。汪涛与苗小珍结婚后，苗小珍调到枣庄去了。

从那次获奖后，汪涛非常欣赏刘东山的学识。汪涛了解东山专业知识渊博，有创新思维，有超前设计的能力。自己从来没设计过如此规模的大工程，想请东山来参谋参谋自己的设计方案，来一次协同作战。故此，他才请东山帮忙。

桃村花木园林公司已经有一个规模不小的花木基地，各种花木应有尽有。桃村总公司为了适应城市绿化，去年已请刘东山为他们花木园林公司员工专项培训，包括假山设计、公园绿化设计、花木培植、果树修枝、果树施肥、除虫药的选择……讲的都是专业技术。他们也应市园林公司的邀请，已为奉化几个大型住宅小区承建绿化工程，深得领导和群众的欢迎。这次赴枣庄，他们都抱着必胜的信心，以再一次新的实践，接受枣庄的考验。尤其是刘东山，他从农大毕业后，很想为美化祖国做贡献，当然不肯放弃这次机会。所以，他带了阿贵，一起北上。

四

上几天，桃红在电脑QQ中获悉山东枣庄汽车配件厂生产汽车配件，向她订购塑料粒子。她就带了台塑粒子性能介绍、合同单，独自赴山东枣庄。乘车到了从未到过的枣庄已是傍晚，她就近找了家旅馆，住下了。当晚，她顾不得旅途劳累，查看了枣庄地图，了解公交线路。反正没有熟人，草草吃点快餐，就靠在床头上，闭目养神。脑子里还在想如何谈判，能否成交？她非常希望这次能马到成功，赚得重金。

第二天，许桃红乘公交找到那个汽车配件厂，与厂供销科一谈，才知道他们厂生产铝塑汽车门窗，原来用的是巴西的一号粒子。外籍专家要求改用台产0号粒子，要厂技术科给桃红公司发信息，技术科也发了信息。这事供销科却不接头。所以，桃红一问，供销科同志一口说不了解，他们没发过信息。好在桃红把电脑上的信息下载到手机里了，她打开手机给供销科同志看，才电话找到了发讯人。发信息的是工程师室蒋总。蒋总来了，但他仅要一吨0号粒子，如试用成功了再续订。许桃红说：蒋总，一吨不好发货呀，小批量的运费也不合算，一个单位吧？蒋总点点头，供销科科长签了合同。桃红给供销科每人一张名片，回旅馆来了。

此时她心里好懊恼，跑了个长途，只订了5吨，这生意真难做呀，不过总算没有白跑。中午了，她在街上买了十来只山东红桃，进了家小菜馆，要了一碗三鲜，一碗米饭。待跑堂服务员端来一看，许桃红吓了一跳，如此一大碗，叫我咋吃呀？仔细一看，三鲜里的肉皮上都是猪毛，碗口上都是油，让她恶心。她想调换青菜，可服务台不管她费多少口舌都不肯。没有办法，她只有挑些青菜吃。对付了一餐，就去火车站买票。车站买不到这几天到宁波的车票，就买了张站台票。

第二天上午她去车站等车。眼看又一列列车到站，她看到旅客涌出车站时都像她那样有目标无目标肩挑背驮地急急来，急急离开。

突然，桃红看到了刘东山走出站来，东山！刘东山——

唉——许桃红，你怎么也在这里呀？

我来山东跑业务。

生意有吗？

这次订量不大，前途是有的。你来干吗？

我应大学同学邀请，来承包一个公园的绿化工程。阿贵伯，你到对面车站旅馆看看，有床位就订两个。桃红，你还要到哪里去？

我想回去，车票买不到，我买了张站台票，想上了车补票，找座位。

今晚再住一夜，明天同我们一起走吧，路上也有个伴。阿贵伯，帮桃红也订张床。

三人一起吃了中饭后，刘东山和阿贵去了枣庄园林绿化公司，把许桃红留在旅馆里。许桃红也想借机好好地休息一下，洗了澡就在房间里等待刘东山他们回来。

许桃红一个人在旅馆里，心想，外出办事真累，过去，只是口头上说说，雷雷你辛苦了。自己没有尝试过外出办事的艰难……在胡思乱想中她想起了高中时，她同东山的一段爱恋，想起了两人曾经都说过“我爱你”想起了高三那个寒假，应东山邀请去见过他的父母。真是春花秋月无情，春去秋来爱无声，到了东山上大学后，就没再联系了。你可知道我心中的苦楚呀！此时，许桃红猜想的主要原因是自己没有上大学。

沉思了一段时光后，她想等东山回来后，给他说说，能否尽快地再帮她找个人，免得这次一样的长途奔波。再了解一下东山是不是在大学里找了对象。

五

桃村的花木园林公司在枣庄受到枣庄花木园林公司的热忱接待。双方坐在一个小会议室审查设计图纸，刘东山从规划设计图中看到，这个项目要求高，花木品种量大，种类多，花费也高。他在看图纸时想到：当地土壤和当地气候条件是否合适栽种南方花木？南方的红鲤鱼能否适应零下几摄氏度的低温？凭我们的力量能否按时完成如此大的工程？问题一个接一个地记录在笔记本里，想着这些问题如何解决。他又看到图纸上各种电线、各种管道分布零乱，增加了施工难度，也给今后维修埋下麻烦……

所以，东山边看边说：汪涛，我看在你设计的基础上还需要做进一步调整，细化设计，还要补上当地土壤酸碱度测定数据、全年温差数据、风力数据，还得调整管道位置。譬如，我看亭园小径不宜有台阶，小径也不宜地砖铺设。我们也得根据土壤酸碱度、温度及风力重新考虑采用的花木种类。还有石料的来源、鱼种的选用、机械租赁等问题如何解决，每个步骤都需要达到可行，能行。你说呢，汪涛。

我请你来，也就是这个目的。

东山和阿贵仔细研究了汪涛和平公园设计图，两个小时后，同枣庄园林绿化公司谈承建和平公园的事时，阿贵说：东山，我看承建这个公园最大的难度是南方的花木能否适应北方的气候、温度、土质，能否种活，还有鱼池和鱼种都有问题。

阿贵叔，我知道问题不少，我们走“摸着石头过河”的路子，事在人为，争取打胜这一仗。图纸也仅仅是初步设计，我回去后好好想想，但我是很想建一个一流公园，也想从这次承建中获得经验，把我们花木园林公司建成拉得出，打得赢的花木公司。

于是，刘东山在会上讲：各位领导，我能肯定，我们花木公司有能力建这样的公园。此项目难度比较大，不要草草上马，让我带图纸回去，调整后，再同你们商量，好吗？

就这样，东山带着问题，带了阿贵他们从枣庄回来了。

枣庄车站宾馆里，桃红在等待东山回来。她想同东山谈谈她的公司如何发展，共同分析一下是并入桃村总公司有利还是继续维持现状有利。林雷来不了公司是公司的一大损失，难道不可以再物色一个人跑业务吗？再一个问题是，东山到底有没有未婚妻或女朋友？他明明是爱我的，却态度不明朗。那林雷好像也喜欢我，他有对象吗？我要找机会把情况搞清楚……

刘东山和阿贵到宾馆时，许桃红已经为他们订了晚餐。东山，谈成了吗？快洗洗脸，洗洗手，吃饭！

阿贵说：许经理，你为我们做后勤保障啊？嫁给我们书记算了。阿贵并不知道东山与桃红有过一段浪漫的恋爱史，这次是开玩笑才说的话。

桃红说：阿贵叔，别瞎说！桃红这下脸红了，东山看在眼里，有一种欲说不能的感觉。阿贵却哈哈大笑。

晚饭后，桃红给东山他们送来山东水蜜桃，东山，你们尝尝山东水蜜桃，样子同我们奉化水蜜桃不差上下，甜度没有玉露桃好吃。三个人一人一个。

阿贵说：桃不甜，心甜，是吗？桃红！他猜透了桃红的心思。你们坐，我要洗澡了！说着进了卫生间。

许桃红说：东山，我翻来覆去地想过，我的公司前途不差，你能否再帮我找个人，帮我一下，最好像林雷这样有责任心的男性朋友。

东山说：桃红，人是有的，我还是那句话，你那个公司力量薄弱，资金不够雄厚，经不起波折，惊不起大风大浪。那次武汉事件幸好是林雷在，调成别人，就烂账了。烂账几次，你那个公司就有难以为继的可能，你就有可能吃苦头了。我看你还是把公司并入桃村总公司去，最安全，把公司并到桃村总公司来是你最好的选择。像姑娘都要出嫁一样，嫁过来，你好好持家就行了。去了，照样当经理，照样做生意。总公司再配一两个人给你，你就万无一失了。

不嫁过去，你就不能再为我配一两个人吗？

东山说：当然，不去总公司也可帮你配人，但是风险不会因有一两个人帮你而消失。有了总公司这个靠山，你什么都省心。

我是愿意嫁过去的，就不知道夫家会对我好不？

别担心，我在那里，你一定赚钱。

有个人，姑娘主动接近他，他还回避呢！

你呀，等有机会，我会给你说清楚。

桃红报以一笑：我等你的那一天。

六

从枣庄回来后，桃红想东山的话中听，自己创办公司是初次尝试，力量不足，急需要一两个帮手。至于是不是一定得成为桃村集团总公司下的一个支公司，心里没底。于是在下班前，她给东山打去了电话。东山，晚上有空吗？我想同你谈谈你讲过的事。

什么事？

晚上我请客，我们去夜宵城吃饭，吃饭时讲好吗？我有几句知心话给你讲。桃红说着脸红了，心像从胸口里马上要跳出来了。今天要把想了好久的事，像请命一样说出来。

刘东山低头拿不定主意。这个非常决断的人，今天这事却难着他了。足足五分钟后，他才抬起头来。说：今天是星期几？

星期五，明天休息，迟点没关系。

刘东山来了。许桃红开车，两人一起去了夜宵城。

这餐晚餐，桃红点了不少菜，先是腰果、白切猪头肉、烤牛肉、盐炒花生米、糖醋萝卜条，后又糖醋排骨、雪菜黄鱼、清水河虾，外加一碗三鲜汤。桃红喝白酒，所以她要了两瓶 60 度洋河大曲。

桃红边喝酒边说：东山，今天我们不谈公事，为增进友谊，我请你边吃边交流。你读过唐诗中杜秋娘的一首劝君诗吗？

我没读过。

我背给你听，想听吗？

好呀。

诗是这样写的：劝君莫惜金缕衣，劝君惜取少年时。花开堪折直须折，莫待无花空折枝。

诗的通体意思是什么？

我不告诉你，你自己去想吧！

其实，东山从“花开”“折枝”字句中已知道桃红在借诗探情。

刘东山虽然平时不喝酒，但能喝酒，一般情况下，能喝上一瓶葡萄酒，白酒却极少沾口。桃红喝白酒，他也陪她。几次干杯后，东山就头大头痛了，可是桃红没过瘾，非要东山陪着喝不可。桃红今晚是有准备的，如果自己喝醉了，就住在公司里，如果东山喝醉了，我陪他到宾馆里，今夜非一醉方休不可。

两瓶洋河大曲干完了，东山说：桃红，你要的帮手，再过几天我会派来。进不进总公司，你自己考虑。我——我不行了，你自己喝——喝吧！

好的，迟几天也没关系，今晚有兴喝酒，喝醉了大不了住宾馆嘛！来——男子汉大丈夫，还怕这点酒啊，来，继续！桃红端起酒来一口就干了，把酒杯底朝上地亮了一亮又加满了。她把东山的酒杯送到东山的嘴边，说：老同学约会，这点面子也不给啊？喝——

东山已经不能控制自己，如此又一连干了三杯，瘫倒在椅子上了。桃红也已经跌跌撞撞，埋了单，由服务员扶上出租车，住到华谊大厦。

这一夜，两人呼呼地睡得像死了一样。直到第二天天蒙蒙亮，桃红才醒了过来。她看东山衣服领带都没脱，就帮他脱了沾满酒菜的衣裤，帮他睡平了，盖上被子，才自己去洗澡。擦干了，就裸体来到床上。看东山还在呼呼地睡觉，就在床上玩起自己的双乳来了。她双手把双乳托起，十分满意地抚摸着自己圆而很有弹性的乳房。好像双乳在告诉她，这个处女地正在等待开发。

东山醒了，睁开眼睛看到桃红白里透红的胴体，像一尊有生命力的维纳斯。一摸自己仅短裤一条，说：桃红，我没对你不轨吧？

什么轨不轨的，人喝醉了酒，同死了差不多。你看姑娘长得还可以吗？桃红，你干吗？东山翻身下床。桃红欲拉东山，没拉着。

别走嘛！我是爱你的，你为什么不肯接受？

人就是这样，当自己的身体一览无余地展现在异性面前的时候，“羞愧”两个字就没了。只要你不怕难为情，难为情就怕你。桃红的胴体展览没有得到东山的预期反应，因为刘东山是共产党员，理智和道德抵制了无意的异性引诱。

东山并不是不爱桃红，他对桃红灼热的情感有苦难言。桃红的痴心也并没有因东山离开而熄灭。

七

刘东山与阿贵从枣庄回来后就着手修改图纸。虽然汪涛和苗小珍是自己的同学，但他对汪涛的设计还是不太满意。刘东山为了枣庄这个大型公园绿化，几乎翻遍了土壤学、气象学、地理学、生物昆虫学、植物学等各方面的书。南方植物抗寒能力差，南方鱼种抗低温性能也差，土壤的酸碱度对植物生长会有很大的影响，气温、土壤的酸碱度直接影响花木的成活率。于是，他大量采用冬季不落叶花木，为减少当地土壤对花木的影响，采用超大泥球。鱼池养鱼，鱼种采用当地鱼种。花园的假山和亭子采用中西合璧的办法。

在公园设计的同时，他又到花木基地了解公司花木储备量，核对可移植树龄的每种花木的数量。足足花了两个月时间，他才将图纸设计完。

他设计的图纸精细到每个园子的花木种植形状、搭配，每株花木的位子，甚至园间小路的形状，花岗石地面搭配，都标得清清楚楚。图纸足有一小车。唯电路、路灯、插座和自来水管子的预埋，还需要同当地供电局、水厂商讨后进一步确定。广场大屏幕电视是否需要、广场设不设观礼台、舞台位子、公园管理用房等，同市政府研究后，再重新补上。

设计搞完后，时间已是三月，东山在花木园林公司里挑选了十位有经验的师傅，带足工具，准备前往枣庄。

东山给同志们讲：这次要花两三年时间，生活环境相对艰苦，我们做的是样板工程，要严格按图施工。争取保质保量如期完工。

桃村花木园林公司的十位有经验的同志在刘东山和阿贵的带领下，出发了。

第六章

志不同东山断怡虹 建公园桃村双丰收

一

刘东山在大学里有过一个算不上深爱热恋的女朋友，她就是同班同学王怡虹。

王怡虹在德清城里长大，父亲在机关工作，母亲在中学里当总务科科长，家里上无兄弟又无姐妹。独生女儿考上大学后，父母更加宠爱，万事百依百顺地满足她的要求。她虽然聪明，学习却不够用心，成绩也一般。王怡虹长得确实很漂亮，加上她有一手包装自己的本领，是学校里有名的美女。四年大学生活，有不少男同学追求过她。然而，她理想中的男朋友是才貌双全家财万贯的富家子弟。她以这样的标准在交朋友过程中挑挑拣拣，挑一个，相处几个月或半年就分手。后来，男生都知道她如此要求，便把她看成烫手山芋不敢捡，没人追她了。眼看朋友一个个分手，似乎没有人看上她了，她的心里很失落。所以，要说是她不要男生，还不如说男生不要她 。

眼看快毕业了，追她的人没了，朋友还没找到，她心急了。后来，她看刘东山长得帅气，成绩又优异，一直当班长，在同学中很有号召力，便把目标对准了刘东山。一天夜自修后，王怡虹主动约会刘东山到江边公园。她说：我接触过的同学中，我觉得最能让我欣赏的就是你，你聪明，做事有责任感，在同学中享有威信。我想象中的你像是战无不胜的英雄，我爱你……

刘东山一点思想准备也没有，本想王怡虹约他出来是谈毕业后的去向，却听她说“我爱你”……立即认真地说：王怡虹，我不配你，我是农民的儿子，虽然家庭经济不算差，但与你家相比差远了。人家说，婚姻要门当户对，我们是门不当户不对。再说，我对生活要求不高，做朋友可以，还不值得你爱。其实东山是看在怡虹漂亮，才答应做朋友的。

此后，王怡虹千方百计接近刘东山，常以解题为名黏在东山身边，表现出一副妖娆媚态。在东山的床头上经常有王怡虹送来的水果，同学们都误认为他俩的关系已经确定。眼看再有一个月就要毕业了，两个人都想有个结论。这次是刘东山主动约会王怡虹到学校旁的花园里。他说：怡虹，马上就要毕业了，我们俩都将各奔东西，走上工作岗位。我想，我们都该讲几句心里话，是继续还是结束？

刘东山讲得很认真，像讨论一个重大决策。王怡虹脑子里顺理成章地想成是刘东山也要像过去交往过的那些男生一样，要抛弃她，眼泪就流出来了，抹了泪就抱了刘东山的腰，说：东山，我求你了，千万别离开我，我是真心爱你的。我们去宾馆吧！我把身子给你……说着就哭出了声。几句话和这样动情的哭泣让刘东山的心软了。他转过头来，说：怡虹，别哭，人生大事，不要草率，那就继续吧！王怡虹听刘东山说继续，破涕而笑，说：说好了，求你不要变心，别离开我。

毕业后两人各奔东西，王怡虹在德清园林管理局工作，穿上工作服，成了国家公务员。上班后她就给刘东山写了封信，说在工作中，她参与了江滨公园的设计，主动承担高速公路连接线的园林改造，全力显示自己学以致用的工作能力。

让她意外的是从刘东山的回信中知道，刘东山没有进入国家公务员队伍，留在了村里当“村官”。王怡虹听了这件事非常不高兴。后来，她信中再三再四要刘东山离开农村，其中有封信几乎在给刘东山下命令，言词气焰嚣张：东山，我想不明白，你好好的国家公务员不做，却要留在村里当“村官”，这是为了什么？马上去落实一个单位。落实了单位，给我来信。言下之意是不成为国家公务员就不要来信了。

然而，刘东山没有改变主意，没有执行王怡虹的“命令”。整整一年他没给王怡虹去信，心像严寒之下滴水成冰，冰越结越厚，对王怡虹心冷了，不抱希望了。

王怡虹对刘东山的不满促使王怡虹想另外物色对象。她认为刘东山不听话，只得另找，这符合未婚青年的择偶发展规律，是顺其自然的事。

这时候，她所在的德清园林绿化公司来了两个比她低一届的男青年。看她貌美，打扮性感，这两个人几乎像饿狼一样投她所爱，也不择手段在王怡虹面前献殷勤，请吃饭，请跳舞，送票，送物，什么花样都有。王怡虹心里有数，但她因东山而举棋不定。正在这时，她的顶头上司陆经理，给她介绍了自己的侄子陆长河。这下更热闹了，两个青年追她都应接不下，三个人约会不断，她更难应付。每约一次会，她就去应付一次。一次陆长河请她同去陪客人吃饭。后来她喝醉了，陆长河以照顾她为名，陪了她一夜。她醒来时发现陆长河在她身上动过手脚，胸罩解开了，短裤褪下了。不知什么原因，她认定没有失身。事后她还非常感谢陆长河手下留情。后来另两个也分别学陆长河的方法做了，谁都想得到她，可哪个也没让王怡虹倾心。从此，王怡虹有三个情人，过着人不像人鬼不像鬼的日子。

自从东山与许桃红多次接触后，刘东山也旧情复燃，回想起自己当时对许桃红的确有好感，特别是邀她来家那次，许桃红几乎有在东山家住上一夜，有愿献身于他的冲动。他回想起那天被自己拒绝时的许桃红的神情，这个桃红多痴情啊！他认为许桃红比王怡虹强多了，想起了许桃红的钟情于自己的话……

现在自己已 27 岁了，该定下来了。于是他决定写信给王怡虹。他在信中说，怡虹，几封来信都收悉，我们对就业问题上意见分歧，各有想法，信上很难说清楚。我想同你面谈一次，看谁理由充足，谁说服谁。你来，还是我去？

王怡虹接到刘东山信后迟迟下不了决心。回绝嘛，过去有过不变心之说；不回绝嘛，两人天南海北的，他又是农村的村官。他这个人，想好了的事是不太容易改变的。还是我去一次吧，当面谈一次，如能接受我的意见，无论我调去，还是他来德清都可，只要不做村官，其他条件我都依他……半个月后，王怡虹回信说，我来看看，在奉化谈吧！

刘东山准备同王怡虹平心静气地谈一次，无论她抱什么态度，这次无论如何要定下来，结束这拉锯式恋爱。

二

对儿子的交朋友，晓晓总是想不通，好好的桃红姑娘摆着，娶过来不就是了，为什么不阴不阳拖着呢？再拖下去把姑娘年纪都拖大了……

晚饭后，东山突然告诉妈，明天有个他大学里的女同学来家。

晓晓说：哪里的？

从德清来！叫王怡虹。

晓晓想，怪不得，他不肯同桃红亲情，原来在大学里已找好了对象。我估计这个德清姑娘一定比桃红还强，一定是才貌双全。新媳妇第一次进门，我得为她准备准备。晓晓整理了房间和床上用品，连毛巾脚布都是新的，早晨早早起来到小菜场买了不少吃的东西，塞满了冰箱。

下午，儿子从车站把姑娘接回来了。晓晓一看这姑娘高跟皮鞋，紧身上装，超短裙，一身“舞女歌妓”性感化妆的样子，心里就不舒服。这不是夜市鸡窝里爬出来的小姐吗？转念想，不对，不对，人不可只看外表，就迎了出去。

姑娘还算亲热，上来就叫阿姨，好像没有晓晓想象之中的轻飘，也没有凶神恶煞的表现。晓晓马上说：哎！怡虹，请进。帮她提了行李，送到为她准备好了的房间，并满面笑容地又倒水，又倒茶。无论他们表现出多少热忱，晓晓当时就发现姑娘的笑容是那样生硬做作。一家人满腔热忱地对她，她却非常勉强，甚至有些厌恶的表现。

她坐下前用她自己的手帕擦了擦椅子，看了一下茶杯就推开了，好像晓晓家什么都不卫生。晓晓就感到这姑娘不像是我们桃村姑娘，与这里的人不是一路人。王怡虹大概也感觉到东山家里人对她的感受。

王怡虹来到桃村，看村子好美。但东山的家还是农家，比一般农家好不了多少，要让她长期在这样的家里生活，她想都不敢想。

怡虹，你来，马上可以吃饭了，你要换衣服吗？东山在门外叫她。

噢！来了——

虽然，晓晓心里实在不太喜欢这样的姑娘，但当她换了衣服从房里出来时，还是笑脸相迎。怡虹，不知阿姨烧的菜合不合你的胃口，你们德清海里的东西大概不像我们奉化多，我不知你喜欢不喜欢吃海产品。

阿姨，我们那里也有海货，只是没有你这样烧法。宁波人吃菜讲究。

你喜欢淡一点还是甜一点，能吃辣吗？

可以，我要求不高，随便一点就行。

祥庆说：怡虹，你能喝酒吗，喝点酒吧？

怡虹说：随便。

祥庆从柜子里拿来58度的庐州老窖，给她倒上。她举杯又放下了。

晓晓猜想她厌酒太凶，就说：怡虹，你喜欢喝什么样的酒，是不是度数太高了？

东山说：这种酒你喝过吗？她点点头。

怡虹把酒倒在东山杯子里，把自己的杯子拿到水龙头下洗了，用自己的手帕擦了擦，放回到桌面上。

第一餐饭就吃得很别扭，没吃出高兴来。

晚饭后，天还没全黑，东山说：怡虹，我们到桃花走廊走走去，给你看看桃村的美。

怡虹换了鞋，走在东山的旁边。东山带了怡虹出去了。

祥庆不断地摇头，这姑娘……

晓晓说：这姑娘你喜欢吗？

他不表态了。

东山和怡虹来到桃村新建的桃花走廊。东山递给她一张报纸，她平整地放在石椅子上，还是不敢坐下去，站着说：东山，你说我能来奉化吗？要么，你调到德清去，我不想在农村生活。

农村，我们桃村还不好吗？春天百花齐放，桃红一片，秋天空气里全是桃香，没有噪音，空气新鲜，离奉化市街道又近……

东山话没讲完，王怡虹就接了过去。再好也是个农村，好好的城里人不做，却要来做乡下人，我不来。

东山听“乡下人”三字就头大了，本想回击她一句“小市民”，但想了想还是说：桃村发展了，别人想进来也难进，你还不愿意来。

我不来，谁愿意来，谁来。

东山说：怡虹，人各有志，不能勉强，我爱桃村，我们是学园艺的，我们的专业对我们桃村来说是太适合了，我们可用我们的知识把桃村扮美，通过科学种桃，帮桃农富起来，这不是很有意义吗？人活在世上，不全是为了自己，总得为社会做点贡献，通过辛勤劳动，得到了成果，收获了成绩，我就感到很幸福。

王怡虹低着的头抬了起来，眼睛死死地盯着东山，好像她已经不认识自己的同学，更不能想象如此一个优等生却如此看待人生。人不为己，天诛地灭。世上的人谁不为己，除非你是外星人。她说：你是共产党员，你的思想境界太伟大了，让我望尘莫及。我要看现实，我要的是眼前利益，我也要享受，享受现代文明……

享受？享受是必须通过辛勤的劳动，流血流汗了才可享受，没有这个条件就无法享受。

你的理论太深奥了，让政治家去探讨吧！我过惯了城市生活，我不想到农村里去摸爬滚打，我希望你也不要在农村里日晒雨淋，到园林管理公司或管理局工作，成为一名人人都向往的国家公务员，多好。

好，好，好！这个问题先搁一搁，现在，你该向我表示态度了，你到底爱我不爱我，我们还有继续的可能性吗？

王怡虹扬起了头说：东山，我明确告诉你，我是爱你的，但你必须离开农村，应聘园林局。

如果我一定坚持要在农村呢？

那就再见，没有余地。

我看你已不同于学校的时候，怎么如此爱打扮了呢！（其实，爱打扮是王怡虹的由来已久的特性）你是不是有意中人了？

你要怀疑，我没办法，工作了，经济上宽裕了，穿得漂亮一点也不行呀？

你坦白地说说，你到底有没有别的男朋友？

你不要逼我，我不会告诉你的。

是不是没有商量余地？

王怡虹说：不要再磨嘴皮了——

那好，我们结束了。回去——两个青年一前一后回来了。

第二天早饭后，王怡虹说：阿姨，我走了，谢谢你的招待，再见！看姑娘虽然微笑中说“再见”，晓晓心里并不高兴。

刘东山也像是礼节性的送别，送王怡虹到车站，挥手与怡虹告别。

姑娘走后，家人都猜想他们吹了，吹的原因是否同东山有关，是否有对不起姑娘的举动，有刺激她的言语，思索了半天，怎么也没找到失礼之处。晓晓问儿子：东山，吹了？

东山说：妈，这样的女孩不值得我爱。她变了，灵魂也应该消消毒了。

这次事情之后，晓晓更担心儿子的婚事了。东山 27 了，村里不要说二十四五岁，就是再小一点的姑娘也没有。他成天关心村里的事，社交面又小，哪个姑娘会想到桃村还有这样的青年呢？这让晓晓更想桃红了。

三

东山第二次带了十个人去枣庄。临行时，晓晓为东山准备了帽子、围巾、大衣、毛皮鞋，全副武装。怕他吃山东食物不适应，又带了面包糕点。东山爱喝茶，就在市场上买了一罐奉化曲毫。

刘祥庆嘱咐儿子：人的工作能力是实践中克服一个个困难后获得的。要充分估计困难，克服困难，克服了就前进一步。走吧，爸等你好消息。

东山几个人到达枣庄时，汪涛和苗小珍已在车站等候。看东山出来时，汪涛迎了上去。东山——欢迎，欢迎——

第二天，刘东山与汪涛再次讨论具体悬而未决的几个问题，重新设计方案。又同汪涛一起去了供电局、水厂，把水电部分工程交给他们……

阿贵说：南方花木移种在北方，成活率肯定受影响。

花木公司经理刘云山说：南方树种，移植来北方，只有通过加大泥球，才能提高成活率。单是成活率还不够，要让花木能在这里生根发芽，长得郁郁葱葱，才对。

我带这里的土壤去，看看酸碱度与我们那里的相差多大，再查查那些花木，并不是全都不能适应这里的土壤。也就是说，我们要挑选品种——

讨论了足足一天。汪涛说：关于桃村师傅提出的意见，我会把它补上。就是因为有难度，我才找你们。

当天，与枣庄花木头园林公司就谈妥了由桃村花木头园林公司承建和平公园。双方签了合同。

桃村花木园林公司的人都住在友谊宾馆。晚饭后，阿贵带了师傅们去游览枣庄市容，剩下东山一人在宾馆翻阅图纸。东山调整了假山位置、鱼池的大小、亭子出入小径和小径的布局，增加了公园入口处的设计，改变了公园管理用房的位置。图纸上已有 13 条修改意见。

这时，汪涛和苗小珍带儿子来了。他们带来了不少山东特产。东山马上给两位老同学泡茶。

儿子，喊叔叔——

叔叔好——

好——小宝贝好。汪涛，我仔细看了图纸……

东山刚开口，汪涛就阻止说：今晚，老同学难得在一起，我们不谈公事，只是老同学叙叙旧。

好，苗小珍，坐——

汪涛问：东山，结婚了吗，爱人是不是王怡虹？

没有，王怡虹的人生观与我大相径庭，吹了。

苗小珍坐在旁边笑笑。她给东山递了一支烟，说：像怡虹这样的姑娘是不适合你的，迟早得分手。那么，现在有新的目标吗？

东山点点头。

东山，晚上要不要去舞厅跳支舞？小珍交谊舞跳得很好，我们陪你去。

今晚让我看看图纸，检查检查施工前的准备。等工程完工了再玩吧——东山扬扬手里的图纸。

那好，那好——

汪涛夫妇低着头，窃窃私语，几次话到嘴边又咽了回去，时而看看东山，时而想给老同学说什么——

东山看老同学好像心里有事，什么事呢？他猜不透。

汪涛夫妇只是天南地北地说了一些毕业后的生活情趣，又坐了一会儿，就说：那我们就不打扰你了。说着便起身告辞。

第二天，汪涛带来了原管道布线图和新管道布局图，土壤酸碱度也出来了。

东山再次同汪涛商量、修改了设计方案后，工程开始了。

三天后，三月十五日，桃村花木园林公司大队人马出发了。

枣庄的冬天，天寒地冻，很难施工，所以真正能施工的只有十个月时间。在开始施工前，他们又招了20名当地农民工，租了两台挖掘机，两辆汽车，二十几辆手拉车。实行十二小时工作制。

工程开工后，先做假山和鱼池。说是假山，其实这里原来就有两座30来米高的哑铃状小山，只是此山形状没有特色。东山把它改变成船形。东山设计的鱼池就在山下，像船在大海之中乘风破浪航行。他设计的鱼池也不同于南方的鱼池，有深池，也有浅池，深池两米深，在山脚下，浅池围在深池外周，用方块白石砌岸，远望水池没有边。天气暖和时，鱼可在浅池里；天气冷了，可进深池。从水池到假山用石桥连接，桥边配有16个喷水笼头。都是三米深处开始埋自来水管，管径也大。假山上有两个形态各异、大小不同的亭子，像是兵舰的塔楼和炮台。大一点的亭子有六个立柱，都是花岗岩铺面，其上是不锈钢屋架，配钢化玻璃屋顶，六个角高高伸向天空。小一点的亭子在半山腰的树丛中，是专门为游客提供休息的地方。

经十个月全力以赴地施工后，假山、鱼池土建工程基本完成。桃村建筑工程公司的长廊和公园内的道路基础也已做成。于是放工两个月，回村休息。

四

刘东山临走的那天晚上，苗小珍终于找上门来了，说：东山，我真不习惯这里的生活，特别是吃高粱、小米、玉米，我想调回浙江去，你们那里要人吗？

你同汪涛商量过吗？他同意你回浙江吗？

他是龙游人，也想调回去，可是，龙游县里久无回音。我想，把我俩调到你那里去，行吗？

我那里肯定需要像你们这样的人才，这里肯放你们走吗？

现在，人才交流方便，谁想走，就可走。只要你们要，我们就跟这里的公司辞职，去你那里。

没十分钟，汪涛来了。

阿涛，我给东山讲了，他那里要人。

东山，行吗？

行！

苗小珍满脸高兴，汪涛却低着头。过了几分钟，汪涛说：听说，你们奉化房价很高，去你那里，我就是怕买不起房子。

什么都不用你们担心，我一手操办。

好，那么，我们先把这期工程做完，做完了，就去你那儿。今年春节，我们想回家探亲，顺便去你那里玩几天，你欢迎吗？

好——呵！我知道了，你是想考察桃村，是吧？欢迎你们。欢迎你们到桃村来做客。我带你们去看桃花，去雪窦山风景区，去溪口蒋介石老家看看玩玩。

说完了，小夫妻说说笑笑同东山挥手告别。

东山回桃村后，把汪涛他们的调动之事与林书记林主任商量了。林书记说：“欢迎，欢迎他们加入桃村总公司。你去枣庄时，告诉他们，桃村人民欢迎他们。生活方面，我们尽量解决。如能来，同桃村人一样待遇，工作上，量材录用。

五

20 名师傅回到奉化后，阿贵和刘云山挑选了树种，其他同志分别挖树的挖树，打泥球的打泥球，装车的装车，花木分门别类源源不断地被运往枣庄。除春节放假半个月外，没有休息日。

这年春节，汪涛夫妇没来奉化。

第二年二月底，他们又出发了。那天晚上睡前，东山说：妈，明天，我要走了。

你放心走吧！因为桃红来过几次了，晓晓知道桃红与东山谈得有些像成了的样子。老实说，她也喜欢桃红。

这次东山带了 15 名县建筑工程公司师傅同去。有三十几个人一起去枣庄。到了枣庄，阿贵把桃村花木园林公司来的职工分成三组，一组种假山上的树，一组做草坪，一组配合建筑工人建亭造路，路边绿化以及亭子周围的绿化。同时，东山招了 20 个当地农民工，挖沟，做路，运石运土，平整草坪地。

公园内铺草坪，看似简单，如基础做得不好，草坪会积水，影响草坪的成活。这次用的草，也是枣庄当地的草，带泥不多。阿贵怕影响成活率，基本上是亲自在种草，而且都是花木公司几个师傅自己在做，大大影响了进度——

建筑工程公司做完了几个长廊、休息亭后，集中力量于道路建筑。这样做了八个月，眼看冬天来了，才不得不停下来。

说汪涛是此工程的总设计师，东山是施工员，倒不如说，东山是这期工程的总设计师，也是施工员。白天到现场指导员工按图施工。别人下班了，他还在检查工程质量。晚上又跟汪涛一起反复在图纸上做必要的修正，在枣庄期间远比在家辛苦。

他带队在枣庄两年了。一株株花木栽种就位，一块块草地铺就，一座座亭子建成，一条条道路贯通，一盏盏路灯闪亮。再有一年的艰苦奋斗，一个很美的公园就可展现在枣庄民众面前。他叫阿贵带同志们先回家，自己又与汪涛商量公园几个入口的辅助建筑，用了十天时间设计了门厅和广场，才回奉化。

六

回到奉化后，东山整理了图纸，分门别类地装订成册，还附上了说明，并写了一份“北方地区花木栽培思考”。所以，那个冬天，东山除了忙村里的事外，家里的事，基本上都没过问。

直到年三十，祥庆叫东山去请桃红来吃年夜饭。桃红来了，进门就说：阿姨，年夜饭后，我想请你们几位去我公司看春晚，水果、瓜子我都准备了。东山，你也去，晚上当叔叔阿姨的招待员。

东山说：对你，要不要我招待？

岂有此理，晚上，我招待你！在东山耳前说了句，住在我那里，让你一生难忘。

饭后，桃红再三邀请，晓晓与祥庆还是没去。

这一夜，东山把上段时间同王怡虹分手的事说了：王怡虹是我大学里的同班同学，她是德清人，父母都是工作干部。人长得漂亮，也会打扮，是学校里公认的美女。在我们将近毕业的时候，她找我谈心，当时，我以为是谈毕业后志向，就随同她去了公园。不料，她主动要我成为她的男朋友。我看她讲得非常认真，以为是真心爱我，就接受了她的要求。之后，她三天两头地给我送东西，搞得全班同学都知道我是她的男朋友。马上要毕业了，我想同她谈一次，是继续还是结束？我给她明确地说，我不值得你爱，我是农民的儿子，我们两家并不门当户对。那晚，她怕我断了她，再三再四地要求我不要抛弃她，并且当时就愿意以身相许，拥抱了我。因此，我答应了她。毕业了，我回来当了村官，告诉了她。她一定要我去应聘园林局，来信中言词像在下命令。我想，这样志不同就难以共同生活，故此，写了一封信，要求认认真真谈一次。她来了，我们在桃花走廊谈了个把小时，就彻底结束了。

东山，她邀你，你们上床了吗？

你把我看成什么人了？

东山讲完了，又非常认真地说：桃红，这就是我前段时间不敢答应你的原因。现在，我们该定下来了。

一番话让桃红泪流满面，说：这句话，我等你几年了。

七

二月底，东山又带原班人马赴枣庄。头天晚上，桃红给东山送来了不少吃的、用的东西。上午又专车送东山到火车站。

第三年，又是争分夺秒的十个月。

眼看公园即将落成的时候，刘东山叫各位师傅回奉化，自己同汪涛、苗小珍商量鱼池的放养。放养鱼种汪涛早有考虑，他计划采用当地江上的鲤鱼和鲫鱼。经东山同意后，汪涛带东山去了渔场。

鱼场内养的鱼，基本上都是大鱼，种类不少。汪涛挑了鱼，请渔场用专门运鱼车送去枣庄。离开渔场之前，汪涛又带东山参观渔场的加工厂。汪涛和苗小珍为东山买了不少鱼产品罐头和风干品，请运鱼车一起送到枣庄。

除枣庄本地的古建筑工程队在建的几幢房子外，其他工程都完工了。

和平公园落成了。枣庄公司为感谢桃村公司举行答谢宴会。汪涛和苗小珍来到宴会厅，宴会厅很豪华。汪涛说：东山，上次，我们谈的调去你那里的事，因为我老家同意聘我俩，就不去你那里了——

怎么搞的？我回村后，给村里讲了。我们村里准备造别墅，村委会明文规定，引进的人才，安排住房。现在，你们却不去我们那里了。还是去桃村吧——

你那里，我俩人生地不熟，房价又让我吃不消，虽然有你在，问题容易解决，但是，一定会给你添麻烦。

添什么麻烦？我们那里条件好，更能发挥你们的才能，而且我们正在考虑建设新村，发展果园，太需要你们这样人才了。走吧，去我们那里，是你们最好的选择。

好吧！我们再考虑考虑，去年探亲没去成，今年春节后，我们去一次你们那里，再定，好吗？我知道奉化很美，开春后，我们想去你那里玩上几天，你欢迎吗？

欢迎，欢迎！

这次宴会是枣庄园林公司请客，气氛很热烈。公司经理首先举起酒杯，说：祝我们合作愉快，感谢桃村花木园林公司，感谢刘书记，干杯！

东山站起来说：感谢公司诚心合作，谢谢盛情招待！

宴会后，汪涛夫妇送东山到宾馆。第二天汪涛送东山到机场。

汪涛知道了桃村干部欢迎他俩去桃村，也相信东山的办事能力。但他还是想实地去一次再决定，故第二年四月，汪涛带小珍一起来到桃村。他俩乘车到桃村时，被桃村的美景吸引了。

东山，桃村太美了，满山桃花红遍，人民富足，我到过山东的很多农村，没有看到过这样美的农村。

我知道，这次你是来桃村考察的。现在，看到了，该下决心了吧？

来，一定来。小珍，你看呢？

来，一定来。

第二天，东山陪同汪涛他们去了溪口，去了雪窦山。

在桃香四溢的八月，汪涛夫妇到桃村报到了。

东山暂时把汪涛安置在自己老屋。待第一期新房建成后，再考虑能否搬到新居。

老同学，暂时艰苦一两年，先住在老屋，这里生活用品一样不缺，你们先用着。一两年后，村里新房落成后，我给林主任讲好的，你们再搬新居。

东山，麻烦你了。什么时候让我见见书记、主任他们？也不知把我们安排在什么岗位。

明天吧，明天，我带你到村委会。

第二天，东山为汪涛他们引见了林主任林书记。回来时，东山给老同学送上了一篮奉化水蜜桃。

汪涛任总公司副经理。苗小珍则被安排在花木园林公司。

没一个月，汪涛的岳父母也来了桃村。

刘东山这次率队赴枣庄建公园，增长了不少知识，积累了大型公园建设的经验。在他总结这次活动的经验时，写了份《江北地区采用南方树种的种植要点》，大大小小有八条经验。

这次工程让花木园林公司赚了 800 多万元钱不说，也考验了桃村花木园林公司的能力。除此之外，还引进了两名科技人才，真是双丰收啊！

第七章

多情女爱上多情郎 桃村人留住桃村子

一

谢山嶂和章水涯是奉化中学高中阶段的同班同学。谢家与章家相距不足十里路，所以从高一开始，每学期山嶂与水涯就一起去学校，一起回家。

姑娘到了 18 岁，春心萌动。她看谢山嶂是校体操队队员，身强力壮，平时聪明好学，学习成绩也比自己好，性格温柔，待人接物都有礼有节，便把谢山嶂默默地认定是理想中的意中人。姑娘脸皮薄，从来不敢找山嶂谈情说爱，把情悄悄地装在肚里。对此，她自圆其说：他不找我谈，我怎敢同他说，让爱在我心里慢慢长吧！

同样，谢山嶂也爱章水涯。他看水涯发育健全，女性的形象丰满，已经亭亭玉立，待人接物稳重，功课作业认真，对其很有好感。生活中，他多少次想在水涯面前表达心意，每到两人单独相处时却又难以启口。

高二放寒假时，两人相约一起乘车回家，却又不敢并肩而行，前后相隔十几米走出校门。到了街上，山嶂帮水涯提包，才并肩而行。车到半途，章水涯连连瞌睡。谢山嶂让章水涯靠在自己身上，并把自己的棉衣盖在水涯的身上。水涯睡眠中嘴角流着口水，像正在做梦，迷迷糊糊中不知在讲什么梦话。山嶂索性把水涯搂在怀里，看了一会儿水涯漂亮的脸蛋。看周围乘客没有人注意到他俩，谢山嶂俯身把脸贴在了水涯的脸颊上……

车过溪口，眼看下站就得下车了，山嶂才把水涯推醒。水涯，醒醒，快到家了，回家睡吧！这时水涯才发现自己在山嶂怀里睡了不知多长时间，脸立刻就红了。

水涯和山嶂回到家，都在重温刚刚个把小时的亲热。特别是水涯，这是她有生以来第一次睡在男人的怀里，回忆起来好幸福。

几天后春节到了，临村在祠堂演戏。虽然他们对越剧并不感兴趣，山嶂还是跑到章家，约水涯去看戏。

这天晚上，虽没下雪，却北风阵阵，天寒地冻。水涯穿着羽绒大衣，身上披着斗篷，戴着围巾、口罩、手套，全副武装，站在村边等山嶂。山嶂虽然穿了棉衣，戴着手套，但大衣扣子都没扣，吐着热气跑到水涯身边。水涯说：冷吗？山嶂搓搓手说：还好！

水涯说：山嶂，放假那天，我竟倒在你怀里睡着了，还做了个梦，梦见你我……不讲了，让你猜去。

你呀！我不想猜。我是怕你冷，才把你抱在怀里。可抱了你，我却心跳得像做了亏心事。我快20岁了，还没有同哪个女性如此亲热过。

你没碰过我身体吧？

谁敢呀！只是怕你冷，把你脸靠到我脖子上时，我的脸碰到了你的脸。

你怎么不亲亲我啊？说着水涯给山嶂瞟去妩媚的一眼。

不敢呀！我敢亲你吗？

来，山嶂，我们现在亲亲——水涯脱了口罩，山嶂给水涯一个吻。

戏没演完，水涯怕山嶂冷，把围巾给山嶂围上，就准备离开祠堂回家。水涯说：山嶂，你猜到我的梦了吗？

我不想猜。

猜嘛——你不说，我不放你走——水涯抱着山嶂的腰，不让山嶂走。

山嶂在水涯的耳前轻轻地说：我们有孩子了。

好一个山嶂，你真聪明，还没到有孩子的时候，是我们结婚了。你猜错了吧！给我一个吻——

谢山嶂给章水涯一个长长的吻。

直到高三的第一学期，两人爱意浓浓，山嶂想向水涯正式倾吐自己对她的爱慕之情，埋藏在心里的爱已经难以抑制，便 偷偷地给水涯写了封求爱信，信上说，我爱你，无论上不上大学，永不分开……趁夜自修后同学们都回宿舍时，偷偷地将信放到水涯的课桌里。第二天上课时，水涯发现了山嶂的情书,面就红了,给山嶂投去妩媚的一笑。她本想给山嶂写几个字，约他选择时间，把关系确定了。但看刚才山嶂面红耳赤的样子，估计他已心领神会。水涯把情书夹进语文书里。

水涯大意啊，她本该把信收起来放好的，却夹在语文课本里了。第二天下午有语文课，下课后，她的同桌因为笔记不全，私自找水涯笔记本时，看到了谢山嶂写给章水涯的情书，就叫前后桌同学看。这下，班里传开了。

章水涯和谢山嶂恨死那个同学了，特别是谢山嶂，恨得咬牙切齿，很想杀了他。这一天中午，谢山嶂上街买了把小刀插在腰里，夜自修后就跟在那个同学后面。章水涯发现谢山嶂神情激奋，也跟在山嶂后面。因为山嶂找不到机会，才没下手。水涯怕山嶂冲动，伤人害命，故立即约山嶂到操场角里，说了句，不许冲动，把刀收起来，别做傻事，听见了没有——山嶂，我是爱你的，听话。水涯向山嶂表明自己是爱他的后，山嶂才算没有把事情闹大。

二

谢山嶂和章水涯高中毕业了。

谢山嶂在吃不饱穿不暖的家境下能读到高中毕业，对父亲谢国成来说，已经拼了血本。他把水表配件厂都转让给别人了，才让儿子读完高中。山嶂高中毕业了，再想上大学，谢国成实在是无能为力了。

那天，邮递员给谢家送来录取通知书时，谢山嶂拿了浙大物理系录取通知书，步履沉重地走到老爸面前请求：爸爸——爸爸——让我去浙大吧——我要上大学，到我大学毕业后，我会报答父母恩情的，爸爸——爸爸——山嶂流着泪跪在老爸面前。谢国成看儿子哭着求情，心都碎了，双手不断地敲着自己的头，也泪流满面。他拉起儿子后，撕碎了通知书，丢到桌子下，然后就跑出家门，不见踪影。

山嶂眼看录取通知书被他老爸撕成碎片后飞落在桌子下面，待老爸走后，他双手颤抖地捧起纸片，眼泪流到纸片上，心也如纸片一样碎了，碎了……到了这时候，山嶂的心死了。他认定自己命中注定只能是一生继承父业，做背朝老天面朝地的农民，在山村里贫穷度日。

那时山嶂已知道水涯考取了上海外贸学院。经过如此打击，他情绪低落得不想见任何人，更怕见到水涯。

几天后，水涯从同学那里知道谢山嶂考取了浙大后，去了谢家。她在路上已经想好，今天要叫山嶂表态，要叫他举起右手向我发誓，决不再找别的姑娘，等到大学毕业了，我们结婚。

水涯到了谢家。谢山嶂虽听到脚步声但仍低着头，继续修理园子里的花台。水涯没有注意山嶂的情绪，说：山嶂，啥时候去报到？

谢山嶂泪眼看到章水涯时，又喜又悲，泪就不自觉地从眼眶中落了下来。因为他没有抬头，估计水涯不会看到自己在流泪，便趁给水涯泡水的时候，把泪擦了。水涯，喝口水，坐呀！谢山嶂哭红哭肿的眼睛到底还是被水涯看出来了，说：山嶂，怎么啦？哭啦！是不是碰上了困难，还是身体不舒服？

山嶂强装笑容说：水涯，我没法去浙大了，家里没钱……说着又低下了头。

水涯没想到是这种情况，心想，这倒是难了，我家也困难，支持不了他。突然，她想到大学里有奖学金，就说：浙大有奖学金，只要把路费准备了，到学校后给老师讲讲，或求社会慈善机构帮助，争取争取，还是有可能读书的……

山嶂抬起头来说：我家，不单单是学费。老爸劳力不强，要我帮他，爸妈都不同意我上浙大。我，我没有办法了。

在这样的情况下，水涯在路上的想法就不敢说出口了。坐了一会儿，水涯也心事重重地低着头离开了谢家。

一个月过去了，水涯写信告诉山嶂，自己已到了上海。

山嶂把水涯的信原封不动地放在枕头下，去了自留地。

山嶂每天低着头，上山下地，手臂和脸也晒黑了，思想倒开始有些稳定了。就在他一脸无奈的日子里，他从报纸上看到开始征兵的通告。当天他就独自去乡政府找了征兵办公室的同志，向他说出自己想当兵的愿望。征兵办同志问：是哪个村的？

谢家，谢山嶂。

征兵办同志找出了谢家村户口登记簿，就在登记本上写上了“谢山嶂，男，20 岁，高中毕业生”几个字，说：好，你等体检通知吧！

谢山嶂报了名，回来才告诉娘。当夜，老夫妻商量后也同意儿子走这条路。没半个月，征兵体检合格，山嶂穿上新军装，离开了爸妈。新兵赴部队的那天，山嶂写信告诉水涯自己已经入伍，到了部队再给她去信。

水涯接到山嶂的信时，高兴得不得了。到部队后又给水涯写信，水涯回信中大部分内容是鼓励山嶂报考军校。

三

谢山嶂的部队在江西山窝窝里，十里之内不见村庄，是常规部队的军工厂，生产步枪、冲锋枪、手榴弹和炸药。四年里，1460 个日日夜夜，山嶂没出过营房，耳边只听得机器声和猿猴啼叫声，再就是鸟叫虫鸣了。他也曾给部队打过报告,要求报考军校。但因为军工厂任务重,部队没有同意。

在谢山嶂当兵的第二年，谢家和章家都因国家造水库而移民到桃村。水涯放假到桃村时，给山嶂去了封信，说是桃村美，桃村富，桃村是奉化著名的桃乡。将来，即使是你复员回来，在桃村也一定容易就业，生活一定比老家好。我等着兵哥哥……

大兵也在爱着美女，只是多少封信中，山嶂都不敢提将来……

谢山嶂在连队的教育下，任劳任怨地工作了四年。这四年里，他不但学会了修枪、造子弹，也入了党，年年被评为五好战士，还在射击比赛中获得第二名。

水涯大学毕业时又给山嶂去过一封信，说，毕业了，我马上就回桃村，我会去看你爸妈。

四

上几天，部队批准山嶂复员了。他只是给爸妈写了封信，告诉他们自己要回来了，并让妈转告水涯说，自己复员了。

谢国成和妻子知道山嶂马上要复员回家，心里又开始七上八下，儿子回来干什么去，国家、政府会安排工作吗？

在谢山嶂复员离队的那天，战友们拉着山嶂的手，送山嶂上车。指导员说：山嶂，到地方后，永远不要忘记自己是个军人，军人是不畏艰难困苦，铁打的材料的一员。我们等你的喜报传来。

山嶂握着指导员的手说：我永远是个兵，无论我在哪个岗位上，我永远也不会给军旗抹黑。说完他挥泪上车。在战友们高歌“送战友……踏前程……”歌声中，军车消失在弯弯山路上。

谢山嶂乘军车到达一个简陋拥挤的小城车站时，站台上已有几个携妻带儿，挑着塞得满满的行李，背着编织袋的男人。还有四个同“山美，水美，人更美”电视广告上一样的苗族姑娘。她们打扮得很显眼，各拉了一只拉杆箱，说说笑笑聚在一起。与她们旁边的男女像是来自两个世界的人。

山嶂走进候车室时，姑娘看山嶂穿着没有帽徽领章的军装，站在她们身后，就用苗语窃窃私语。虽然谢山嶂听不懂她们在讲些什么，但总是觉得她们是在讲自己。

直等到十点后，班车才开进站。车上已塞满了旅客，没有人下车。一个男人手里拉着一个孩子，挑着行李艰难地上了车，把行李放到车厢角落，又把紧跟在他身后怀抱婴儿的妇女拉上车。男人让女人坐在自己的铺盖卷上，自己站着。

四个姑娘跟着上车时，已没有立足之地。她们把拉杆箱叠放在驾驶室旁边，都挤进驾驶室角落里站着。山嶂上得车来，从背上解下背包，正想找块地方把背包放平，当作坐垫时，其中一个姑娘伸手把背包拉了过去，放在了她们的行李边。山嶂还没让手里的行李包落位，车就开了。

车上的人，大都是刚才同自己一起等车的男女一样，或坐或站地挤在车上。有座位的人有的抱着孩子眯着眼睛；有的嘴角流着口水，睡着了。还有个女人毫不介意地解开衣扣，露出丰满的乳房给孩子喂奶。山嶂在当兵前见过这样的情况，并不大惊小怪，只是没见过这样一大群人远途跋涉。山嶂闻到车厢内一股浓浓的酸臭尿臭。看四个姑娘已用手帕捂了口鼻。当看到那妇女喂奶露出的乳房后，有个姑娘指指喂奶的妇女，双手拼成一个圈，意思像是说，她的乳房真大，并示意妇女把衣服往下拉一点。

山嶂拉着扶手站稳了后，拉他背包的姑娘问他：大兵同志，你是复员回家吧？

山嶂点点头，腼腆着，不敢讲话。

家在哪里？

宁波。

宁波发达吗？我们四个也去宁波。

山嶂又点点头。

车子在不断的颤动中吃力地向前爬行，进到高速公路后才稳当。山嶂不吃不喝地乘了足足八个小时汽车，天已经暗了，华灯初照时才到火车站。

在火车站，凭军人优先买票这一条，姑娘们托山嶂为她们买票，一起又上了开往宁波的列车。

列车上，姑娘在嬉笑中同山嶂说：大兵同志，你到宁波后，还往哪儿走？宁波到奉化怎么走？

山嶂心里一惊，说：你们也去奉化？去奉化干吗？

奉化有个桃村，他们村在招聘歌舞队，我们四个原是县歌舞团的，这次去桃村应聘。

好，我是桃村人，一起走吧！

姑娘说：太有缘了，我来之前还在担心我们四个姑娘千里迢迢赶到奉化去，找奉化会很困难。

山嶂说：找奉化不难，到了浙江境内，谁不知道奉化啊？奉化是蒋介石老家。奉化水蜜桃也闻名全国。

经过两天一夜的火车，一行人才到宁波。山嶂又同她们一起换乘宁波到奉化的汽车，来了桃村。

从宁波到奉化的汽车上，姑娘一个接一个地问桃村情况，山嶂不知摇了多少次头。

你说你是桃村人，怎么对桃村如此生疏？

我没到过桃村。

哇，桃村人没到过桃村，此话怎讲——

我老家不在桃村，我家在我当兵后才迁到桃村，所以我也没到过桃村。那么你对村里的情况也不了解啰！

是的，但老爸老妈了解。

姑娘问了几句，也问不出名堂，就不说话了。

在汽车上，山嶂一直眼睛望着车外。时值初冬，他看到奉化大地全是草绿色的一片，山绿地绿水也绿。进了城区，汽车多得如过江之鲫，让他难以想象。他想，据爸妈信里说，奉化市域不过十万人口，路上这么多小车，难道家家都有车吗？现在有高速公路，有铁路，机场也近，交通这么好，出行这么方便，家家还要车干吗？想着想着，终于他得出结论了，这就是现代化的象征……一路上，他看到到处都是高楼大厦，人们穿着打扮也远远超过老家人，更不用说江西人了。

谢山嶂当兵四年复员了。他知道桃村比老家富裕，但是还没看到桃村到底是啥个样。

五

一眨眼，章水涯四年大学生活过去了。八月，毕业后她回到家。

这几天，章水涯就在家等待就业。她的同学纷纷通过关系网落实了工作岗位，这个向她报喜，那个告诉她通信地址，唯章水涯不知去向，心里总是因为工作没落实而烦恼。一天，她收到同班同学的一封信，约她同去沈阳、青岛外贸公司应聘。她左思右想总不敢北上。但在这样一个小县级市里，实在难找工作。

她跟着妈上奉化城里买菜归来，看建筑工程公司正在为进村道路施工，就站着看了一会儿。

没几分钟，她看到谢山嶂复员回来了。

喂——山嶂——谢山嶂——章水涯看到了谢山嶂。

谢山嶂走了过来，水涯，啥时回来的？

水涯本想告诉山嶂，自己回来已三个多月了，但看山嶂行李在身，身边还有四个苗族姑娘，就说：山嶂快回家去，你娘在等你了。这几个姑娘是干什么的？你从江西带过来的呀？

山嶂点点头，对四个姑娘说：走吧，我等会儿带你们到村委会去。山嶂到了家门口就喊：妈——

娘看到儿子，又看到儿子身边还有四个姑娘，就问：这些姑娘是你带来的？

这四位姑娘来村应聘，你陪她们去村办吧！

章芝蓉带儿子进家，帮儿子把行李放在客厅里。

姑娘们不敢进家，只是站在大门外，等山嶂为她们引路。谢国成下班回来了，看到自家门口有四个打扮漂亮的苗族姑娘，也不问姑娘在此干吗，就进了家。爸，你帮我把这几位姑娘带到村办去，好吗？

她们是你带来的啊，她们是干啥的？

她们是来应聘村歌舞团的。

国成走到几个姑娘面前说：走吧！我带你们去村办公室。

六

章芝蓉迎进了儿子就去炒菜，鸡是昨天就杀了的。她切了一盆白切鸡腿，问:山嶂，饿了吗？中餐在哪里吃的？妈给你烧碗宁波汤圆，怎么样？

妈，我不饿，等爸回来了一起吃吧！

山嶂站在门外，看到满山遍野的桃林，心想，好一个桃村，真是名不虚传啊！站了一会儿，回进家里，他打开了电视机。央视四台正在播放“走遍中国”中的“桃花红遍”，他想象，到了春天，这里一定是红色的世界。

谢国成送姑娘回来后，帮助芝蓉整桌子、放筷子，又开酒瓶、倒酱油……山嶂看父亲的表情好像有点什么味道，情绪不高，是内疚还是失意？战士的眼光到底不同于一般老百姓，只是没说。

章水涯吃了饭就来谢家。水涯帮山嶂妈为儿子打扫房间，铺了床，说：山嶂，当兵辛苦，回来后好好休息几天，有空来我家，我工作没落实，也在家待业。

山嶂说：大学生，又是学外贸的，工作迟早会落实。还不知道民政局把我放到哪里去呢！

我看你根本不必让民政局安排，在桃村，林书记和林主任肯定会帮你安排工作。

两人久别重逢。水涯闻到山嶂身上有一股酸臭味，说：我知道当兵人辛苦，加上旅途辛苦，回来了得好好休息几天，洗个澡。

是呀，水涯，你回去吧，我要洗澡了。

你去洗吧，衣服脱下来，我帮你洗掉。

不用你洗，我妈会洗的。我自己也会洗。他边说边脱。

水涯回了家。

第二天，芝蓉就带儿子到村委会办公室，林生民主任在。章芝蓉说：儿子，叫叔叔！林主任，我儿子复员回来了，先带他到村里报个到，再到民政局报到去。

好，好，好。欢迎呀，我们村又多了一个部队大学校教育出来的人才。实在难得呀！到时候，我会向林书记汇报。

第八章

桃村青年接班继位 刘东山接受许桃红

一

刘东山当村官后，帮桃红走出了困境，又完成了枣庄公园建设，图的是增加村集体财政收入，只有村集体经济增加了，实现美丽桃村的建设才有可能。花木公司在枣庄为桃村赚到800多万元的收入，为美丽桃村建设注入了活力。

自东山、国苏和林雷回村后，后来又来了山嶂和水涯，桃村一下增加了五六个年轻人。这些桃村青年根正学丰，不但具有科学文化知识，更具有朝气蓬勃的精神面貌。林书记和林主任看在眼里，喜在心里。刘东山、林雷和刘国苏来村后已经为村里做了几件好事了。他们人在桃村，心在桃村，为桃村村民着想，为桃村未来着想。他们思想开拓，精力充沛，有心改天换地，建设美丽桃村、富饶桃村。林书记自言自语地说：接班人来了，我该退位了！

上一届执政已经七年，这一届选举已经延期两年。桃村的领导班子面临换届。会前，林书记找刘东山谈了一次话，告诉他村委会和支部换届在即，要东山和林雷准备任正职。

林忠华书记决定开支部大会。在支部大会上，他说：现在开会。今天我们开个支部大会，欢迎镇党委组织委员童心海同志参加我们的会议。我们支部已经有 18 个党员，年轻党员占到一半以上，我因年龄和健康因素已向村委会提出不再担任这一届的职务，今天我们要选举产生这一届的支部委员。现在请老童讲话。

同志们，我们桃村，在老书记刘祥庆任书记时，克服了重重困难，改水改田，大力发展桃子产业，扩种桃树，以桃养农，以实事求是的思想作风顶住了浮夸风，渡过了三年困难时期，村民生活达到了衣暖饭饱。后来，林忠华书记遵照刘祥庆书记的“做大做强桃子产业，农工商并进，充分利用自然资源，适度发展旅游业，把桃村建成美丽、富饶的桃村”路子，带领大家发展桃园，新建桃村，改变村容村貌，把桃村建设成名副其实的“天下第一桃园”。现在，两位领导都要功成身退，选举新一届支委会，让我们以热烈的掌声感谢两位老书记为桃村人民做出的贡献。

林书记说：在正式选举新一届桃村党支部支委前，我提名由刘东山同志任桃村党支部书记，由林雷同志任副书记。理由是，刘东山自幼好学上进，在上大学时就入了党，一直当班长，有组织能力。他思想开拓，敢于创新，自浙江农业大学毕业后，我同老书记商量，把他留在村里当村官，协助村委会工作已经四年，他是土生土长的桃村人。经过四年大学，他学习了园林管理专业，我们要科学发展，必须要有一个有文化知识，懂农业科技的人来领导村民发展桃村，建设桃村。回村四年来，刘东山为我们桃村新村建设已经出了不少力。我觉得他有能力把桃村建设好。关于林雷，大家知道他是部队这所大学校里培养出来的青年，思想纯洁，敢作敢为，两年多来已显示出他的办事才能和智慧。我想请他当副书记，协助刘东山工作，这样桃村就有希望大发展。现在无记名投票。

林忠华的话得到与会者的阵阵掌声。

投票结果，刘东山和林雷全票通过。其他干部还有毛裕娥、刘国苏和谢山嶂。经过新产生的支委会讨论，刘东山任支书，林雷任副书记，刘国苏任宣传委员，毛裕娥任组织委员，建立桃村团支部，谢山嶂担任共青团书记。

童心海委员说：根据镇党委意见，林忠华书记继续任书记一年。协助刘东山工作一年后退位。

党支部改选后，村委会也做了改选。刘东山任主任，林雷任副主任，毛裕娥任妇女主任，徐蕾薯任村会计，刘国苏任总公司办公室主任。团支部也改选，谢山嶂任支部书记。

刘东山担任桃村党支部书记后，心在桃村新村建设、在果园建设上。他的“桃村未来的设想”被村里采纳后，新村的未来美景几乎占据了他整个大脑的角角落落，占据了所有的业余时间。用他自己的话说，只有这样才能满足群众的要求和期望，这才是我的事业。他很想继承上一辈的事业，决不辜负老百姓对他的期望，把桃村建成富饶桃村、美丽桃村。

二

刘东山在为新桃村建设过程中也担心桃红公司，他担心许桃红的公司前途，他想把桃红台塑经销公司拉入桃村总公司管理。这样做，至少有两大好处：一是解决了桃红公司发展中的潜在危险，能把公司做大做强；二是许桃红的公司能为桃村总公司建设助把力。这样桃村总公司的经济实力将进一步增长，更有利于桃村建设。于是，任支书后，他想去跟桃红谈谈。想是这样想，因为村里事多，始终没有抽出时间。

桃红找上门来了。东山，林主任，你们在忙什么啦？如此认真。

林雷见许桃红进来，忙让座，又泡茶。许经理今天登门，有什么要事吧？

啊呀！林主任真厉害，我来看看老同学也不可以吗？我还要谢谢你呢，我有要事同你们商量，你们有空吗？

东山笑笑说：那就谈嘛！你不来，我还想去你那儿呢！

噢！谢谢老同学关心。是这么一回事，我公司接到台湾公司电话，有一批澳大利亚的业务，他们想转给我们做，这就要有懂英语的人才了。本人英语可以对付，但一个人势单力薄，得有一名助手，要求助手能直接单独用外语与外商商谈，我们公司需要一个像你那样“考不倒，获满分”的人，可以直接同外国人谈业务。请你们帮我物色一名人才，可以吗？

好呀！我去，你能给我多少月薪，我的英语水平比高中时高多了，我给外籍教授当过即时翻译，同学们都叫我 Professor Liu Dong shan（刘东山教授）呢！

别开玩笑，对你，我可不敢，你是桃村人的主帅！

这样好了，不开玩笑了。我给你调两个人去，一个是复员军人，跑国内业务；一个是外贸学院毕业的大学生，当你的助手，可出国做生意 。这个人英语八级。

林雷说：谁呀！

一个是章水涯，一个是谢山嶂。

好，这两个可是人才呀！不过，他们愿意不愿意去你那公司还是问题。我去给你说说。

桃红高兴地说：Thank you very much。就起身走了。许桃红走后，林雷说：许经理说英语真好听，看来外语也不错嘛！

东山说：她呀，她是我们高中时的英语课代表，英语水平不会比我差。

怪不得，有一次我看她在看外语版的电视，还怪怪地讲英语。东山，章水涯是上海外贸学院毕业的呀？

是的，不过，我还不知她工作落实了没有。桃红的那个公司，看样子有前途，但像现在那样，人才和资金是她的短板，没有实力浓厚的公司支持，她的公司有一定的危险性。我扶持桃红公司是有目的的。钱，这个东西是有规律的，钱少了，希望能赚更多的钱，买房买车；钱多了，要买的，要用的都有了，对她来说，钱的作用就没有了。我叫她赚很多钱，钱就不是她需要的了，就可以把钱用到建设新农村来。

林雷说：我去了解一下水涯的情况，如何？

东山说：你就告诉水涯，这是我出的主意。

三

林雷去了章家。在路上，他还没完全理解东山的“经济学”。章川田在家。章叔，家里只你在家呀！水涯呢？

你找水涯啊？她同她娘一起去菜地了，要不要我去叫她回来？

不急，章叔，水涯工作落实了没有？

她呀！毕业前想读研究生，我这农民供得起她读研吗？我要她毕业后赶快工作，所以，她毕了业就回来了。工作嘛，我又没有门路，帮不了她，她同学说是去沈阳、青岛的外贸公司谈谈看，叫她一起去应聘，她不想去。她去奉化外贸公司问过，说是没有指标，像是远航之中找不到码头，只有等待机会了。

正说着，水涯同她娘回来了。林主任，你怎么有空来我家啊，有事吗？

是的，我想找你谈谈，工作落实了吗？

没有啊！是不是林主任为我找到工作岗位了？我同学叫我去沈阳、青岛，我怕北方的生活不习惯，也放不开家。我给山嶂讲过，他说是有志者志在四方，你去外地，我去给你站岗，只是……我知道他也放不下我，所以没去。主任是有门路了，帮我来了，是不？

水涯，有个很有前途的私营公司很需要像你这样的人才，你去不去？

主任，公司在哪里？

在奉化。

奉化外贸公司我去过，他们说没有招工指标呀！

不是奉化外贸公司，是桃红台塑经销公司。

这个公司我没听说过呀！公司大吗？

公司不大，但很有前途。我同东山商量了，你去最合适。

私营小公司，我不想去——

我知道你是怕大材小用，是吧？大海航行找不到大码头时，只能暂时靠在小码头上，说不定现在的小码头，将来会成为万吨级大码头呢！你考虑考虑，尽快给我个答复。说完，林主任回走了。

四

章川田在老家时办过纸箱厂，生活好过。移民来桃村时，纸箱厂停办了，单靠农地上那点钱生活，确实困难，所以无论如何不同意女儿考研究生。现在女儿大学毕业了。如果她有了工作，生活就会有气色，他盼女儿早点工作。

章水涯经林主任这么一说，晚饭后就去找谢山嶂，把下午林主任说的话原原本本地给山嶂说了。山嶂说：我相信林主任，我们去同东山哥商量一下，听听他的意见，再决定，好吗？

好！

两个小青年去了村委会。村委会没人，就找到家里来了。

晓晓听有人敲门，忙去开门。水涯，山嶂，快进来坐，东山——水涯和山嶂找你——

东山下楼。两位，坐嘛！我知道你俩来家，是想叫我参谋参谋，是吗？

水涯说：书记，我俩回来已四个月了，看你工作忙，不敢去麻烦你，今天听了林主任的话，想来听听你的意见了！

此事我知道，我想请你们俩都去桃红公司，山嶂帮桃红姐跑国内业务，水涯帮桃红姐做外贸。山嶂一身正气，精力充沛，凭你一股军人的气度，很有可能业绩辉煌。水涯要同桃红姐一起出国，与外商谈生意。这是你学以致用的时候了。我知道你英语考了八级，但要出国与洋人直接对话就难了。你得赶快提高英语会话水平，特别是外语术语，能听懂，也要能说会道。两位，能接受我们安排吗？

东山哥，桃红公司好吗？

你们现在去的桃红公司是私营企业，我相信这个公司的前途，桃红公司需要人才，有你们俩帮她，公司将如虎添翼，很快会发展成为大公司。放心去吧！

两个小青年，你看看我我看看你，不约而同地点了一下头，没有说什么，回家了。

爸，我回来了——章水涯听了刘书记的安排，心里兴奋，跳进门时两个小辫子跳得像跳舞。

山嶂说：叔叔，阿姨，我们俩都进桃红台塑经销公司了。一个跑内销，一个跑外贸。这是东山书记安排的。

好啊！水涯你想通了？这是个机会，这机会难得，过了这个村就没有那个店了。到小码头成了万吨级大码头，你这条船就能扬帆远航世界了。

我这条船远航动力还不够，能不能适应公司需要还难说。书记对我的期望值很高。可能桃红姐还会提出更高的要求，我自己也感觉到心有余而力不足。要适应还有一段时间。

第二天，刘东山就电告桃红，叫她在公司等，两位助手今天要来报到。刘东山带了谢山嶂章水涯来到公司时，许桃红迎了出来。欢迎呀，三位请进！东山，我在想马上去次澳大利亚，你同我一起去，带上水涯姑娘，给我们做伴，时间抽得出吗？

你俩去不能解决问题吗？

我怕我那点水平的外语在外商那里显臭，你给我保驾去，求你了。

好！确定时间提前通知我。山嶂，水涯，你们有什么想法，同许经理谈吧！我走了。

三人异口同声地说：再见——

送走了东山，许桃红请两位弟妹坐，对他们说：现在公司只有一张写字台，明天，我会把你们的办公桌、电脑都配齐。我希望你们能安心在我公司工作。我是专门叫东山挑选你们的，两位，你们介绍一下自己，好吗？

山嶂听许经理讲话很利索，已有了好感，说：我叫谢山嶂，山上的山，嶂是层峦叠嶂的嶂。刚从部队回来，没有技术，也没专长，有的是力气，还有一颗服从命令的心。报告完了。

山嶂，高中毕业吗？

水涯说，高中时，他与我同班同学，大学也考上了，因为经济困难没有上浙大。

噢！是漏网大学生，这下被我抓住了。

水涯说：我呢，是上海外贸学院毕业生，我知道许经理要我与外商谈判，我知道我的外语水平肯定不能让你满意，好在有许经理和东山大哥在，让我学中干，干中学吧！

许经理说：两位讲得很实在，我把我们公司的情况告诉你们。我们公司是个小公司，只销售台塑产品，共六个型号，每个型号粒子的特性不一样，0 号和 1 号是供做铝塑产品的，如汽车外壳。5 号是透明的，可做灯罩。2、3、4 号硬度不一样，都是生产日用品和玩具的。产品的销售价和合同价都在墙上，你们自己看。合同价的波动，主要是数量决定的，数大，价就低，薄利多销。世界上生产塑料粒子厂不少，我们的主要对手是巴西。国内很多厂都在用巴西粒子，我们用低于巴西价销售，争取市场。国内销售前途不小，只要打开市场，我是充满希望的。小谢要在这方面努力。最近台塑公司把澳大利亚的业务转给了我们，所以，我们要与他们谈判，这就需要有英语会话能力的人，出国与他们面对面谈。所以，我给东山讲了，东山把水涯推荐给我，据说水涯英语水平高，水涯要赶快加强这方面学习，尽快适应外事需要。明天，我把隔壁那间房子租过来，每人一张台子，一台电脑，让你们可办公。关于你们的薪金，我们实行台湾公司的模式，以销售量的 0.015% 提成。谁做多，收入也多。明天开始上班。你们还有什么要说的？

水涯说：我是新娘子到夫家，什么都不熟悉，只有请婆婆多加指教了。

山嶂说：我是新兵背枪，还摸不着性能，让我慢慢熟悉吧！

好，新娘子也好，新兵也好，有志者，事竟成。

五

第二天，许经理租了隔壁房子，配备了全套办公用具。抽屉里每人一本台塑产品介绍。每人两盒名片，一部手机。水涯台子上放了一本英语台塑产品介绍。

两天后，谢山嶂带了印有“桃红台塑经销公司副经理”的名片，心情像战士接到战斗命令，奔赴战场一样激动，背了个军用挎包，去武汉、枣庄、合肥。临走时，桃红给他一张信用卡，告诉他，车旅费全在这卡上消费，不要太苦了你了。注意安全，注意冷暖，祝你旗开得胜。水涯送山嶂到火车站。

水涯回到公司就听许经理在接电话，干吗这样急呀——好啊——后天，我们出发，请朱总告诉澳方阿德利经理在家等我们——很明显，许经理的电话已明白地告诉水涯，马上要去澳大利亚了。

许桃红给东山打电话：东山吗！晚饭后，请你在家等我，我有要事同你商量。

章水涯心里一阵恐慌：马上去澳大利亚了，我那点英语水平能适应得了吗？太突然了，太突然了。许经理来到她面前，水涯，准备一下，我们要去澳大利亚。不用怕，我同你一起去！水涯的心在颤抖，像是“赶鸭子上架”，可不走也不行。

晚饭前，许桃红手里提着两盒礼品，来到刘东山家，叔叔，阿姨，你们在吃饭呀！

桃红，你吃饭了没有？一起吃点吧！

好呀，算我脚长，赶到饭局了。桃红不客气，就坐在晓晓旁边。刘祥庆是第一次与许桃红见面，感到这姑娘不一般，大大咧咧，一点不做作。晓晓是很早就知道桃红与东山有情，也喜欢这姑娘。桃红，阿姨烧的菜，你吃得惯吗？把荷包蛋夹到桃红的碗里。

吃得惯，吃得惯。

晚饭后，许桃红把今天接到的电话同东山说了：这笔澳洲生意原来是台塑经销公司自己在做的业务，数量很大，不知什么原因，转给我们经销。如果这笔生意做成了，我的日子就好过了，你同我一起去吧？

哪天去？

后天。

好，我同雷雷说一下。几天能回来？

顺利的话，五天就够。

机票买了吗？

还没同你说定，怎么买票呀？

好，明天，你等我电话。

刚才，我看叔叔的样子，好像对我突然到来有些惊奇，他知道我俩的关系吗？

我没同他说过，妈好像知道！

这次回来，就公开了吧？

再说！

那好，我走了——

慢慢，这次要把章水涯带上，让她去感受感受外事场面，有利于以后工作。

桃红十点多回到公司，看水涯对着录音机，还在“呷呷哇哇”地讲得起劲。水涯，心急吃不了热豆腐，慢慢来，这次我带你出去，是一次实习，我想，叫东山一起去，他的英语水平，估计能适应。回去吧，告诉你妈，自己再准备准备。

水涯走了。桃红还在想这次谈判的成败可能性。她是下了决心要千方百计掘到一桶重金。即使是利润低一些，也要拉牢这批业务。就看这次谈判中的智慧和技巧了。

十月二十日，一架银机载着三个雄心勃勃的男女向东南方向飞去。今天，章水涯和许经理都是一身公司的工作服——白衬衫，红领带，外面常青西装，短裙，肉袜，中跟黑色皮鞋。刘东山也是白衬衫紫红领带，常青西装，黑色皮鞋。水涯还是第一次乘飞机，她想看浩瀚的大海，异国风情，飞机在万米以上的高空云层中飞行，机下除了白云还是白云。她看身边的书记经理谈笑生风，像久经战场的指挥官那么镇静，像久经考验的外交家，她颤抖的心也渐渐平静了。历经三个小时，终于到了悉尼，飞机降落在悉尼机场。出了机场，水涯发现她的经理和书记都成了外国人，满口都是英语。

三人打的去了悉尼大宾馆。东山书记向宾馆服务台订了房间，就住上了。饭后，水涯在看澳洲电视台的电视，似懂非懂。桃红在给澳方阿德利经理通话，询问是请澳方供销主任来宾馆商谈还是他们去公司协商。最后确定，我方去澳公司商谈。章水涯对许经理的英语水平佩服得五体投地。东山来到桃红她们的房间，水涯关了电视。桃红告诉东山，明天上午九点在澳方公司会谈。过了一会儿，桃红叫水涯去东山房间。水涯，你暂去书记房间，我同东山要谈点事。

水涯来到东山的房间，看了一会儿电视，又在阳台上看悉尼夜景。外面的灯光五颜六色，非常漂亮。她在上海读了四年大学，却没有好好地看过上海的夜景。虽然看不到悉尼全景，但她确定悉尼不会比上海小，同上海一样繁华。看到悉尼市民的夜生活，异国风情，想起来，要是山嶂同自己一起来这里，多好……

桃红与东山谈了这次谈判的可能性后，桃红提出要同东山赶快结婚。东山，我们俩都不小了，你 29 了吧！我也 28 了。人家比我们小的都已经有孩子了，我们还在那里徘徊，好像还没过够独往独来的生活。说事业有成再结婚吧？事业基本上也算是有成了，没有必要再拖下去了。我们今晚在异国结婚，好吗？

桃红，自上次你问我读过杜秋娘的“劝君诗”没有后，我就知道你想同我结婚，我也爱着你，我也想结婚，只是在这里结婚，不行！回去后再商量吧，你爸妈同意吗？

我早就告诉过爸妈了，他们还催着我，不知讲了多少次了。说是，红红，该结婚了，红红，该结婚了，再拖着就老了，夜长梦多呀，没有像你们俩这样对待婚姻的。你爸妈同你怎么说，他们同意吗？

妈同你爸妈一样，不知催过我多少次。爸的态度不明朗。只是我……

你怎么啦？你是觉得条件还没成熟，是不？

我的理想是把桃村建成花园式新村，家家都住别墅，到大家都住上别墅了，我们俩也在别墅里结婚。

那还要等多少年呀，你我都老了，我不能为你生儿子了，你爸妈会同意？

桃红，我的理想你支持吗？

支持！我的想法你支持吗？

好，我们把这次生意谈成，回去就准备结婚。

不——今夜就结婚！花开堪折直须折，莫待无花空折枝。你去洗澡，我去告诉水涯，叫她今晚住在那里，书记今晚不过来了。

我去讲，我还得去拿衣服。东山走了。

水涯，你就睡吧！我同许经理还要出去，回来可能迟了。

那我就睡在这里了。水涯其实在许经理叫她到隔壁来时，已经看出苗头。她想书记经理年纪不少了，是该结婚了。

他俩来到街上。桃红洗头后，把头发做成飞机头。东山也理了发，没两个小时就回来了。进宾馆大门就看到水涯房间已关了灯。

经过如此打扮，两人气质和风度好多了。桃红说：东山，你先洗吧。桃红帮东山取了内衣内裤，推东山进浴室。

刘东山知道今天不同于平时，把全身上下好好地洗了一遍，出来了。

东山走出浴室时，许桃红已脱了自己的衣服，赤膊露体一丝不挂，双手抱胸，进了浴室。刘东山关了大灯，在床上等桃红出来。

许桃红像喝醉酒的那次一样，托着乳房来到床上。东山，你看我漂亮吗？来吧！我准备好了。

这一夜，两个年轻人，完成了人生的一个阶段，向另一高度进了一步。

六

澳方阿德利经理亲自开车接中方三人到他们会议室。澳大利亚方有四个人参加，进会议室坐定，会议就开始了。许桃红以中方公司的名义提出接收台塑公司的合约，同澳方签订新一年的合同。合同的数量和价格同原来的条件一样。谈判非常顺利。阿德利经理和许桃红经理都在合同上签了字。

这次谈判超出了桃红原来的意想，不但数量多，价格也比她想的要高。回到宾馆，刘东山高兴得不得了。许桃红却没有刘东山高兴。水涯说：桃红姐，你怎么啦？第一仗全胜而归，你还不满足啊？

小家伙，你一个姑娘不懂我的心思。别在这里插话。

水涯给经理笑笑，不说啥了。

东山，这次签约数量之多是我没想到的。如此大数量，向台塑公司预付款却成了问题。本该在合同上加上一条分期发货就好了。台塑公司一次性发货预收款大概要两百万美金，我没有这么多资金。具体差多少，还得回去后查了才知道。

那就给澳方经理讲，无法一次性供货，要分成两批，如澳方不同意，再给台塑讲，先付一半，如果他们也不同意，我们再想办法，借。

哪里借去呀，你们集团公司能暂借我50万美金吗？

50万美金，300多万元人民币啊，总公司有钱，但这么大数量谁也没权批准呀。我知道总经理只有100万元以下借贷批准权，而且还要是本集团公司名下的子公司。

付你们利息嘛！也不行吗？

利息当然要付，问题是没法批准。

我不管，无论如何，你得借我。

你讲不讲理？三条路同时走走看，回去再说吧！

桃红拿起电话想给澳方打电话，听东山说三条路同时走走后，又放下了，自言自语地说：回国再说。

回到宁波，谢山嶂已开了许桃红的车在机场出口处等他们了。半个小时就到奉化，先开车到桃村，许桃红再开车回家。

章芝蓉早就准备了晚餐，章水涯在谢家吃饭。谢国成问水涯：水涯，初次出征，是旗开得胜了吧？

大获全胜。只是本人未发一枪一弹，都是经理和书记在谈，我没法开口，也不需我插话。一个上午就谈定了。数量之大连经理都没预料到。这下，许经理发财了。

山嶂说：水涯，初次上阵，感觉如何？

出发前，我心里非常非常不踏实，到了澳大利亚谈判时，也是经理和书记在谈，我就充数量，坐在那里听他们讲。许经理和刘书记的英语水平，那真是不得了，对答如流啊！章水涯伏在谢山嶂的耳前轻轻地讲：许经理同刘书记已经订婚了，也同居了。看来马上会结婚。山嶂点点头。哇——好浪漫啊！

章芝蓉说：你们俩在说啥呀？

妈，东山哥要结婚了——

这有啥大惊小怪的，都二十七八的人了，是该结婚了。我看祥庆嫂早就在准备了，他们不急，双方父母已经在急了。

水涯听了这几句话，婆妈像是说给她听的，脸就红了。

那一夜，水涯没有回自己家，住在山嶂的房间里。一对小年轻人也在讨论未来，只是他俩都认为自己还年轻，刚参加工作，经济条件也不允许，双方家庭也没准备。

说年轻，他们也都二十三四了，在条件不允许的情况下，只能说是还年轻。当经理书记那夜在异国同睡一张床时，水涯设想过他们俩在如何翻云覆雨，23 岁的姑娘向往风花雪月美。山嶂，我也要……

别胡思乱想，还没到时候呢——

我是想，今晚你陪我

陪你，还不是要同我亲热啊？怀孕了你倒霉。

不会，我们在一起，玩一次，不做爱，好吗？

这一夜，水涯住在山嶂房里，章芝蓉高兴得不得了，觉得自己马上可以做奶奶了。这一夜，水涯在山嶂房里过夜，让谢国成跳脚。他嘴里不说，心里怨恨自己无能。天刚亮，山嶂就同水涯一起上公司了。他们俩一点没想到上一辈人的感受。

许经理也上班来了。你们俩已经来了啊？来了好，水涯，你把同澳大利亚的合同重新打一份，改成分两期发货，第一期今年年底发货，第二期明年六月一日前，起草后给我，我来签字盖章。山嶂，你给我去一下银行，看看到昨天为止，客户到账的资金有多少？回来告诉我。

桃红布置完任务后，给东山打电话：东山吗？有两件事：一是你给爸妈讲，我们已经订婚，问一下能否春节前结婚。第二件事是，借资的事赶快落实。早办早赚钱。看来可以少借一点，十万美金总可以吧？

东山在电话里说：两件事都别急，明天开总公司领导成员会，我会提出来。最多只能是 20 万美金。

山嶂从银行回来了。公司的资金以美元的利率折算后让桃红心里宽了不少。如总公司能贷 20 万美金，什么问题也没了。

山嶂，你出去三天就回来了，生意谈成了吗？

谈成了两家，我把合同拿来，请你签字。

许经理看到山嶂新开辟的客户订货量比林雷谈成的三家还多，而且价格也好。经理，这两家都是新办的汽车配件厂，他们要 0 号粒子，因为他们对行情不了解，所以，价格就高了一点。

好的，瞄准新办厂，看来大有潜力，但老厂亦不能不顾及。

知道了。

水涯在那里对山嶂笑。奸商，你真是奸商，名副其实的奸商。

山嶂说：许经理，我想明天去广州，我从网上看到了一个新闻，广州的什么什么厂同另一个厂合作，生产重型汽车。他们的汽车配件是一个县级市生产的，我想去了解下那个县级市。据报道，那个县以塑料制品闻名，我想可能有生意。

好的，你要知道，越是发达的地方，生意越难做，即使谈成了，加成率也不会高。刚回来，休息两天再走吧！

刚说完，桃红的手机响了。喂——东山，你说呀——好，好。好！我现在就来。

许桃红到桃村总公司时，看房间里只有东山和林雷。雷雷，你也在呀？

许经理，你的事东山提出来了，大家的讨论结果是你公司必须是总公司的属下子公司，因为集团公司的钱不能外借。数量嘛，最多也只有 100 万人民币。

桃红想了很久，说：让我回去想想。加入总公司后，我公司要承担什么义务？有多少权利，也就是说有没有好处？

许经理到底是生意人啊，让东山给你说吧！

你晚上到我家里来看总公司章程吧！

七

晚饭后，桃红就去了东山家。晓晓一见桃红进来，就迎了上去。桃红，你们的事，我同他爸都商量了，关键是房子……

妈，你别打岔，我约桃红是有要事要商量。

我讲的也是要事。好，好，好！你们谈去——

两人一起到了东山的房间里。东山从抽屉里拿出总公司工作章程。你看第二十一章，经济管理一章。

桃红坐了下来，细细地看了这一章。

你再看看上面的十二章，总公司与子公司的关系。

桃红看了经济管理一章就知道，总公司的资金只限于本公司内使用，十二章内明文规定八条权利，八条义务。一条“每年应上缴利润的10%作为公司的发展资金”的条文让她火冒三丈，桃红涨红着脸说：我不借了，我也不入总公司。说着起身欲走。

东山知道桃红怕吃亏，说：你不必发火，上缴了10%，你也不吃亏，在总公司内的村民都享有桃村村民的权利，你好好看看，总公司是取之于民，用之于民。将来，你爸妈来了桃村，他们都能享受村民的待遇，单享受劳保一条，就超过你那10%，还有一家人的生老病死。更何况企业的风险保障、纠纷承担，有了总公司，你只要一心一意做业务就行了，这个公司还是你的，还是你当经理……

你们桃村总公司与子公司之间的关系都是如此吗？

不，不一样，他们不是10%，他们是100%。他们的收入直接进到总公司。因为他们都是总公司的儿子，只有你是嫁过来的媳妇。

桃红被说动了。你只叫我看二十一条和十一条，我没看村民的权利义务，现在看了，知道村民享有共产主义式的很多好处。但我还得考虑考虑我的利益。让我回去想想。加入了桃村总公司，贷款就没问题了，是吗？就不要利息了，是吗？

东山说：你这个死脑筋，你贷100万元，三个月半年还清了，有多少利息，你三个月半年里能赚多少？还经商呢？人家都说无商不奸，我看你一点奸商的样子也没有。

许桃红笑笑，拿了章程走了。刘东山为桃红的慎重办事高兴，也为许桃红的既得利益思想担忧。

许桃红回公司后，又仔仔细细地看了总公司的办事章程。从此章程序言中了解到，总公司的发展过程中的一切措施都是为了村民的富裕，让村民能过上幸福日子。她感叹桃村新老领导人的全心全意为村民的高贵品德。她感动了。第二天，就给东山去了电话：东山，我看了章程后，为你们这些人的思想所感动。就算是我吃亏了，我也加入桃村总公司。

不吃亏的，桃红，你以后会认识到这一行动的正确。

第九章

女强人嫁给俊秀才 老书记筹办儿婚事

一

春节前，桃红电话告诉妈：妈，爸在吗？我同东山明天来家，你同爸爸明天在家等我们，好吗？

红红，你们俩的婚事同东山爸爸说过吗？东山爸爸同意了吗？

妈提出的这个问题，许桃红从来都没想过。许桃红虽然多次去过刘家，只知道东山娘喜欢自己，却从没有征求过东山爸爸的意见。经妈提醒，她觉得有必要与东山爸爸正式坐下来谈一次了。噢！那就明天不来了。等我去了刘家，同叔叔谈了后再说。

许桃红把心都放在公司上，没有细细想过自己家与这个共产党人家庭会有说不清道不明的隔膜。直到这时，她才想到爸爸和叔叔都是“右派”，爷爷又在国民党里做过事，如今又是通过叔叔关系为台塑公司开了经销公司，他爸爸对我的出身可能有想法。我的阶级观念太淡薄了。想到这些，她马上给东山去了个电话。东山，今晚我要去你家，我们俩正式向叔叔提出结婚的请求，征求叔叔同意了才对。

好嘛！是该正式向爸爸提出了，我发现，好像爸对我俩的结合并不热忱，他肯定有他的想法。晚餐到我家吃吧！

下午，许桃红上街为未来的公爹买了两瓶茅台，两盒西洋参，下班时就开车去了刘家。阿姨——

哎——红红，你坐一会儿，东山告诉过我了，可是，祥庆去市老协开会还没回来。我去给你烧你喜欢吃的糖醋排骨。

阿姨，你别忙了，随便吃点吧。东山呢？

他呀！告诉我你晚上要来后，就走了，不知道他在忙啥。

桃红喝了口茶，就上楼去了自己住过的房间，脑子里想着今晚怎样同东山爸谈。一阵像战争打响前的激动之后，好不容易下了决心，无论如何，今晚一定要让他老人家同意我同东山结婚……

刘东山回家就看到了桃红的车子。桃红，你下来，把车门打开。

桃红刚到车前，刘祥庆回来了。他只是看了眼许桃红，没有给他们说什么就进了家。桃红把东山买来的东西放进后备箱，轻轻地问东山：你给你爸讲过我们的事吗？

讲过，他说我们两家联姻不是太合适。你晚上准备怎样同爸谈？

我心里有数。

红红，东山，吃饭——

来了——

老书记平时都喝点酒。刘祥庆从柜子里拿了瓶35度的洋河大曲问桃红，喝点吧？饭后叔叔同你谈心，如何？

好——

我来！东山从父亲那里接过酒瓶，先给父亲倒酒，后又给桃红倒上。

东山，少点，我来给你倒酒。许桃红夺过酒瓶给婆婆倒满了，再给东山满了一杯。

老书记自从知道儿子与许桃红恋爱后，想得很多。他从思想意识、生活习惯、两家的家庭情况等方面细细地分析过，认为桃红对东山的爱是不是有感情冲动的因素，像她这样的优秀女孩，为什么爱上我那农民的儿子？

所以，当东山提出要同桃红结婚时，他没表态。

桃红听了东山转告的老爸的思想后，对老书记看似轻描淡写，莫名其妙又满腹疑虑的讲话，百思不得其解。

饭桌上，许桃红虽然陪着老书记喝了一杯酒，脑瓜子里总是想着老书记要怎么与我谈呢，他会接纳我吗……

晓晓看桃红筷子徘徊在半空，拣尽寒枝不肯栖的样子，说：桃红，是不是阿姨烧的菜不合你胃口？

阿姨，不是的，我在想事，思想开小差。

许桃红认为饭后的“交流”是她与东山成与不成的一次决定性时刻，无论老书记有多少想法，我真情于他家，他终究会理解。

东山猜桃红是在想着怎样与未来公公说话。真真坐下来好好谈谈还是第一次。她当然要有些思想准备啊。但他对这次谈话很有把握，因为桃红选择我家不是一时的感情冲动，老爸也不会不顾儿子感情，他不是思想僵化的人。

饭后，老书记把桃红叫到书房里，亲自给桃红泡了一杯茶。

桃红，你坐，我早就想同你谈谈了。只是因为你忙，不好意思来打扰你。现在，我们已经不得不坐下来好好谈谈了。今天我们好好谈谈，好吗？

叔叔，你讲吧，桃红愿听叔叔教诲。

那好，那么，我就直截了当地摆出我的想法了。

老书记精神振奋，脸带微笑，像给下属分析问题那样说开了。

桃红，你依靠你叔叔的关系开了台塑经销公司，公司已经壮大，你也事业有成。你同东山恋爱，你爸妈知道吗？跟你爸谈过吗？你爸会同意吗？

桃红低着头，没有插话。她只是想，老人家是在为我们着想。老书记微笑着看着桃红，在等待桃红回答。

叔叔，我爸妈都知道，他们同意我同东山结婚。

过了一会儿，老书记笑笑说：再一个问题，你想过没有？你是干部子弟，父母都在城里工作，而我家是农民，中国农民的清苦是有历史的。你要在我家落户，像是鲜花插在牛粪里，也就是说，我们两家门不当户不对呀！

桃红说：爸妈他们已经同意我在桃村安家落户。叔叔，我不是娇嫩的鲜花，你家也不是牛粪。人们生活在这个社会里，生活全靠自己创造。家境好，当然好。家境不好，有时候却是好事。有一句名言说，坎坷的生活经历是激发创造新生活的动力。我不怕苦。况且，我们家也不穷，我把公司办好了，将来生活一定幸福。

还有一个问题，我是怕群众说，一个老共产党员的儿子娶了个右派分子的女儿，群众的话，会让你们俩吃不消，影响你俩的感情。

叔叔，时至今日，人们的阶级敌对情绪已经淡化，不会有多少人讲这些的，即使有，我和东山也会正确对待。叔叔，你同意我同东山结婚吗？你欢迎我这个媳妇吗？我求你了——说着，许桃红跪在了刘祥庆的面前。

晓晓去书房为他们泡茶时，看到桃红跪在地上，吃了一惊。

好，女儿，起来，爸爸同意你，我会全力协助你。

刘祥庆被桃红的真情感动了，忙把桃红拉了起来。

妈——桃红泪流满面地扑在晓晓身上。

女儿，妈会像爱东山那样爱你，不哭，不哭——

妈！日后，桃红如有不周，请妈像对待亲生女儿一样，宽容我，关心我。

好，好的，我们共同努力把家建设好。放心吧，你在我家，任何人也不会欺负你。说着，晓晓像亲娘一样亲吻了桃红。

东山走进书房，看爸爸把桃红从地上拉起来。桃红脸上挂着泪水，倒在娘的怀里，就知道爸爸同意了。

那夜，桃红没有回家，不！那夜她住在未来的家。

晓晓早就为媳妇准备了一个房间，里面的东西全是新的。这几天，天气冷，她把电热饼塞进被窝里，把空调温度调到26摄氏度。为媳妇准备了一双棉拖鞋，又送来了热水。

桃红，饿吗？你想吃点啥？我看你夜饭吃得不多，娘给你烧猪油汤圆，好吗？

妈，给我烧六七只就够了。

晓晓烧了50只汤圆，分别给老头、儿子和自己，共盛了四碗。她已知道桃红爱吃甜，又在她的碗里加了一勺子白糖。

桃红讲得没错。在桃村，刘祥庆家已不穷，单桃子收入每年已有六七万元。自东山回来后，国家规定回村村官有工资，老书记还在享受村干部补贴，收入已达工薪阶层。

其实老书记在找桃红谈之前，已做了两手打算。早在打算儿子婚事，房子是现成的，暂时将新房定在家里，到时候，如经济上许可，就买一套别墅，一对小夫妻，外加以后有了孩子，一家人住在一起不会太挤，也可热闹一点。

自那次谈话后，一对老夫妻已在准备办喜事了。经一家人商量，包括桃红一起，确定春暖花开时结婚。定在四月十六日。

桃红说：东山，我们在一中塔路买套别墅吧，我有钱。

买别墅可以，要在一个月时间之内完成别墅装饰，来不及了。

老书记说：没有关系，暂时在老屋做个新房。等装饰完了再搬。

二

许桃红同老书记谈话后第二天就带了刘东山去了许家。车到许家，康家珍早就在门口等女儿女婿了。红红，叫东山到客厅坐。你爸去老年大学了，马上就会回来。

老爸还在给老年朋友上语文课呀？高兴就去同学家一起玩玩，吃不消了就别去了。我看老爸实在太喜欢文学，报上常看到他的文章，累了就少写写。

桃红妈笑笑说：老语文教师嘛，发挥发挥余热也不错，不像我这个教一二三四的，跟不上现在的初中数学了，只能在家看他的高谈阔论了。他写的小说倒是真不错，最近又出版了一本中篇小说——《世事沧桑说今昔》，等等拿给你们看看。

待东山和桃红把送给父母的礼物放到客厅时，就听到桃红的叔叔在门外叫桃红。桃红，桃红——桃红的叔叔许诚谊昨天晚上才知道桃红要带男朋友来家，还听说男朋友是一名很有作为的园艺家，奉化有名的新农村——桃村的支部书记，特地同他的朋友——朱家尖密封件厂厂长朱文学，一起来看桃红和东山。桃红，东山，我给你们介绍介绍眼前的这位高级工程师，朱文学，他是我小学时的同学，后来自己办了密封件厂，自任厂长。

桃红同东山同时说：朱叔叔好，久仰！久仰！

朱文学是应许诚谊的邀请来溪口旅游的。他是朱家尖人，应同学的盛情邀请，昨天已去了奉化雪窦山风景区，本想昨天下午就赴老家，许诚谊为了让桃红结识这位工程师，把他引见给桃红，就没让他走。

许忠谊回来了。桃红看爸爸回来就迎了上去，许老师好——

调皮！还小着呢，给你叔叔汇报成绩了吗？

还没有呢！你没回来，我讲了你却没听到，我得讲两遍，多麻烦——

好吧，饭后，我们都听你的汇报，稿子准备了吗？

不用稿子，稿子在心里。她指指东山说：我汇报，你补充！

康家珍为女儿女婿准备了丰盛的中餐。餐桌上有多年没吃到过的东海大黄鱼，还有豆腐烧黄鱼、横山水库野生河鲫鱼做成的葱烤河鲫鱼、东江河虾烧成清水河虾、菜椒烧乌贼、红烧排骨、绍兴猪肉梅干菜（因为康老师在绍兴待过一段时间）。此外还有几盆新鲜蔬菜和蛎肉咸菜汤。酒是去年许老师在四川庐州的同学送来的庐州老窖。许老师要为朱文学倒酒时，东山接了过来，爸爸，让小辈敬酒吧！他分别给朱工、爸爸、叔叔倒了酒后才给桃红和自己倒酒，之后举起酒杯说：爸爸，两位叔叔，东山初次来家，巧逢叔叔和朱工来家，让我俩祝爸爸，祝叔叔，祝朱工身体健康，感谢朱工和叔叔对桃红公司的支持，干杯！

朱工说：桃红，你该介绍介绍先生了！

桃红站起来说：各位长辈，桃红敬大家一杯——至于我的那位嘛，他叫刘东山，浙江农业大学园艺系毕业，现在是桃村党支部书记，桃村总公司总经理。桃村在他的领导下已经建设得很好了，成了奉化市新农村建设的样板。欢迎你们有机会去参观桃村。

许老师问：东山，你爸把日子确定了没有？

确定了，结婚日期是四月十六日。

朱工说：噢，我祝两位新人新婚快乐，我是参加不了你们的婚礼了。诚谊，在婚礼上代我祝福吧！朱工站起来向侄女侄女婿敬酒。

妈，你也来喝一杯。康老师高高兴兴地举起了酒杯。桃红和东山站起说：祝妈妈身体健康，天天快乐！

饭后，朱工详细询问了台塑经销情况、澳大利亚合同情况，然后告诉桃红，澳大利亚的业务是他的一位朋友因身体欠佳，准备退回给台湾公司时，把公司订单转给桃红的。这是个大宗业务，只要每年都能续订，你就能发财。你俩还年轻，做生意重要的是诚信，服务质量，能为客户提供方便。明年台塑公司可能会推出一款新产品，到时候，我会给你打电话。我今天就要去老家，你们的新婚典礼参加不了了，预祝你们新婚快乐。说完，就走了。

事后，康老师说：我同你爸四月十二日就去你家，还有什么没准备齐的给妈说说。

东山说：什么都不缺，只是别墅装饰来不及了，你们来家时住得可能有点挤。

东山，妈只一句话，红红从小有点霸道，你要宽容她，好吗？

东山点点头。

这时候，许老师又教训女儿：红红，成家了就意味着你已经不再是孩子了，要会持家了。一个家庭的建立不容易，守住这个家更不容易，夫妻之间难免有矛盾，记牢爸一句话，退一步天地宽，再不高兴也不要使性子，要多听听东山的话，让我同你妈省心，懂吗？许桃红不断地点头。

东山来到岳父面前，接受岳父教训。许老师说：东山，我听说你爸爸对我和我的家庭有历史性成见，有空时你给老书记说说，我虽然是民主人士，但我是爱国的。

东山听了岳父的话，觉得岳父了不起，到底是老知识分子。许老师送给东山一本小说，说的是子孙万代都要做炎黄子孙，不忘老祖宗传下来的美德。

下午，东山和桃红就回家了。

三

第二天上午，国苏来刘家时，正好桃红也在家。伯母，今天晚餐大家都到华谊餐厅吃饭，我和雷雷都等在那里。

听国苏这么一说，晓晓马上想到，今晚可能是国苏与林雷订婚了。便问：国苏，你同林雷是不是订婚了？叫我们喝订婚酒，是不？

国苏说：伯母，你就叫一家人都来就是了。

奉城华灯初照，华谊餐厅金碧辉煌，林雷和国苏早就来了。刘国苏这个姑娘，肤如凝脂，身材修拔，平时爱穿一件大红毛线衫，是个朴素的姑娘。今晚她一反常态，长披头发，上了彩妆，外着短款绿色羽绒服和高筒皮靴，盛装之下明艳照人，在柔和的灯光下莞尔一笑，楚楚动人，足够让在场的人惊心动魄，倾倒众生。

林雷说：国苏，今晚，我们一起向两家长辈宣布订婚，让东山哥和刘伯伯也惊喜惊喜。刘国苏面如桃花，点点头。

这一对刚进餐厅，东山领着桃红也进了餐厅。桃红，头发微卷，红唇皓齿，纤长微弯的睫毛下双瞳剪水，身姿摇曳，无限风致，与东山隔一臂之距飞过去一个荡漾的眼波。她看妙儿也红光满面地走了进来，半慵懒、半娇媚地叫了声妙儿婶。妙儿仔细看，的确不认识这个蛊惑众生的别具风情的姑娘是如此楚楚动人，在如此俏皮微笑中茫然不知如何应对。

东山也西装领带，头发也都做过，红光满面。

桃红和东山的打扮，大出于林雷和刘国苏的意料。

八个人坐定，林雷站起来说：爸妈，刘伯伯，刘伯母，东山哥，今晚我宣布，我和国苏订婚了——当即就同国苏举杯。

大家也不约而同地举起酒杯。

刘东山经常在聚光灯下，麦克风前侃侃而谈，早就练就了风雨不侵金刚不坏之身，能轻松驾驭许多事物，做到临危不乱，挥洒自如，今天却显得笨嘴拙舌，害羞得不敢向大家宣布他与桃红订婚。桃红双眼示意东山，东山才支支吾吾地说：爸妈，林叔……我，我和……桃红……也订婚了——

这一下热闹了，餐厅里只听得一阵阵相互祝贺声和笑声。餐厅经理是桃红的好姐妹，她知道桃红今天订婚，就手捧鲜花，进了餐厅，说：祝贺许经理和东山书记订婚，也祝贺国苏小姐和林雷订婚——

全体起立，举杯，笑声中祝两家幸福。

这段无论是金龙彩凤还是明珠碧玉的恋爱经过都被刻录了桃村山寨版的罗密欧和朱丽叶的光彩爱情故事。

第十章

许桃红婚前去澳洲 在机场巧遇亲生父

一

桃红这几天都住在刘家。眼看四月十六日结婚日期已经临近，澳大利亚进出口公司发来电话，要求供应5号粒子。对于这个业务大户，桃红特别在乎。尽管婚期即刻就到，她还是得去澳洲，争取订到合同。

晓晓说：红红，还有一周就是你俩的大喜日子，能叫水涯去吗？

妈，这是一个非常重要的订货会，我必须自己去，来得及，我四五天就回来。结婚只不过是个仪式。她在晓晓耳前轻轻地说了一句其实我已经怀孕了。

东山知道吗？

知道。

那么，路上一定要小心！

桃红拥抱了晓晓，妈妈——

东山给桃红买了机票，第二天又送桃红到宁波机场，待飞机起飞后才回来。

东山这几天也忙，他知道山嶂和水涯都在跑业务，公司里没有别人。

好在公司的电脑与家里的电脑已经连通，对国内各厂业务，他每晚打开电脑就知道，能回答对方的就马上回答了，没有把握的，或者与公司直接有利害关系的，他就压下，等桃红回来处理。他对马上要结婚的事似乎不在乎，甚至像不是自己的事一样。

桃红到悉尼后，立即去了进出口公司，与李启龙经理谈判。经过反复讨价还价才签订了100吨5号粒子的合同。

这次谈判确实不易，对方是进出口公司的李启龙经理，一开谈价格被死死地压住不肯松动，像是从巴西方得到了什么好处，非订巴西产品不可。桃红是初次接触李启龙。他看似慈眉善目，侃侃而谈，却是身经百战的商战谈判行家，死死咬着低价不松。后来，桃红采用增加数量，外加0号粒子的台商原价，薄利多销办法，搞得他云里雾里，浑然不觉中签了两份合同。

拉锯式谈判结束了，桃红带着胜利者的骄傲，买了张悉尼到上海的机票，凯旋。

桃红走进候机厅，刚坐下，就来了一位由黄发女郎陪同的白发长者。他左手拉了一只旅行箱，右手拿着本中国地图，背上一只大包，气急吁吁来到桃红身边。听他对女孩说了句“OK, Thank you！”就在桃红身边坐下了。这时，桃红看到他在翻中国地图，只听得嘴里自言自语说：宁波，奉化在哪里啊？

桃红一听这位长者能讲汉语，再细细看看，长者可能是中国人。桃红凑近了他，说：老爷爷，你找宁波奉化干吗？我来替你找。

老爷爷抬头看了一眼桃红，姑娘，你是中国人吧？

桃红说：是的，我是中国人，你找奉化干吗？

姑娘，我到澳大利亚多年了，想回奉化老家去看看，也不知老家还有人没有？如果，我女儿还活着的话，也有你那么大了——

爷爷，你多大了，出来多少年了？

你叫我爷爷，其实我还只61岁，出来28年了，是1975年与同事一起出来的。

桃红马上改口：伯伯，老家你还记得吗？

怎么会不记得呀？姑娘，你是哪里人啊？

我是奉化人呀！

你知道奉化有个许家吗？

许家？我是许家人呀！

你是许家人？你认不认得许忠谊许诚谊兄弟俩？

听他问桃红认不认得自己的父亲叔叔时，桃红再一次细细看了他，越看越觉得有些面熟：伯伯，许忠谊是你什么人？你贵姓？

我姓康，他是我妹夫。

桃红听他说姓康，许忠谊是他妹夫时，像是入了梦境，他是我爸爸？他是我爸爸吗？你是不是叫康家敬？

当桃红说出康家敬名字时，康家敬双手扳着桃红的肩，战战兢兢地说：咦？你——你叫什么？

我叫许桃红。

不，不，不，你叫康桃红！女儿——他用那双颤颤抖抖的手把桃红拉进自己怀里，早已泪流满面。

许桃红也爸爸一声，拥抱了父亲泣不成声。

父女俩相拥流泪，说不出话来。不知过了多久，广播里传来SZ2945悉尼到上海的航班现在开始登机。父女俩不得不擦去泪水。桃红拉了她父亲的箱子，扶着他上了飞机。登机后，桃红为父亲找到座位，并对其旁的人说：这位大哥，我同你调个座位好吗？他是我爸。

好，你的座位在哪里？

桃红把自己的机票给那人看看，就坐在父亲旁边。

在机上，父女俩边哭边讲：爸爸，你怎么会来澳大利亚的？康家敬把被抓后的一段情况讲了。

那么妈妈呢？

你妈，据说，她也逃出来了，不知还在不在世？到了上海，我还得去问问她的好姐妹姚雪妹，她可能知道丽英的下落。

在上海哪条路？

成都北路 1148 号。红红，你去澳大利亚干吗？

我在奉化开了家台塑经销公司，这次来同澳大利亚进出口公司谈业务。

红红，你结婚了吗？

回去就结婚。

先生是哪里人？他叫什么？干什么的？

奉化桃村人，叫刘东山，在桃村当共产党支部书记。是我高中时的同学。

父女俩一直拉着手，流着泪。喜怒哀乐的电波全在两双手上传送。

二

三个多小时，飞机就到了上海。桃红招手拦出租车，师傅，去成都北路 1148 号。

成都北路 1148 号？哪里还有成都北路 1148 号呀！成都路上的房子全都拆除了。

爸爸，没有成都北路 1148 号了。

那么到她学校去，海宁路，反帝中学。

老爷爷，反帝中学在海宁路改造时也拆除了，学生老师都调到别个学校去了。

啊？

爸爸，我们先回家，慢慢打听打听，再想办法。

桃红带着父亲乘高铁回宁波。上车前，桃红马上给东山打了电话，说：今天晚上八点火车到宁波，开车接我。

东山下午早早就去了宁波车站，等在出口处。

东山看桃红出来了，就迎了上去。桃红，在这里，桃红——

桃红同父亲一前一后来到东山车前，给父亲说：爸爸，这就是你女婿。

东山说：桃红，他是谁呀？

桃红说：他就是我亲生爸爸——回家说去。桃红把行李放进后备箱，又扶父亲上车。

回家途中，东山说：这次你是不是专去接岳父啊？

桃红说：不是，我去谈业务啊！天下巧事多，我们在悉尼机场候机时碰上了。好了，好了，不说了，说来话长，回家说去。这次合同非常不容易，对方极度限价几乎让人要放弃这次机会了。后来，我用增加合同数量，加订品种才签下了合同。

东山说：商场如战场，全凭指挥员的灵活机动。

老爸接口说：桃红，你到澳大利亚去是做生意啊？

桃红说：上几天，我同澳大利亚进出口公司谈塑料原料生意，那个经理太难对付了。

是不是叫李启龙？

是呀！爸爸，你认得他？

岂止认得，他是我上司的兄弟，以后，再同他们做生意，我同你一起去——

老爸，你在澳大利亚什么公司？

我在我朋友父亲开的密封件公司，回家说去。

车到桃村，东山把行李拿下后说：妈，桃红的父亲来了——

他们不是说明天来吗？

桃红说：妈，这位才是我亲生父亲。爸爸，这是东山的妈妈。

好，好，亲家好！

东山妈说：你是康家敬？

康家敬说：是。你刚才讲明天来，是不是明天许忠谊和我妹妹康家珍会来这里？

是的。他们明天来家。

三

第二天早饭时，晓晓说：东山，妈给你说啊，这两天，你们什么也别管，把结婚照去拍好，赶快去办结婚证，结婚时间到了，这么重要的事还没办。

东山说：好，好，好……这又不是有多少困难的事，一天就能完成。桃红，明天我们去爱尚妮婚庆社拍结婚照，拍完照就去民政局。你带上身份证，还有户口簿。这时，东山才想起结婚登记要有身份证和户口簿。

有身份证，户口簿在家，没带来。我叫妈给我送过来。

次日，太阳从远处的山头升起来，绯红的晨曦，大地明媚。一辆小车停在爱尚妮婚庆社门口。婚庆社员工迎了出来，欢迎，欢迎——

刘东山给婚庆社经理说明了来意。桃红提出结婚照的总体要求是简单、明快。

随后，化妆师很有礼貌地邀请桃红进了化妆室。桃红身材不胖不瘦，胸丰腰细，四肢修长，柳眉大眼，高鼻小口，本来就已是美女，够漂亮的了，经化妆师化妆后，更像是仙女下凡。她挑了一件水晶白的婚纱，套在身上，轻移莲步，走上摄影大厅试镜。

刘东山今天是常青西装，白色衬衫，紫红领带。化妆师给他理了个大包头。他风度翩翩，戴上白手套，伸手于桃红腰间。摄影师为他们拍下了第一张照片。接着，又以各种不同姿势拍了六张照片。

好，祝新郎新娘新婚快乐。摄影师满意地说。

拍完照片，婚庆社经理问东山：两位新人，要不要拍一套室外婚照？

东山征求桃红意见：桃红，你看呢？

桃红摇摇头。

婚庆社经理又问：要不要婚礼录像？

他俩异口同声说：谢谢！

那好。两位新人，结婚那天，请你们再来此化妆，打扮得漂漂亮亮的再出席婚礼——

四

下午，桃红开车去许家拿户口簿，一进门就喊：妈——我亲生父亲来了——

你讲什么？

我亲生父亲来了——

是哥哥康家敬来了？康家珍不敢相信自己的耳朵，以为听错了。

是，是爸爸回来了。

他人呢？

在我家。

老许，我哥哥回来了，我要跟桃红去桃村。

那我就同你一起去吧！

妈，把户口簿给我。

到车上，桃红讲了父女俩悉尼相遇的经过。许忠谊和康家珍惊喜得如同梦里。许忠谊说：你们不会搞错吧？他怎么会在澳大利亚呢？

许桃红说：我看不太会错，他的面盘很像妈妈。

喔——

车到家时，家里已经张灯结彩，大红喜字贴在大门上。桃红问晓晓说：妈，我爸妈住哪里？

这还用你担心吗？我早就安排了。我同李静娘说好了，把你亲爸暂时安排在他们家。两位亲家好，欢迎呀——

好，好，好，亲家好。

亲家一路辛苦了，快到里面坐。

好，好。

红红，我哥哥呢？

康家敬一听妹妹来了，就跑了过来。妹妹——

哥哥——

兄妹俩紧紧相拥在一起，说不出一句话来，只是挥泪如雨，哭声震天动地。哭声震惊了山丘天庭，大地颤泣。

饭后，老书记给亲家讲了儿子女儿几年来的创业经过。晓晓夸桃红聪明、秀丽，具有倾国倾城之貌，也夸他们创办的公司已取得很大成绩……许忠谊也夸东山知书达理，具有管理桃村的才能，实为难得。

随后，晓晓带亲家参观了新房，又安排亲家住下。

晚上，桃红去了亲爸房间，她爸妈也在。康家敬正在边哭边说：他们把我抓起来关在一间没有窗的房子里。第六天晚上，他们把我们五个人推上车，就开车走了。我也不知道他们会把我送到哪里去，开了两个多小时，驾驶员说很困，要睡几个小时再走。他们留一个人看管我们，其他人都去睡了。我们中有一个人将手伸到前座一个背后，解开绳子，并示意我们也相互解绳子。约一个小时，绳子全解开了。我们看看管我们的那个人抱着枪在驾驶室里睡着了，便轻手轻脚地跳窗跑了。到第二天天还没亮，我同老宋就到了金华火车站。一列红卫兵串连车来了，我们不管车往哪里开，跳上就走。车子开开停停，三天才停在广州车站不走了。那时，哪里有红卫兵哪里就有饭吃。我俩混在红卫兵中间到接待站吃了饭。饭后，老宋同我说，老康，我们一起去香港吧！我们实在是无路可走呀，于是就去了广州客运码头。到了码头，码头上有人卖黑票，老宋就买了两张票。当时人很多，很乱，有下船的，也有挤着上船的，我俩乘乱混进去，上了船。到了香港，我就去找我在日本一起留学的同学。他父亲在澳大利亚开机械密封件公司，他给我备了信，还给我一笔钱，叫我去澳大利亚。后来，我就在他父亲的机械密封件公司里做事。那时，我想丽英，也想你们。我没法，也不敢给家里写信。

康家珍流着泪说：哥哥，你在澳大利亚有家眷吗？

没有。

你知道嫂子吗？她被抓走后，有下落吗？

她被抓，我是从解押我们人的嘴里听到的。我不知道她还能活着回来吗？

我同忠谊打听过很多地方，也去过你们教书的地方，都没消息。

康家敬说：妹妹，你们怎么收留了桃红？

你和嫂子被抓后，是你的一个同事送来的。因为久无你俩的消息，我们就改了桃红的姓。

好，好。

桃红一直坐在父母之间，听爸讲话，此时才说：爸爸，明天我结婚，你们都要出席我的婚礼。早点睡吧！

第二天天一亮，桃红就来到妈妈的房间，房间里空无一人。举眼望去，老爸和老妈已在广场上谈笑风生，指着一群群像浮云一样游来游去的赏花人。也听到二老的嬉笑声和阵阵尖叫声。桃红看妈妈已被这氛围感动了，心里全是幸福感。

看亲爸也走了出来，看得出，他双眼还肿着，桃红马上上去扶着他。他笑着说：红红，老爸没有多少积蓄，这里有一锭金货，就算是我给你的结婚贺礼了。说着从衣袋里摸出来一只小盒子，给了桃红。

今天是四月十六日，是奉化桃花节最后一天。天亮以后，村里就沸腾了。一车一车人在村口下车，小车、摩托车、电动车、自行车从四面八方涌来。村里村外，家家户户，山上地头都是人。八点以后，村老年活动室就锣鼓喧天。台上歌舞、戏曲，台下人头攒动。康家珍从来没有看到过如此热闹的场面。到后来，她已经不知不觉地融入了节日的气氛里。她想，这样大的场面，谁在组织……她怎么也理不出一个头绪来。直到桃红来叫他们回家吃早饭。

早饭有大糕、黄糕、米馒头、清明麻糍、立夏米鸭蛋，小菜是奉化烤笋、绍兴霉豆腐。晓晓说：怕亲家吃不惯这些东西，还特别准备了牛奶豆浆、黄糖、白糖。

许桃红像这家的主妇一样，把大糕、米馒头和甜豆浆放到爸爸妈妈面前，又叫妈妈尝尝清明麻糍。康家珍和许忠谊也喜欢吃甜食，吃过松花米鸭蛋后说：这家伙真像鸭蛋。鸭蛋黄却是甜的，我们那里没有这东西。

康家敬知道这叫松花艾鸭蛋。说这蛋黄是松花做的，不是鸭蛋黄——

桃红陪老爸老妈吃了早饭，就去爱尚妮婚庆社重新化妆了。

吃中饭的时候，许桃红和刘东山一起回来了。一个是西装领带，胸前佩戴“新郎”红花，风度翩翩；一个是洁白婚纱，胸前有“新娘”两字的红花，在两个童男童女牵拉着婚纱中轻移莲步，从车上下来，走进家门。康家珍看到女儿时，就迎了上去。桃红——好漂亮啊——

妈——桃红行了一个古典式起身礼，进到自己房里。

下午三点起“轿”的时候，新娘告别爹娘。新娘在新郎的陪同下，来到康家珍面前。桃红马上跪拜在娘之前。妈，恕女儿不孝，我走了——眼泪就不由自主地夺眶而出。

康家珍扶起女儿，女儿，好好持家，要孝敬公婆，敬重丈夫，祝你们白头到老。去吧！她一边说，一边搭着女儿肩膀，泪如泉涌，送女儿上车。

这时康家珍又想起嫂嫂来了。她要是也能在这儿多好呀！还不知道她还在世不……嫂嫂——我们还能见面吗？

婚礼在老年活动室大厅里举行。东山他俩穿上婚纱婚装，早早地站在东山亲自培植的盆栽满枝桃花的桃树后面迎接客人。桃花把新郎新娘衬影得面如桃花，桃红公司的谢山嶂和章水涯把相机对准新郎新娘，桃红姐，拥抱一下——好，亲一亲——相机闪个不停……

四点过后，刘家举行奉化传统的新婚礼仪。桃村人怀旧，他们颂扬旧时婚礼。婚礼开始。担任司仪的谢山嶂高声喊：一拜天地——二拜高堂——晓晓和祥庆扶起新人。

夫妻对拜——交换戒指——送入洞房——

在伴娘的陪同下，新人被送到新房。

晓晓和祥庆今天也红光满面，晓晓穿着不曾穿过的西装套裙，肉袜，中跟皮鞋，胸前都戴着红花，笑容满面地迎客。林书记夫妇、林主任夫妇及毛裕娥夫妇都来了，还有谢家、章家夫妇。林雷和国苏早就来了。妙儿踏进华谊大厅就看到了晓晓，说：晓姐，经这样一打扮，你好年轻啊！

到林雷结婚时，你打扮起来更年轻。

大厅里满满当当共 16 桌。

婚宴开始已是六点。到晚九点才结束。

一场如此传统式婚礼下来，桃红饿着肚子累了一身汗。回到新房，伴娘为桃红脱掉婚纱，换上旗袍。坐在床沿上，她口称好累。好在准备了晚餐，桃红才同伴娘一块美美地吃了一些。

当夜，东山知道桃红累着了，给她做了一次全身按摩后，才洗澡，睡下。

桃红说:东山，今夜是洞房花烛夜，理所当然地要好好地做次爱，来吧，我准备好了。

东山看桃红累得不轻，说：你累了，好好休息吧！

直到第二天凌晨，东山才猛虎下山，度过新婚之夜。

早上，东山早早就起来了。桃红是妈叫她时才走出来，洗了脸，晓晓叫东山陪同俩亲家和桃红一起吃早餐：红红，你同你妈他们一起吃饭，饭都在桌子上。自己却进了新房，为媳妇整理了被单，毛巾。

吃饭时，康家珍说：红红，看来，你在这个家里一定幸福，你不但有个好老公，还有一个把你当女儿的婆婆。饭后，妈本要给你讲个事儿……

妈！我知道的。你们永远是我的亲爹亲妈——说着，桃红就抹着眼泪，跪在二老面前。

五

桃红结婚一个月了。一个月里，康家敬在妹妹的陪同下欣赏了万亩桃园的桃花。妹妹几次叫哥哥去溪口、去雪窦山看看，但他总是心事重重，反反复复地想到自己也曾经有过夫妻恩爱，一心要找到自己心爱的人。

那天康家敬刚上床就听到隔壁传来费翔唱的《故乡的云》，心想，歌唱家唱出了游子的心声，可是，像我这样的游子回了家，见到了女儿，但我最亲的人还没找到，又有多少意义？于是，他想走了，他想去找妻子。

第二天早饭时，康家敬说：桃红，我想去打听打听你妈的下落，去一次你外婆家，如能找到她，我会带她来奉化；如找不到她，我就直接去澳大利亚了。

桃红说:你一个人千里寻妻，漫无目标地走南闯北，行吗？我不放心，到我空下来了，我陪你找去。

康家珍说：我陪哥哥去——

刘祥庆说：我陪亲家去——

康家敬说：谢谢大家，谁也不要去，我自己慢慢找去。我想先到上海教委，请他们查查原反帝中学的教师现在在哪里，再访问他们，如有信息，追根寻源。再就是找到泰兴她老家去，看她家人是不是有丽英的信息。如不见人也要见坟。

无论一家人怎样挽留，第二天康家敬就独自拖着行李箱走了。

康家敬先乘火车到上海，找到了教委。他跟教委领导说明来意。教委查到了康家敬的教导主任和一个叫诸秋英的女教师，说：他们都在上海，但都已退休，记录的地址可能不一定正确，我看很难找到他们。怎么办？

这时，旁边一位女同志讲：我知道秋英的电话。她拿出手机，当时就拨了过去。秋英吗？你的一位老同事千里迢迢从澳大利亚来找你，你来趟我办公室吧！

康家敬本想拿过手机讲两句，结果那女同志讲完就走了。能找到老同事，康家敬已经心满意足，再说诸秋英与丽英是同时进校的好姐妹，丽英逃出来后，很可能去找过诸秋英……他在教委走廊里来回走着，等诸秋英到来。

半个小时过去了，一个小时过去了，还是不见诸秋英人影。教委下班时间到了，康家敬只能站在门口等。又一个小时过去了，他知道，诸秋英上午不会来了，便决定赶快去吃点饭，饭后再来等。

刚走出没几步就有人来教委。来人问门卫：老伯，有个叫康家敬的老人来过教委吗？

门卫老伯马上双手做成喇叭形凑到嘴前喊：喂——康家敬——有人找你——

康家敬拔腿就跑了回来。他看了一遍又一遍，怎么样也不认识眼前的一男一女。你是……

你是……诸秋英和陈教导也异口同声问。他们也不认识康家敬。

我是康家敬，你是陈教导吧？你是诸先生吧？大家都老了，不认识了。你们知道丽英下落吗？

康老师，苏老师被造反派抓了后，逃出后来过一次，趁着夜色，来到我家，在我家吃了饭，就走了。她要走时，我问她，你到哪里去？她说，我去带女儿，把女儿交给妈。从此就没了消息。

陈教导说：我听总务科老李说，他在泰兴碰到过苏老师。说她想去乡下避一避……

陈老师，你们吃饭了没有？我们一起去吃点快餐吧？三人一起进了对面的快餐店。

饭桌上，康家敬给两位老同事讲了自己被抓后的经历。两位老师都劝康老师到苏老师家去看看。

第二天，康家敬去了苏丽英的老家泰兴。结果，还是杳无音讯。正是“梦里寻找千百度，蓦然回首，她已不在灯火阑珊处”。康家敬无可奈何，只好直接回澳大利亚了。

第十一章

刘国苏成了林家媳 好林雷参加老兵会

一

东山结婚后，因为林雷和东山急于理顺总公司和各分公司的关系，走访了江苏江阴华西村集团公司。后刘云山又带了阿贵，去了金峨村了解集体资金用于新村建设的经验和具体操作措施，了解他们的花木经销公司与花木专业户之间的政策处理……林雷一直没有空，导致婚礼又拖了一段时间。

林雷忙，林妙儿也不空。这段时间妙儿同国苏把各个房间都打扫了，还同国苏一起到家具超市买了张大床，又到三江超市买了不少床上用品。星期六，林书记叫上国苏去开回来一辆“上海大众”小车。半个月后，家里才筹备完毕。

饭后老林书记像组织小组讨论，说：该准备的都已准备齐全了，马上结婚了，你们两个还有事吗？

林雷说：老爸，你总该让我透个气吧！定在哪天啊？

国苏也说：爸爸，把日子定了，我可去上山告诉大姨大姨夫，告诉大伯伯母。

那就定在下个星期的星期天，五一节。你们说呢？

妙儿说：那么就在这一星期内办全结婚登记，我来通知亲朋好友，雷雷联系婚宴餐厅，分工合作，各自负责。

林雷把婚宴地点定在华谊餐厅。他写了一大堆请帖。当国苏把请帖送来刘家时，祥庆和晓晓着实为国苏高兴。好，国苏，祝贺你！

两天后，婚照拍了，结婚登记也办了，小两口又开了新车到上山大姨家。

国苏一进家门就喊：大姨——大姨夫——五一节我结婚，你们俩都要到场。你们高兴吗？不知道表姐放不放假能不能回来，回来了，叫她也参加。

她大姨说：好，大姨当然高兴啰！好的。我们一定准时到华谊。

国苏当即拉了林雷到大姨面前，说：大姨，这是我男人，叫林雷。雷雷，叫大姨，叫大姨夫。

大姨，大姨夫。

好好好，快进屋坐。

二

五一节那天，华谊餐厅挂灯结彩，宾朋满座。林雷西装笔挺，国苏穿粉红色婚纱，红天鹅般地与林雷结百年之好。婚宴时，林雷和国苏给大姨、大姨夫敬酒，说：大姨，你们是我国苏的再生父母，感谢你们的养育之恩，喝我一杯喜酒。

大姨说：国苏，雷雷，祝你们夫妻恩爱，白头到老。你高中毕业没有录取的原因，我后来知道了。很多上山人都赞扬你的品德高尚。

国苏说：我只能是这样。她拥抱了大姨，大姨拍着国苏的背说：国苏，你这条路走对了，这个家也选对了。

婚礼结束时，国苏跑到晓晓面前，给晓晓一次热烈拥抱。说：伯伯，伯母，还有大姨，大姨夫，爸，妈，还有东山哥，嫂子，我们拍张照。

闪光灯记录了上一代人的时难年荒世业空，弟兄羁旅各西东的经历。也记录了年轻一代承前启后，不畏艰难，敢于创造美好生活的朝气……

三

举行婚礼一周后，国苏邀晓晓和祥庆一起，到她爸妈的墓地去一次，说：伯伯，你们同我一起去一次爸妈墓地，我要告诉爸妈，女儿结婚了，让我爸妈也高兴高兴。

祥庆说：好的，应该如此，是该让祥福、秀恩高兴高兴了。

第二天，晓晓和祥庆，妙儿和忠华陪同这对新婚夫妇去了墓地。墓周围的树林绿荫丛丛，翠竹像墨绿色的云，在微风中手舞足蹈。不知名的山花一路铺陈，像在列队祝贺这对有为青年的新婚。妙儿和晓晓点了香烛，林雷和国苏共捧一束鲜花，来到爹娘的墓前。把鲜花放在墓碑前，林雷和国苏就跪下了。国苏说：爸，妈，我结婚了，我带你们女婿来看你们，你们一定要为我高兴。

林雷说：爸妈，新女婿第一次来看你们，想给你们说句心里话，我会爱国苏,永远爱国苏。爱到天长地久,海枯石烂。让国苏一生在快乐中度过，天天快乐。说完，叩了三个头，把一杯酒洒在墓前。

晓晓和祥庆,还有老林和妙儿,都一排站在墓前,三鞠躬。祥庆说:弟弟，安息吧！国苏结婚了，在林家，她一定幸福。

老林也说：亲家，请你们放心，国苏在我家一定幸福。明年有外孙了，再抱来给你们看。

国苏在祥庆讲话时想到父母曾经遭受不公正的遭遇而流泪。后又听公爹这么一说，便破涕而笑，淘气地说：爸，要是我生个女儿呢？

忠华说：快做娘的人，还小吗？还调皮！姑娘男孩一样，我都喜欢。

回来的路上，国苏想，最好生个儿子，林家可是三代独丁啊！我要为林家生个儿子，可以薪火相传，让一家人在欢声笑语中度过年年岁岁。我一生也就无怨无悔了。

从墓地回来的第二天夜里，国苏做了个梦，梦见母亲抱了个孩子给她，说，国苏，给你。国苏抱过孩子，她看到儿子的小鸡鸡了。

梦醒时，国苏告诉林雷，雷雷，我们有孩子了，而且是个男孩，是妈抱给我的，我看到儿子的小鸡鸡了。

第二天，林雷又把梦中之事告诉了妈妈。

没一个月，国苏开始恶心吐。林雷白天忙完了事，一下班就陪在国苏身边，林雷终究长大了。妙儿看国苏在吐，也照顾她。国苏下班时，妙儿变着法子让国苏休息，调理饮食，关怀备至。很快国苏度过了妊娠呕吐期。国苏上班了，妙儿在准备孙子的衣服尿布了。忙是忙了，但她心里挺高兴。

四

婚后，林雷顾不了自己还在新婚蜜月期间，成天忙着组建“奉化水蜜桃经销公司”。并且，参照兄弟村的经验，制定了公司与桃农劳资分成政策、经销公司促销政策和内部的奖励政策。

桃村水蜜桃经销公司共七个人，都是有经销经验的人。裕娥过去是桃村水蜜桃销售小组的负责人，对杭州、无锡的市场都熟悉，去年还打开了苏州市场，生意做得很活，市场信誉很好，林雷任命裕娥当经理。还有个林主任的儿子林道理，去年竟在上海销了两万多箱，对上海果品市场也有信誉，便任命他为副经理。他在组建销售公司的第一次会议上给下面的员工说：我们公司的责任是想尽办法，打开水蜜桃的销售渠道，尽快把桃子销售出去。桃子一上市，就要往你们联系的销售点发货，要让我们村的桃子及时销光，一个也不留。公司和村委会会根据你们的销售形势，配合你们及时组织货源，组织运输工具，按时把货送到目的地。到销完时，我们会根据你们的销量，评选冠军，给你们发奖金。

公司成立后，裕娥就派人到上海、杭州、无锡、长沙、北京建立奉化水蜜桃销售点。林雷估计今年桃子的产量比去年高，桃子成熟期日照好，甜度也一定高，也预计今年桃子的价格比去年要高。因此，他组建销售公司的同时，准备了几种包装箱，更新了桃箱的色彩，平整了停车场，迎接一年一期的桃子销售旺季的到来。

不几天，派出去的人都走了。他还在想如何改变桃子的销售时间过于集中、销售半径小等问题。他担心市场因滞销而压价，损害桃农利益。外地销售只是一部分，主要还要靠当地销售。林雷脑子里对当地销售已经有了计划和步骤，他准备在六、七、八三个月里，与当地的超市、水果批发部、水果商店联系，发优惠票，到桃子上市时，到桃村优先取货。除了组织销售之外，他要桃农生产合作社及时发现成熟期病虫害，及时采取措施，减少虫咬，烂桃。此外还要把握采摘时机。林雷的心全在桃山上。这是他当主任以来费脑筋最多的事。

当然他也关心花木园林公司。上几天，林雷根据阿贵的建议，同阿贵一起去看花木基地。因为阿贵发现在花木基地旁有一片高低不平、杂草丛生的荒地，据说是孙家人的自留地，户主年纪大了，去了杭州儿子家。此地已荒芜了几年，阿贵想把这块地租过来，扩大花木基地。

两人当即实地察看了这块地的地形、朝向、水源、土质，都觉得很有利用价值。于是两人在回村的途中，就去找了孙家村委会。老孙，你们后山的地荒着已好几年了，据说户主去了外地，租给我们咋样？

哪块地？

我们花木基地旁的那块。

这块地是几户人家的，都走出去了。我给户主通个气后，再说。

孙家村委会了解情况后，同意他们以每年一千元的租金，租十年。阿贵高兴得第二天就派人开发新地块了。

阿贵把这块地列入红枫基地，他准备种上上千株红枫树苗。要不了六七年，这里将是一片红色的海洋。如果卖得好，公司就会有百十万元收入。

东山知道此事后，叫林雷再去看看孙家还有没有闲置的土地，如有供开发的地块，还可租。他还说：我们桃村，除了桃子就是花木，只有让花木发展了，我们村集体经济才能发展得更好，这样我们就有能力搞建设。

林雷再次到花木基地，后又把陈家村北的一块荒地租过来了。这块地更大，阿贵打算种桂花和茶花。

五

林雷从花木基地回来就接到他老部队吕团长的电话：小林，我们团部的老兵想来奉化开个老兵会，具体地点放在溪口。组织老兵会的目的，一是两年多不见了，想聚一聚，了解一下同志们过得好吗？二是大家都说溪口很漂亮，想玩玩雪窦山，所以放到溪口。你能配合我们找到一家食宿方便的旅馆吗？

一听团长要在溪口开老兵会，林雷高兴得立即就答应后勤保障全由他负责。首长，请你确定时间后通知我，食宿、交通、旅游门票、旅游线路全由我搞定，保证完成任务。

团长说：很好。时间初步定在六月五日，还有十天时间，你准备来得及吗？你还得通知奉化老兵，尽量都能来，我想他们呀！

好！来得及。我会通知他们。

林雷把老兵会安排在溪口宾馆，并给宾馆讲：这批老兵都是我原来的部队的首长，团长和政委对这里很熟悉，他们要求每餐都有奉化特色菜，还要保证白酒供应……经理说：林主任，放心吧！我们接待这样的会议多了，保证老兵满意。

他安排的议程是：第一天在溪口宾馆报到，在宾馆吃便饭。第二天上午老兵游蒋家故居，在武岭门拍集体照；中餐吃素菜厅的自助餐；下午开座谈会；晚餐宴会。第三天，自带中饭，乘包车游雪窦山景区。晚餐在溪口宾馆会餐。第四天各自回去。林雷把这样的安排在 QQ 里发给团长。团长和政委都同意。

经过十天准备后，老兵会召开了。

报到那天，林雷带了国苏早早就坐在大厅服务台，迎接战友的到来。

十点刚过，吕团长来了，他是带了儿子、媳妇、孙子一起来的。林雷看到团长进来就立正喊：首长好——向首长敬了个标准的军礼。

小林，这是谁啊？是你夫人吧？

是。国苏，叫吕团长！

国苏站起来，带着笑脸说：首长好！

林雷把两把钥匙交给他们，国苏领他们住下。

十一点，高政委也带着一家人来了。他又带他们到房间。中饭时，林雷叫报务员小钟和国苏坐在服务台，自己为团长政委安排中餐。

吃饭时，政委问：林雷同志，什么时候结婚的？夫人挺漂亮。

林雷说：我们还在度蜜月呢！

政委和团长不约而同地站了起来说：你把夫人叫来，祝你们新婚快乐！

林雷拖了国苏来到餐厅。政委眼疾手快，拍了张照。

直到下午六点，已经报到了36人。除了天南地北来的团一级首长和团参谋，还有几个像林雷一样的警卫员，几个警卫班的战士以及报务班的女战士。林雷个个是熟悉，来一个安排一个。

这次老兵会，林雷带了夫人一起来是因为国苏妊娠反应基本上已经过去，她也没有好好玩过雪窦山，让她这次随队上山玩一次。再就是国苏会拍照，摄影技术不错，想叫她给老兵会拍照。

晚餐三桌，有奉化特色，这些首长都喝白酒，名酒不少。

第二天，林雷带了战友到武岭门。在武岭门下，国苏为大家拍了集体照。然后，大家游遍了蒋氏故居、文昌阁、民国风情园、蒋经国小洋房、武岭学校等地 。

在武岭头，吕团长说：打一江山岛前，我还是新战士。我们部队就驻在武岭学校。部队进驻武岭学校时，规定很严格，不准睡教室，也不准踩踏花草。我们刚进驻溪口时，老百姓都不太愿意接近我们，有的还有些敌对情绪，到底溪口是蒋介石的老家嘛！几个月后，老百姓被我们的行动感动了，才配合我们。我们团还去岩头、三石，消灭了一伙叫“小雄鸡”的土匪。

吕团长故地重游，过去的事历历在目。

高政委说：“文革”期间，我们部队在丰岭岙，那时，我还是炊事班班长，也常来溪口买菜。那时溪口远没有现在漂亮。

中餐安排老兵在溪口素食斋吃自助餐。

下午的座谈会在溪口宾馆小会议室举行。高政委第一个发言。他说：这次，我同吕团长想来看看老战友，了解一下回地方后同志们的生活。得到林雷同志的支持，要谢谢小林。我现在在儿子那里打工，儿子开了家矿石公司，做石料生意，为公园提供花岗石扶手，花岗石板料，生意还可以。

说着他从包里拿出一大沓产品介绍，每人一本。

吕团长说：你们看，我们政委成了生意人了，随时随地不忘推销产品。是要感谢小林为我们筹划了老兵会，安排得有条不紊，让大家玩得开心。我现在是村党支部书记，我们村以花木起家，正在创建美丽乡村，富饶乡村。造了不少别墅，再有两年，村民家家都住别墅，欢迎大家到我们村做客。

一个下午，有25位战友发言。其中，林雷也介绍了桃村。他说：我们桃村创建新农村的路子是，做大做强桃子产业，农工商并进，利用村自然条件，适度发展旅游业。现在正在建花果山，建新村。我们桃村是桃花盛开的地方，有万亩桃园，是天下第一桃园，出产奉化水蜜桃。桃花开的时候，我们开桃花节，欢迎大家来赏花。来时，到村委会找我，我现在是桃村主任。刚才政委说他在做石料生意，我们村也在承建花园，到时候还请政委同我们合作。

这些战友，很多人没到过雪窦山。第三天，大家又去玩了千丈岩、妙高台、雪窦寺、露天大佛、三隐潭、徐鹜岩、中国旅行社（张学良软禁地）和蒋母墓道。

老兵会开了三天。每人手里发到了一本由刘国苏拍摄、编辑的精美的老兵会影集。

老兵会结束那天，政委带着他的家属去了丰岭岙军营。

六

可惜，从溪口回来第二天，国苏就阵阵腹痛，当晚去医院保胎，未奏效，还是流了。国苏哭得眼睛都肿了。

妙儿说：国苏，别哭，好好养养，下次怀上了，当心就是了。都是雷雷不好，不叫国苏去溪口就没事了。

国苏哭着说：妈妈，不要怪雷雷，都是我不好，都是我不好——

第十二章

刘东山设计新农村 桃村人盼望住别墅

一

东山还在农大读书时，就听过老爸的关于桃村发展设想。他回村当村官后，已经不知多少次设计过桃村建设美景。他认为，只要充分利用桃村良好的自然条件，桃村人就能走上富裕的道路。如果经济发展了，桃村就可能改造成花园式桃村。关键是桃子产业，做大了，村民就有钱改善生活，对桃村来说，关键是花木经济和工商经济。这两项赚钱了，村级集体就有钱建设新村。他的脑子里不断更新桃村的将来美景：村在百花丛中，楼在绿荫丛中，人在花海之中……桃村的后山（同山），诗人林仲保有首诗写同山："同山峰顶在龙宫，赫濯威灵造化同。屡赐雨珠恩泽渥，年年丰熟赖神功。"后山像只展翅的凤凰，它是四明山伸向宁绍平原的一支山脉，千百年来一直那么静止着。尽管她年复一年季复一季的花开花落，像爱打扮的姑娘那样不断地更衣，戴花，扑脂，上粉，努力显示她的婀娜多姿，显示她具有强大的生命力。可是，桃村人被桃花迷了眼，对后山却熟视无睹，尽管它不断地展现美丽的羽毛，还是默默无闻地沉睡了千年。自从刘东山学成归来，后山就不再如此静止下去了。他想把它开发成花果山，旅游景区，使其更加生机勃勃，更具魅力，为桃村人民做出更大的贡献。

上千年的历史，在弹指一挥间。到了刘东山这一辈桃村青年掌权时，他们比老一辈桃村人更深入了解后山的性情，对后山怀有更深的感情。他们懂得后山曾经和正在为这里的生灵无怨无悔地提供营养，做出贡献，也懂得用她的漂亮的形象，去迎接一年又一年，一拨又一拨的赏花人、买桃人和旅游者。

很长时间以来，东山面对桃花红遍的家乡，踏遍了后山的山山弯弯，看家乡自然条件非常好。家乡土地肥沃，气候宜人，无论是气候、温差、日照、土质、雨量都适合果树生长和花木培植，很适宜发展果园。然而，到现在为止，桃村除了桃树，除了几株杨梅外，后山上没有别的果树，是名副其实的荒山。我们何不发展橘子、梨头、杨梅、葡萄，把后山开发成花果山？看周边村庄都在发展花木，我们何不利用后山种植各种花木，向果园、花木进军？如能再发展水果，发展苗木，村经济就活了，继而促进旅游业，致力于劳动生产率的连环高产出——建果园，几年后就会有水果收入。果园开发旅游，还有旅游收入。旅游业又带动商业消费，又有商业收入，产出就高多了，达到“双赢”或“多赢”。何不以此作为我村的发展方向？

他多少次听到村民改善住房条件的要求，心想：我何不根据现状，统体设计桃村的未来，改变桃村面貌？他又一次踏遍了村外的荒山、溪滩、石塘，目测了这块空地的面积，决心在家乡建设中充分发挥自己的聪明才智，把学到的科学知识用到家乡的统一规划之中。

东山在大学里学的专业是扮美祖国的专业——园林管理。他理所当然要首先扮美桃村，所以，在他为村里设计的蓝图中，一直围绕“美丽桃村，富饶桃村”这个思路开展。只要经济允许，他就想把桃村建成花园桃村，富饶桃村，文明桃村，人人向往的桃村。脑子里有了创意，就等待机会。

春节之前，在村委会一年一度的年度总结会议上，林雷主任对农工商全面发展的情况做出了总结。各公司都报告了自己的发展情况。报告都说明按预定的考量发展，而且，都超出了预定考量。刘东山根据现有的发展势头，在这次村委会上，大胆地提出了修改桃村五年计划的设想。总目标是建成一个以桃业为主打产业，大力发展果园和花木计划。以花果为介体，发展旅游业，建成一个美丽桃村。

他说：任何村子，只有因地制宜，在大力发展特色产业的基础上，走农工商齐头发展的道路，才能走出困境。我们桃村的特色经济就是桃子，我们把桃子的文章做好了，形成特色，村民的生活就有了基本保障。再在这个特色的基础上发展果业，把后山变成花果山，那么，这个特色产业就更具特色了，这就是大家所说的大力发展特色产业。人们都在说，“无工不富”。要想我们生活奔小康，必须继续引进工厂，引进公司，以工、商养农。有了工、商业，经济就活络了。如果能开出桃红公司那样能赚钱的公司，结合旅游业的发展，村经济就更活了。根据这一思路，我想，我们要将后山南岙发展成橘子园，南岙向西的荒山建成梨园，原杨梅山的杨梅园，村外小溪边发展成葡萄园。同时，进一步扩种桃树，扩种优质桃子，让我们桃村成为名副其实的“桃花源里”“天下第一桃园”。成为一年四季都有果园旅游，随游客看，随游客玩，随游客采的格局。现在的桃村已经不是十年前的桃村，桃农卖桃已经积累了不少钱，我们已经有条件改造农居，建新村的条件已经成熟。我想分片建造，逐步推进，争取用五到八年，最慢十年至十五年，全村村民都能住上别墅。当别墅建成的时候，那就是崭新的桃村。

林雷主任说：东山的桃村的发展思路，老书记已经讲得很明确，我们也只能继续走这条路子。他描述的五年规划是老书记路子的进一步深化，我倒还想听听东山对新农村远景规划蓝图，将来的桃村是怎么样的桃村？

东山接着说：理想与现实常不是一回事，但没有理想，就永远没有现实，争取了就有可能。就我们桃村人来说，我们桃村的现有农居是20世纪70年代建的，只有68平方米，又低又潮湿。到了今天，与周边许多村庄相比，已经相对落后。很多人不甘心永远住这样的房子，村民有改善农居的要求，这已经是既成事实。我想，现实一点，我们利用村外石塘、荒地、废弃的公路、剡溪改造后的溪滩，分批分期建三五十幢六单元连体别墅，让新村天上没有电线，地上没有水沟，家家都有车位，道路四通八达，家家绿树成荫。到新村建成了，拆除旧居，再造商店，造文化大礼堂及与旅游配套的农家客栈、饭店和办公楼等。当今社会大家都在追求家宽、路平、环境美，家家庭院绿树鲜花的生活。兄弟省市已经有这样的新村，我市有几个村子已经在着手改造,我们不马上跟上,就有可能落后。有了这样一个新村，本身就将成为旅游景点。再把桃园扮美，把后山扮美，发展旅游业。旅游经济又促进村级经济，这就是经济学中的循环经济法则。

村委会几个人从来没想到如此发展的蓝图，听了觉得很新鲜，议论纷纷，向往未来。

林主任说：我想，书记的设想是现实的，当然也有超前的因素。我同东山去过金峨村，他们造了大批别墅，村委会几年前就想着要让全村人都住别墅，他们是靠花木发家的，村级经济雄厚。我们的问题是资金保障，有了钱，这些都能成为现实。钱，哪来造别墅的钱呀？我们村里还拿不出建三五十幢别墅的钱呀！

东山说：我想过了，卖房——不计地价，不计利润，以造价出售别墅。金峨村 130 平方米，卖了 36 万元，我看我们桃村人也买得起——

村委会其他几个人也说：对，造价卖房。我们自己成立工程队，自建自卖，造价出售，一般村民都能买得起……

东山补充说：五年计划是一步一步地实现的。在实施这个计划的过程中，有一定难度。譬如，我们要建花果园，整山整地种苗的时候需要投入大量的劳动力，面临的首要问题是桃村劳动力不足。桃村在大有作为时，劳动力肯定不够。关于后山适宜不适宜种橘、梨，上星期我与阿贵实地考察过，朝向、土质、水源都适合，唯有坡度，需要建梯田，即使只开山到半山腰，也能种上 1300 株橘树，1000 株梨，200 株杨梅。到树苗种下后，各园只要配三到四人日常管理就够了。关于造房子的经济来源，我倒是期待花木公司，出售花木。花木公司赚钱也多，金峨村已用花木赚来的钱改造村容村貌，我们何不向他们学习，发展花木。我也期待像桃红经销公司那样的公司。就我所知，桃红公司虽然是依附在总公司的私营公司，但生意已经做到国外，公司赚钱不少，来钱也快，要不了几年，桃红公司上交给总公司的钱就可以支持桃村建设。重要的是我们政策处理和经济管理的合情合理。再者，我们自己成立建筑工程公司，资金就不会因建房而外流。新房也可分期建造，建一批，卖一批，卖了的钱再建第二期第三期，这样，资金就问题不大了。

村委会认为这个规划总体具有可行性。新农居改造也已是村民的期盼。林雷说:东山，你是桃村规划的总设计师，画一张规划设计的布局图，如何?

之后，除上班之外，足足两个月，刘东山足不出户，书房成了设计室。把五年后桃村的总体布局图和分年度实施计划，都详细地展示在村委会面前。规划详细到每座房屋的具体位置，每条路的大小，道路像桃枝一样互相连接，房子像朵朵桃花……还配有水、电、通信、污水等管道的走向。建成后的桃村，村民像生活在花果山中，既集中又互不干扰。对刘东山的总体规划，村委会足足讨论了半个月，统一认识后，就公布于众。

二

春天来了，桃树休养生息养精蓄锐了一个冬天后，桃枝上的花蕾接受阳光的抚育和自然的恩赐，让桃山上的红色一天比一天鲜艳。春到人间，在豪情激荡的春光里，人们迎候春风，迎候花香，接受春天的美丽与曼妙。桃山满载着馨香和希望，充满了生气勃勃，欣欣向荣。

春节后的一个下午，林主任代表村委会向村民大会报告。

他说：我把经过村委会讨论的“桃村五年规划”和我们村的生产现状向大家通报一下。希望大家再接再厉，为实现桃村五年大变样而努力……

林主任报告中有几条让大家很受鼓舞：

一、改革体制。走既定的生产合作社道路。在现有的农业生产合作社、桃农生产合作社的基础上成立花木园林公司。为了发展果园，其下再分出一个果农生产合作社。为配合新村建设，成立桃村建筑工程公司。把生产合作社和现有的村办企业（公司）、建筑工程公司合在一起，成立桃村总公司。村民亦工亦农亦商，力争五到十年末，年人均收入达三至五万元。

桃村经济现状：我村的几个厂生意兴隆，服装厂生产的服装基本上都出口，桃红经销公司要不了多久就会赚很多钱。他们多赚钱，我们总公司也赚钱。花木园林公司生意已经做到山东、北京、上海，订单不断，很有前途。桃农生产合作社已经在着手改造桃园。村委会准备在桃子上市时，发挥桃村奉化水蜜桃销售公司的作用，帮助桃农及时销桃。

二、新农村建设五年计划：在进一步完善桃园建设的基础上，开辟橘园、梨园、杨梅园、葡萄园，让后山成为花果山。再以桃花、果园为媒，发展旅游业。

花木园林公司已具规模，要订出相应的发展规划，扩种花木，承包工程，组织实施，将来新村建设时，能给新村建设提供更多的资金，能为扮美桃村做出贡献。

为了改善村民的住房条件，我们同意书记的设想，准备在沿山建造50幢六单元连体别墅。土地已经批准，别墅的结构布局，已经请市设计院设计。我们的意向是达到车进房，农具不进生活用房。第一期先在石塘位置建十幢，以后再造二期三期，让村民分批分次地住上花园式别墅。我们讨论时也考虑过先建办公楼、文化大礼堂，宾馆，商店，达到改变村貌的目的。但大家讨论的结果还是以民为先，先建民房，建了民房后再建公共建筑。这个计划是否太过超前，大多数人认为，这个计划适合我们的实际情况，是时候了。

三、文明村建设：我们要加大文明建设力度。为增加文体活动场所，我们还要适时建造一座桃村文化大礼堂，在文化大礼堂还未建起来时，利用老年活动室，一切文化娱乐活动都集中在老年活动室。全村从现在起要消灭赌博、吵架、打架等不和谐现象。在人与人的关系上，传统美德不能丢。

林雷主任最后说：同志们，我们要合理安排生产，努力增加就业岗位，人尽其才，发挥全体村民的积极性，通过更多人就业，缩小困难群体的户数人数，走共同富裕的路子。我们要走生态发展的路子，改善生态环境，保护好绿水青山，让山更绿，水更清。新房建起来后，花木园林公司负责美化村子周围环境。我们要发展旅游业，在开好"桃花节"和"桃子节"

的基础上，在建好剡江边桃园走廊后，马上动工建橘子园、杨梅园、梨园、葡萄园、花木园林公司的盆景园。把这些园区向社会开放，开放水果园采摘旅游，把桃村建设成为奉化市的又一个旅游景区。到新房建好了，开放新农村美村游，这就是以花为媒，以果促游的发展计划。同志们，不要小看旅游业，旅游业的综合收入潜力很大，我们必须走这样一条路。

老林书记补充说：同志们，我们是既要金山银山，也要绿水青山。保护好环境，走生态发展的路子，这是功在当代，利在千秋的伟业。我们要还给老祖宗一个山清水秀的山山水水，留给子孙万代一个山清水秀的宜居之所，留下能休养生息的良好环境。这样，我们才对得起大家对我们的信任。我们也要坚定不移地走和谐、文明的路子，走发展旅游业的路。不但要生活富裕，也要精神富足。人人都要自觉地、坚定不移地为实现我们的梦想而努力。

主任和书记的讲话鼓舞人心，会场上交头接耳，气氛热烈。桃红是第一次参加村民大会，她感到，村委会这班人不得了，像个当家人。与此同时，她也十分欣赏东山的学识。

刘国苏参加村民大会回家后说：到我们有孩子时，可住别墅了！

村委会把刘书记的新村设计的具体执行步骤都公布在村委会的布告栏上，它像支兴奋剂，只要细细地读一次，就会对未来生活充满信心。

村民看了五年规划后，有人担心村里资金不足，难以尽快实施。也有人担心家里困难，买不起房子。也有人迫不及待，希望尽快实施，说是第一期十幢60套太少，怕分不到，看村委会拿什么措施来分房了。也有人在叹息，如果早点就改造，儿子结婚时根本就不需要装饰。有几个家庭困难户说：我没有钱，住别墅我做梦都没想过，如村领导一定要我们住新房，我就只能住到别村去……也有的说：太急了，再过三年，我就有可能买得起房子，现在要借都困难。反正第一批先看看，到了猴年马月，造第三期了，再说。村民上千号人上千张嘴，都在说村规划。村规划成了村民日常生活的主要话题。

村民议论归议论，村委会这班人已经把新村建设摆上了议事日程，地质勘察已经开始，村建筑工程公司也在组建，阿贵和汪涛已经在物色人才，初步议定派哪几个人到橘园，谁到梨园，谁到葡萄园。他们自己已踏遍了后山的山山旮旮，甚至他们在梦中都是成片的橘树，一箩筐一箩筐的香梨，一串串葡萄……

晚饭后，林雷找到陈明家里。阿明哥，有一件事要同你商量。你是老牌子的施工员了，造房子，你有经验，有能力。我同东山商量请你出山，当桃村建筑工程公司经理，拉起人马，成立工程公司，行吗？

林雷，我很想为桃村人民做点事，听了你的报告，我就想自告奋勇来组建建筑工程公司，当不当经理倒无所谓，我来组建吧！我想过，技术工人要向社会招工，需要一两百人。组建中有什么问题，再向你汇报。

不多久，陈明便开始组建桃村建筑工程公司，到处找技术工人。他从过去工作过的公司里招来了施工员单立明，泥工组副组长沈国军，木工沈军，钢筋工蒋坤，宗信汉老架子工，还把自己老婆也请来了，叫她管材料。很快就拉起了60多人的队伍。他自己租赁建筑机械，联系挖掘机、运输车，机械要进场，材料要落实，忙得三餐都不能按时。单立明是个很有经验的老施工员，他有能力有条不紊地按图施工，对各种材料的质量都能把关，所以在工场上，陈明可省了不少心。沈国军是个老泥工了，同他一起工作过的朋友不少，只要他一讲，很快就组成了一个近30人的泥工组。木工组沈军是个30年工龄的老木工，又一直在建筑工地上做工，经验十分丰富。此人不但能吃苦耐劳，为人也很好，对手下的工人也关心。他来了桃村建筑工程公司，跟着师傅而来的徒子徒孙就有十来个。几个组中，唯钢筋组组长蒋坤嫩了点，工作还不到三年。

桃村建筑工程公司牌子立起来了，建筑场地也看好了，机械租赁也已落实，公司像中国人民解放军要打响一次重大战役之前，蓄势待发。单等建筑图纸到手，陈明便可率团进场。

在林雷找陈明时，阿贵和刘云山也谈得热火朝天，他们俩心里已有了一大批人的名字，连如何实施都有了思想准备。阿贵说：老刘，明天，我们把我们的想法同东山和林雷说说看，如他们同意我们的想法，我们就开始举旗拉队伍了。

老刘也说：好，明天上午到村委会，只要他俩有空，我们就全部亮出来。

桃村实质性的新农村建设还没实质性发动，还像邓小平在深圳向全国人民高歌“春天的故事”一样，人们心里期盼新生活的火热情怀已在等待火种点燃了。

三

会后一周，阿贵和老刘的想法得到林雷的赞同，果园开发就此开始了。阿贵对果农生产合作社成员说：我去山上看过，这个山全是黄泥，土质不错，适合种橘子、梨头、杨梅、葡萄。于是，果农生产合作社主任朱长工就同阿贵组织了四个有种橘经验的村民，四个种过梨的村民，四个会管理葡萄的村民，各招了五个农民工，开始在后山上砍柴，垦山整地。每天自下而上地筑起层层梯地。

朱长工讲：同志们，靠山脚比较平坦的地，尽可能扩大种植面积，斫下的柴草、柴根收集起来，煅成焦泥灰，作为幼苗的基肥。掘出来的石头也要充分用来筑地岸，力争能种到两千株橘树。

阿贵说：好，边做边调整。我测量过，这块地种不了两千株橘树，有1500株，就是最大限度了。

长工说：边干边定，能种多少种多少。

与此同时，陈明拉起了建筑工程公司。刘云山的花木基地已经在建筑工程公司帮助下，开始在村东边沙滩上填土整地。按照村规划，他们要建一片方方正正的花卉观赏园。路边配有公园，公园内亭子、茶室一应俱有。浇上了水泥路，园周筑起了一道漂亮的围墙，起了个很有创意的名字——“东方花园”，为以后在这里出售花木盆景，开展适度旅游做准备。这既能丰富村民生活，也可增加旅游收入。

各公司都正在为完成各自的任务而有条不紊地实施村规划。山上，村边，到处是热火朝天的建设场面。

第十三章

老同学千里访故友 薛永琪旅游雪窦山

一

许桃红挑选的中塔路别墅，买下来后一直没有装饰。原因是暂时经济拮据。虽然澳方第一期汇款已经到账，但这些钱只够支付台塑公司和总公司借贷，自己所剩无几。再说近来自己妊娠反应严重，频频恶心，吐得粒米不剩，也无心他顾。东山也忙，顾不到这房子。反正有地方住，就放着吧。人说“存钱不如存房”，放着只会升值，至少不会贬值。

桃红上午上班时，进了公司就吐开了。水涯看许经理吐得厉害，端来洗脸水说：大姐，你就休息吧！看你难受我也想吐了。

你没结婚，怎么会吐呢？到时候有了孩子，你也会吐。她的心里想到，水涯不要像我那样未婚先育啊！她洗了脸，漱了口，又叫水涯倒杯水，强撑精神给山嶂打电话。山嶂，谈得顺利吗？签了几个合同了？嗯——嗯——嗯，放宽点也可，只要有前景，数量大，放宽些也可——哎——哎——哎，就这么办，订了合同就回来。我和水涯都在盼你满载而归。桃红满脑子都是这个兵弟弟的不怕吃苦的精神。

水涯，你跟山嶂什么时候可请我喝喜酒呀？

大姐，早着呢，我家，他家，上一代基础差，为了培养我和山嶂，已经花尽血本，要房没房，要车没车，他爸和我爸都指望我们两人挣钱改变现状，我看没那么容易，没有三年，改变不了。

桃红说：说快也快，你俩的年业务收入，我估计不会少于50万元，两年后，不是什么都有了吗？

水涯点点头，但愿如此。

看桃红又吐了，吐得眼泪鼻涕都出来了，水涯又为经理取了热毛巾，擦了吐在地上的饭菜……

半天过去了。这半天，桃红是坚持着过来的。水涯本想给经理搞些清淡的中餐，桃红却说她要回家，下午就不来了。

水涯把桃红扶上车。大姐，开车小心！

整个下午，公司里只有水涯一个人。她听了一段英语对话后，在想山嶂。谢山嶂确实值得爱。可他父亲，我总有看不惯的地方。农民嘛就跟大家一起出工，用心在地里才对。在谢家时没有桃树，到了桃村，遍地都是桃树，桃树栽种、培育也够你学的了，为什么不好好掌握这套基本技术呢？一空下来就跑孙家他弟弟家，一去就打一天麻将，甚至晚上在孙家过夜，实在不该如此。水涯还风言风语中听到谢国成同弟媳妇有不堪入耳的事。还有，他弟弟也同兄弟一样，在纸箱厂三天打鱼两天晒网，厂子已濒临倒闭的状态之中，还不想想办法，也天天坐在麻将桌上消磨时光。这兄弟俩如此不务正业，要想改变生活真是无稽之谈。山嶂谈起他的上辈总摇头，有时还想同老爸交锋一次。不说交锋不交锋，这样对待生活实在不该。

水涯也想到了老爸。老爸一生乐观，自我懂事以后，就发现他再困难也无所谓，照样说说笑笑，开玩笑是他随时都可来一段的生活乐趣。无论对谁，说不了几句，就会说出一段笑话来，让你捧腹大笑。他对东山书记和桃红经理都十分敬佩，东山书记说什么他都会努力去做。所以，把我支到桃红姐的公司来，他是一百个放心。还有我妈，妈的一举一动都是我的榜样，真是一个标标准准的劳动妇女，贤妻良母。唯有对我找山嶂之事，她同我发过几次脾气了，到现在为止，她还是有保留意见——刘家不可靠，刘家太穷。

客户来电话了，水涯拿起话筒：喂——哪位？我是桃红公司，请讲。嗯——嗯——好的，好的。请告诉一下你们的合同号——好，我找一下你们的合同单——本来，179号合同上规定150吨，我们已经发货了，你们的款子还没到账，请你们赶快把款子发来。这次增加的50吨，我们马上发货，货到付款，好吗？好——好——再见！

水涯又拨打了桃红手机，把刚才的电话情况告诉了经理。从刚才接电话的过程中，水涯明显地感觉到经理还在吐，她担心经理是否能度过妊娠反应期。明天是星期六，山嶂没回来，经理又吐得这样凶，就只有自己来值班了。她抬头看到业务量统计表，曲线向上，箭头像导弹送卫星上天，越来越高。水涯预计，今年国内销售量有可能突破千吨。澳大利亚销量是她没法估计到的，这样下去，要不了三年，桃红公司年销量可达数千万之多。她越想心里越高兴。

快到下班时，电话又响了：喂——哪里？市政府办公室？有什么事吗？——找经理，经理有事走了——她同学？在哪里工作的同学？告诉我尊姓大名行吗？——哦，哦——薛永琪，青岛外贸局，明天晚上，在华信国际1802室，好——好——我会转告许经理。请薛老师的电话告诉一下，好吗？哦——好，我叫经理给薛老师打电话——好，好——再会。

水涯下班直奔东山家。大婶，许经理在吗？

哟！水涯，你有事吗？她被东山电话叫去了，大概在村委会吧。

那好，我等她一下，有要事相告。

来嘛，坐，你好难得来家，等会儿在我家吃了饭再走吧！

阿婶，要不要付饭钱，太贵了我吃不起。

小娘，像川田，还同我来开玩笑。在经理家吃饭，当然价格不低，饭后埋单。

好，好，好！饭后埋单，饭后埋单。

刘书记和许经理一起回来了。水涯，有事吗？

有事。本姑娘无事不登三宝殿，来骗饭吃了。

吃饭还要骗吗？请你还难呢。什么事？讲呀。

水涯把市政府办公室的电话内容讲了。

薛永琪，是我和东山高中时的同学，号称小捣蛋，他不是出国了吗？转头对东山说，东山，薛永琪来了，在市政府。他来做什么？

来了好呀，我要他赔我钢笔，一赔十。

还赔你钢笔呢？万一他来要医药费的，你把他打了，他不叫你赔呀？他大学读了吗？

东山摇摇头。

二

桃红怀孕已经一个多月，正在妊娠反应之际，知道老同学薛永琪来访，就不得不同东山一起接待老同学。

薛永琪是黑龙江人，读高中二年级时，他爸的公司被政府派去支援非洲，就带了他哥哥同往非洲。因为他娘死得早，所以临出去之时安排薛永琪寄读在奉化的舅舅家。因为他姑姑终生不育，他爸把他过继给他姑姑当儿子。所以，他高中一毕业就去了马来西亚他姑姑的公司。在马来西亚，他叫姑姑为妈咪。这次来上海外贸局谈业务后，顺便来看舅舅。他也打听了班上的同学，知道东山和桃红结了婚，就想看看同学。

第二天晚上，一个月光浸泗着床幔的夜晚，东山同桃红一起去了华信国际 1802 室。进门就看到薛永琪穿着笔挺的西装，尖头皮鞋，戴着黑边眼镜，奶油包头，一副华侨打扮。其夫人像是马来西亚女子。薛永琪看老同学驾到，高兴得手舞足蹈，连忙让座，并用马来西亚语向夫人介绍了东山和桃红相见。那女子躬身作揖，示意请坐。

东山和桃红坐下后，说：永琪，十年不见，你是实实足足的华侨了。是毕业后就出国的吗？

薛永琪说：毕业后，我就去了马来西亚，后在那里上华语大学，学的是国际贸易。大学毕业后，没有找到工作，就在我姑姑公司就业。我姑姑公司是生产铝塑板的，专为汽车厂生产汽车模板。来奉化时，我就看见岳林街道有一家“桃红台塑经销公司”，我就猜想这公司会不会是桃红开的。我问在市政府办公室工作的表弟，果然不错，就想来会会老同学了。

桃红说：你们公司用的是台湾产的塑料粒子还巴西产的粒子？

我知道台塑有0号塑料粒子，但姑姑她们一直在用巴西产品。

桃红说：台塑的0号粒子与巴西的0号粒子在国际上竞争非常激烈。台塑的质量绝对不会比巴西差，价格却比巴西低了好多，主要是运价便宜。我在做台塑粒子生意，国内外都有业务来往，因为我们的价格比巴西产品低约10%，澳大利亚就用我们的各型塑粒，而且数量年销量千吨。

好，我知道了，待我回去后，我同公司商量了再给你回话。到时候请两位到马来西亚做客。

东山说：好呀，有生意做，我们哪里也会去。永琪，你在奉化玩了没有？

我想去雪窦山玩，你们有空吗？

好，我陪你去玩一天，桃红目前正处在特殊时期，她就不去了，好吗？

我早就看出来了，为了下一代，桃红把身体养好，就行。

桃红说：永琪，你有孩子了吗？

我们刚结婚，还在度蜜月呢！

桃红说：好，那就陪你夫人好好地玩一次雪窦山。雪窦山是很漂亮的，现在是五星级国家风景区。

东山说：永琪，明天早上七点在这里等，我开车送你们一起去溪口，下午再上山。

一言为定。

一言为定，我们走了！

慢慢，老同学，明天桃红不能去，只有现在，到饭店大门口去，四人拍一张合照。玛丽，把我们的礼物拿来！

永琪给东山桃红带来了一只小巧的笔筒，外壁上疏密有间的梅花正在怒放，梅枝清瘦却遒劲有力，仿佛正在往外吐出寒冽的清香。上有“梅花瘦”三个字。桃红捧着“梅花瘦”，痴痴地看着，有了莫名欢喜。

东山和桃红与老同学一起拍了照就回了家。

第二天，刘东山把老同学和夫人扶上车，开车轻装出发，沿高速来到溪口。

他们在溪口武岭门外下车就看到了武岭门雄姿了，大家兴致勃勃地进了武岭门。东山指指城门说：永琪，想当年蒋介石先生回家时，一般都是在这个城门下下车，叫作“文官下轿，武官下马”，表示对溪口百姓尊重。这城门有官兵站岗，卫兵英姿勃勃，持枪向自己的领袖敬礼，这情境真是威武雄壮。

永琪想象中的卫兵如同他在台湾看到的蒋介石陵园的哨兵那样雄伟庄严。在城门下请别人为三人拍张照，留下永久的纪念。后又去了以风景秀美著称的文昌阁。

东山给永琪说：永琪，这幢楼叫文昌阁，也叫美龄楼。宋美龄来溪口时，常住在这里。你给夫人翻译一下。

永琪给夫人叽叽喳喳地说了一通。夫人拉了他的手，一起从后门绕到正门。他夫人趴着窗，企图看到宋美龄在这里住的情况。永琪说：文昌阁真幽静，三小姐当然喜欢住在这里啰——

接着他们又看了蒋经国的小洋房，看了汲水桥下的鲤鱼戏水，后去了丰镐房蒋介石故居大院。当大家兴致勃勃地欣赏蒋介石写的“寓理帅气”几个字时，东山说：这几个字是蒋介石写给蒋经国的寄语词，意思是，叫蒋经国像他那像继承国民革命事业。永琪在笔记本里写上“寓理帅气”几个字后，对蒋家父子若有所思……东山伴着他们里里外外看了一遍，然后沿着十里长街由下而上。

在江边，永琪夫人把相机对准剡溪上的竹排和竹排上的一群群游客和溪边浣洗中的红衣绿裳的村姑。一路上，只听永琪夫人嬉笑着讲了许多听不懂的话。永琪说：她在赞美溪口，说溪口这地方真美，风景秀丽，山清水秀，真是藏龙卧虎的地方——

那女人聚精会神地看了一会儿穿村而过的剡江，看江水缓缓而行，江边红衣绿女，两岸鸟语花香。然后跑步拾级而下，永琪跟了下去。他夫人说了一通马来语后，永琪对下在洗衣的几个女人说：大姐，大嫂，她给你们拍张照，带回马来西亚去，展览你们的精神和风采——

那大嫂大方地整了整衣衫，满面笑容地伸出两个指头，一声呀哎——然后跑过来看相机上自己的美姿，竖起了大拇指，继续洗她的衣裳去了。

拍下了几张正在洗衣的大嫂和姑娘的照片后，她又上得街来看着街面。她看商店繁荣，人们谈笑风生，根本看不到衣衫褴褛的穷困景象，便自言自语地说：过去，听说中国大陆老百姓生活艰苦，现在看来，老百姓生活很自足！这里确是难得的风水宝地啊！国泰民安——

永琪看夫人背着尼康相机，蹿东跳西地来回奔跑和兴趣盎然乐不可支的样子，给东山说：你看她在发疯了吧！她从来没有这样疯过。

东山看那女子高兴的样子，两只眼睛也就眯成了线。让她疯吧，她也难得有机会如此放松一次。

玛丽，回来——走啊！我们上雪窦山去，雪窦山更好玩。那里才是仙境呢——永琪怕夫人玩累了，才叫她回来。

三个人说说笑笑，又上车向雪窦山进发。

车子经过一条弯弯曲曲的盘山公路，行走在绿树成荫的群山之中。这里空气新鲜，说不出哪种花哪种草哪种鸟，到处鸟语花香。车还未到山顶，伴着山风阵阵，已经可以感受到有一股松木的芳香袭来。他们抬头看到了几人合抱大的松树，密集参天，山弯里长满了墨绿墨绿的松树，像古时候华锐部落的箭镞。树上鸟鸣和着雪窦寺院钟声在山谷间久久回荡。松柏豪情满怀，苍翠茂密，翠竹如云，点头迎客。松涛高亢和瀑布的响声，组成了林间交响乐，令人陶醉。

东山说：永琪，你听，这是什么声音？

听到了，这里有瀑布——

是的，这是千丈岩瀑布声。前面就是千丈岩了，瀑布声夹杂着阵阵松涛声，气吞山河。

东山把车子停在雪窦寺前的广场里，下车就看到雄伟的雪窦寺院和山顶上笑颜可亲的露天弥勒大佛。这大佛也真高，全身金光闪闪。

下得车来，永琪就说："你们看山上那尊笑口常开，大腹便便的金色大佛，传说这尊弥勒大佛是我们长汀人——布袋和尚。

说着，三个人进了雪窦寺。

玛丽率先在这座非凡的大雄宝殿，跪倒在佛前，叽里哇啦地不知说些啥。东山问：她在讲点啥？

她说，菩萨保佑明年生个娃。

马来西亚是多文化国家，是以基督教和佛教为主教的国家。所以，玛丽每到一座菩萨前面都是跪拜，嘴里念念有词。他们走出大雄宝殿，随后，在山峦迭出，充满诗情画意的鲜花丛中沿着山间小路，来到"千丈岩"山顶。老远就听到了飞瀑的轰鸣声，这声音像千军万马奔向激战前沿，像有识之士追求未来急流奋进。山路有点陡峭，东山看玛丽喘着粗气，却丝毫没有停下来的意思，终于上得山来。

千丈岩高百余米，两岸峭壁，峭壁中央瀑布飞溅。水势像蛟龙起舞，玉珠飘飘洒洒从天而降。水花飞溅，从岩间汹涌直泻。流水半途中轰然击到鹰嘴岩后，喷射出水珠迷散成雾，然后一泻到底，水浪激荡，声震山谷，气势如虹。从上向下看，已是"遥看瀑布挂前川"。满眼是瀑的水，满耳是瀑声水声。满身水雾漫漫，幽幽幻境，超绝尘世之美。永琪和夫人站到观景台上，相机不断地闪光，摄下了"浙东第一瀑"的雄姿。面对脚下的瀑布，听瀑布发出的吼叫声，如居仙境，因为太过沉迷，才流连忘返，忘了归期。

永琪，走，我们去妙高台，到那里去享受蒋介石在此度假时一样的幽雅生活，去平台上看看亭下湖的美景。

走进妙高台，在院庭里，永琪想象着当年蒋介石曾带宋美龄在此度假时的幽静飘逸的生活。几分钟后，来到前面的平台上，这里山风阵阵，松涛虎啸。玛丽坐在石条上又说了一阵。永琪说：她在说，让我体会一下宋家三小姐的风采！一副悠闲自得的神情。极目远望，远处是亭下湖，只见朵朵雾霭飘飘洒洒，穿过山村白墙黑瓦，抚摸牧童横笛，亲吻松柏鲜花。雾气像是仙女的衣裙，随风丝丝缕缕微波似的悠悠飘在脸上，在发梢缠绕摩挲。亭下湖，高峡出平湖，像镶嵌在青山中的一颗明珠，平整地发出光芒，把群山照亮。目光穿过亭下湖，远处便是九曲剡江，她像宫女起舞时的丝绸腰带，把浙东山水描绘出特有的美景画卷。永琪随东山的指点，已经走神。确切地说，他已经陶醉在画卷之中难以自拔，脑子里就有了一首诗："寺外云台石径生，阁楼倚傍断崖横，暖风几度春来早，花满千山雨亦馨。"东山想为他俩拍一张双人照。为他们选好了位子，在山水的背景之中，摄下了永久的记忆。

已经下午三点了，他们还没吃饭，肚子也确实饿了，东山到雪窦饭店去要一桌菜，又要了几瓶啤酒。

吃完饭，玛丽站在饭店门口。看眼前山花烂漫，游客如云，耳边又闻松涛声中山鸡啼鸣，让她幽雅得如身居太虚幻境，竟忘了自己是凡胎肉身……饭后，三人又去了三隐潭景区。

三隐潭以幽静为著。在幽幽山谷之中，上、中、下三个隐潭，分别都有一个瀑布。两峰之间的涧溪激水顺着陡峭的山势而下，鸣响出自然悦耳的乐曲。山间雾气缭绕，漫柔俏丽，似仙似幻，像是神仙沐浴的地方。进到隐潭，就像到了清凉世界，再热天，到了这里就感到凉快。一个潭一个潭地看瀑布，看山崖。玛丽看精灵般的泉水洒入潭中，碧波荡漾。水面如平镜，山岩在水中的倒影晃晃悠悠，像人置龙宫。她双手探入潭水之中，掬一捧水洗脸漱口。喷吐泉水后，她狂放不羁，脱掉鞋子，也不管冷水会不会让小腿抽筋，双脚伸进冰凉的泉水里，身上任水珠飞溅。她成了仙子。

最后一站是徐凫岩景区。徐凫岩比千丈岩还高还大，山风呼啸，一缕寒气袭来，让人瑟瑟发抖。幽幽墟落夕阳斜，水雾笼山披薄纱。城市犹留三伏热，秋凉已入野人家。山下升起的水雾越来越浓，简直是温柔多情的毛毛细雨，雨雾劈头盖脸迎面扑来，一阵紧似一阵，恍恍惚惚，纵情让他们体验一下做神仙的滋味。

到六点了，三人才开车回奉。

这一天，薛永琪夫妇大饱眼福，对雪窦山风景赞美不已，每到一处，都闪光灯闪烁，留下了两人的身影。直到日落西下，三人才回家。

回到家的当天晚上，薛永琪把游雪窦山看到的美景写进了他的日记里：这次我有幸去大陆认亲访友，游览了雪窦山。雪窦山位于宁波奉化溪口西侧的四明山麓，蒋公（蒋介石）称其为“四明第一山”。雪窦山风景区是大陆国家五 A 级风景区，其内有蒋公与三小姐（宋美龄）的避暑公馆，有被奉化人引为骄傲的布袋和尚化身的弥勒佛铜像，还有足够玩上一天的许多自然风景点。

雪窦山岩石嶙峋，树茂林丰，神奇得像神话里的仙境。

还未进到山中就感到这山的灵气弥散在叶浓树密的山峦之中，活跃在日月星辰之上，二十四节气之中。在灵气凝集中显示山的伟力。灵气也让泉水更加清冽甘甜。这山是绿色的，纯粹的，平静的，干净的，在绿色中点缀着奇峰奇水，溪水潺潺，奇花争妍，被称为“四明第一山”。

进入雪窦山像是进了天庭仙境，这里也有脚踩祥云翩翩起舞的仙女在芦笙、箫笛美律中的优美舞姿。这里有世世代代养儿育女休养生息的山民。天地分，山有灵，山有仙境，天地亘古魂。它又不同于其他山川。千丈岩刀切样的瀑壁如诗如画，瀑布如烟雨让人心旷神怡，徐岩山是天公用无数个块石垒成的一座座形态各异的山峰，奇峰插深谷，峰下即深峡，三隐潭幽静，如白娘子居住的仙境。

特别是妙高台下亭下湖上一片片雾霭，云雾飘荡着从谷底升起，薄如蝉翼，丝丝雾雾，卷郑舒展，恣意得似仙子舞动。拂过我的脸，有一种甜甜的感觉。云雾经峰间到峰顶散落开去，献给你眼前的就有“仙女献花”“奇峰烟雨”，展现的是在云雾缭绕之中的一幅幅山水画卷。山山有白云，这雾霭好比柔情萦系于侠骨，缠绵，飘忽。这雾起雾落没有定势，也没有这高那低的计较，也不随人的意愿而改变。山，岿然不动，雾，飘舞萦环，是翩翩的衣袂，是朦胧的面纱，是剪不断理还乱的心绪，是因缘际会中一场谁都左右不了的迷藏。拂过古松翠竹，拂过白墙粉瓦，她有足够的底气撼动和吸引往来的人流和倏忽即去转眼又来的鸟禽。飒爽的风抚过秀而不媚的山骨，绵密的张力由她的灵魂深处恣意伸展，充斥着整片头顶的天和脚底下的地，天地本就如此展出自己的姿态，让自然的神秀一路铺陈，在喷薄中作聚散状沉浮，变幻中暗合生命的某种意态。“东边日出西边雨，道是无晴还有晴。”生在此山中，惊叹于雾锁金边的神奇仙境，奇峰隐现于云海间，雾气升腾跌宕平添，几经红尘之外的仙风道骨。有谁能领略山的透明和纯粹，有谁能揭秘这山的来龙去脉，又有谁能预感山在亿万年之后的气势和姿态，无论如何演绎，山还是那么气势澎湃。那雾是洁白的，阴浊的，轻盈的，沉郁的。

云霏霏，雨丝丝，近山似画，远山似黛，迷迷蒙蒙，影影绰绰，疑是仙子弄胭脂，来也悠悠，去也悠悠。她的变幻莫测的身姿舞动的是一段亘古不变的情，一份美丽的许诺，在飘浮中透过这层湿漉漉的情思的朦胧，我看到了她像潇潇细雨流淌中随风飘扬的微笑，云雾飘过的山峰不再有痕迹，把信心镶在心底，那棉质的意态中有变幻的涟漪和漩涡。涟漪是顺畅路上的笑容，漩涡是风险中的欢喜。

山魂让你放下心扉、腹剑、绯闻，还有那毫无生命却又遍地开放的冠冕堂皇……

雾起云涌，云中的路有生命的奇迹，云中的情，比雪窦山的地域更宽广……

看山是峰，见峡是瀑，无须勉为其难地想象成什么，也无须牵强附会地指名什么，这绿色海洋点点白色间有褐色摞起来的山群成了数之不尽的景致。我相信这里的山干净而纯粹，他奇峻而妖娆，把他一缕平和又绵悠的意态写在苍穹上……

千百次回眸，人已醉。

手不情愿地从键盘上移开时，总感到意未尽。

第十四章

许桃红建设新家园 为刘家生对双胞胎

一

桃红吐得异常难受，真真切切地体会到了十月怀胎，要经受无数次磨难的母亲是多么伟大。现在妊娠反应还只是对自己的初步考验，这个考验已让自己尝到了苦头，还不知接下去分娩时的痛自己能受得了吗？再痛、再难受也只能挺着，因为想要孩子。她真切地盼望这样的日子赶快结束。

吐完了，桃红又怕宝宝缺营养，又强迫自己吃东西，即使再吐她还是再吃。好在婆婆在饮食上给她仔细地调理，吐得厉害的那几天，婆婆始终伴在她身边，也不知想了多少办法让媳妇舒服一些。桃红吐得最凶的几天，吐得眼泪鼻涕流出来了，站立不稳，扑倒在婆妈身上。妈妈——

桃红，妈在，别怕，过几天就会好的——晓晓帮媳妇擦去眼泪鼻涕，扶她躺倒在床上，并劝她，不怕，它要吐，侬偏吃，吃了总比吐得多。

有几天，东山去宁波开会，夜里，晓晓就睡在媳妇的房间里。说也怪，睡觉时就不吐。桃红试过，躺平了，好一点，只有睡熟了，才不吐。

康家珍知道女儿妊娠反应吐得厉害，也经常跑到桃村来，帮这帮那，还说：别太娇气，我怀上孩子时，也是这样过来的。哪个女人都要经受几天这样的反应——

虽然嘴里不断地在说，还是根据自己的经验，叫桃红吐得厉害时，用手压压“内关”穴。

水涯妈担心桃红受不了，来看过她几次。她叫水涯上下班时接送桃红，不让桃红开车。

好在不几天，东山回来了。由东山开车送桃红上公司。

二

两个月后，妊娠反应过去了。桃红度过了妊娠反应期，胃口好了，精神也好了。

康家珍看女儿已能吃能睡，也放心了。那天晚饭后，她把桃红叫到自己房间，说：桃红，妊娠反应过去了，妈也放心了。我想回去，出来也半个月了，家里东西都快发霉了，我得回去看看，去翻晒翻晒。

妈，要我送吗？

甭送，我自己能回去。结果，还是由东山开车送丈母娘到许家。

许桃红的妊娠反应期过去后，恢复了精神。澳大利亚的货款和国内货款都进了账，许桃红的银行账户里已有数千万。她想到该装饰别墅了。于是，她给市美格装饰公司打电话：经理吗！贵姓？我是桃红台塑经销公司，我有一套别墅想请你们帮我装饰，你来我公司谈谈吧！

许经理，本人姓葛。别墅在哪里？几平方米？

在中塔路 176 号，三间两楼独立别墅。

好，我马上过来。你把图纸准备好，我要看图纸。

葛经理来到桃红公司。坐定后，桃红说：葛经理，这次装饰，我要求你们设计新颖，用材高档。建议上下管道全部改大，重新布局电线，门窗、柜子、厨房、浴室卫生用具都用欧派公司产品，地板用香榴木，门用梦启木门。一楼客厅外和餐厅用一平方米大小的白色瓷砖。从院子到正门地面和扶手用黑色花岗石。设计完了给我看看。如果我能满意，与你们美格公司再订合同。

葛经理说：许经理，如此高档的装饰，本公司开张十年来还是第一家，花钱不少。时间可能要长一点。他根据许经理的要求，取了图纸回去了。

桃红自己规划了各个房间的功能和相应配备的家具，选择了空调、冰箱、洗衣机、床和灯具的型号。这次，她准备要花上一笔钱了。

她把自己的想法同东山讲了。东山说：我们家世代贫困，刚刚达到饭饱衣暖的生活，桃村人民，有的还只能粗菜淡饭过日子。现在我可住别墅了，这已经像做梦一样。你要把它装饰得富丽堂皇，我不反对。但我提醒你，实在不必太过分。你能接受吗？

我知道你一心为了桃村人民谋利益，你们搞新村建设不也是为了村民生活富裕吗？我们家超前一点，群众不会另眼看我们的。放心！你这书记不会脱离群众。

美格公司设计图和施工说明来了，厚厚一大本。葛经理把图纸展开在台上，根据每个房间的功能，对每个房间的室内配备和用材都有详细的说明。葛经理一个一个房间地按图给桃红介绍，尽管桃红很满意，但她还是说：老葛，我想，一楼西边一间做小型的接待室。里面的布局改一改。把楼梯扶手改成木扶手。怎么样？你把图纸复印一份给我，让我再仔细看看。施工就开始吧！

葛经理留下一本图纸走了。

其实，桃红办事精明过人，她要图纸的目的并不是为了修改，而是万一需要维修，可根据布局位置改。同时，她又在图纸上注明插座数量和高低位置，以及灯具大小。

桃红在脑子里已把各个房间功能定位：一楼，除客厅、厨房、餐厅、卫生间外，她增加了一个接待室。二楼，除自己的卧室外，有婆婆的卧室、爸妈的卧室、保姆的住室，还有一个很气派的书房。把这些房间定位后，她心里高兴得不得了，好像幸福生活已经展现在眼前。

装饰开始后，她便同东山隔天去中塔路观看。

三

桃红的肚子一天天大起来，已经能感觉到胎儿在动。晓晓为了孩子，总是挑一些营养丰富的食物，劝桃红要加强营养。桃红也为了孩子，保证一天四餐。到了七八个月，桃红已经感到走路吃力，但晓晓总是不断地劝桃红要多走动走动。

晚上，睡下时，桃红经常感到孩子在肚子里拳打脚踢，一点不安分。桃红摸着肚皮说：孩子呀，安分一点，妈还没准备好呢……

九个月时，桃红的肚子大得没法穿裤子。她已经知道自己怀了双胎。但是，她严格保密，想临产时给爸妈一个惊喜。

装饰完工了。桃红给婆婆说：妈，新房装完了，我们什么时候搬到新房子去吧！

祥庆说：红红，不急，新房里刚油漆完，油漆味太重，对健康不利，再过三到四个月，油漆气味少了，再搬吧！桃红不得不佩服公公想得周到。

晓晓在桃红有孕后，就为宝宝准备了棉衣棉裤、襁褓和棉被，而且全是纯棉新棉做的，甚至奶瓶、奶吸都准备了。除了为媳妇烧饭洗衣之外，她寸步不离桃红身边。

预产期到了。晓晓陪着桃红住在妇保院产科病房，知道媳妇因为母亲没在身边有些担心，便叫水涯娘来帮帮忙。

水涯娘到医院的那天，桃红流了些血。晓晓就告诉医生。医生接桃红进了产房。

看桃红有些害怕，晓晓说：桃红，放心去吧！好好配合医生，妈在外面等着。

桃红进到产房后，晓晓马上电告东山。东山来了，山嶂娘也来了，还带来不少尿片、尿不湿，还有保暖瓶里装着红糖鸡蛋长面。

桃红做产也真快，山嶂娘刚坐下，还没讲几句话，就听到产房里传来“哇哇哇”孩子的哭叫声。

生了！生了！四个人高兴地说。

“哇哇哇”的叫声让晓晓的心放下了。她给山嶂娘讲：她娘不在这里，担子全在我身上，我好担心呀！

山嶂娘说：她生了，侬也放心了。等着做奶奶吧！

可是，没几分钟，又一阵哇哇叫声，孩子的哭声让她俩想到，桃红前后生了两个孩子。

不出所料，医生一手一个，抱孩子出来了，说：谁是许桃红的家属？你们看，双胞胎，是一个男孩，一个女孩。

她们看到孩子喜出望外，都围了过去，想从护士手里接过来抱抱。手刚伸出，护士却抱着孩子进去了。晓晓想，这下怎么办？我只准备一套小孩的衣服，现在桃红却给我生了两个。没半个小时，桃红躺在推车上被推出来了。东山马上把推车接了过来。东山到底是大孩子，俯身在桃红耳边问：痛吗？

痛，痛死我了，你倒高兴——

晓晓和祥庆一起来到桃红病床前，桃红，吃点红糖鸡蛋面条，这是老祖宗传下来的产妇头口饭，活血又营养，出血多吗？

我没看，妈！看到孩子了吗？是一个男孩，一个女孩。

祥庆说：看到了，是龙凤胎，一个男孩，一个女孩。

爸爸，你做爷爷了——

好，好，好！好好休息，我知道了。东山，你给岳母打个电话，告诉他，桃红生一个儿子一个女儿，她做外婆了。

桃红出来的时候，孩子却没出来。因为孩子太小，分别只四斤半，三斤八两。医生把孩子在保温箱里放了三天。

妙儿知道桃红生了龙凤胎，马上把自己为孙子准备的衣裤、襁褓送来了。晓姐，你没想到桃红生两个孩子吧？我把为孙子准备的衣服拿来了。

三天后，他们带了宝贝，满心喜欢地同桃红回了家。从此，家里经常传出孩子的叫声和一家人的笑声。祥庆一家人在村里的地位都改变了。桃村又添了新丁。

桃红为刘家生了双儿女，东山高兴得不得了，不时地揭开被子看孩子。

桃红看东山的高兴劲儿，说：别吵醒孩子，你就心安理得地做父亲吧！

东山平时不会做家务，但在桃红产假期间，东山做什么事都主动，一下班就主动为孩子换尿布，主动为桃红端洗脸水，主动帮桃红梳头，洗奶头。儿子哭了，又主动抱孩子。孩子睡了，他睁着眼睛看看儿子，又看看女儿。看看儿子像自己还是像桃红。桃红，儿子像我，你看那鼻子，那额头——女儿却像你，看那大眼睛小嘴巴。

像你，都像你，人就是这么怪，种豆得豆，种瓜得瓜。这么两条小虫子，就演变成两个人。

基因，基因就是决定因素。

说到基因，东山马上想到改变现有桃子的基因，培育出新品种来。

四

许桃红做产前，请章水涯全权处理公司业务，任副经理。

桃红产假休息了一个月。看似两个乳房很丰满，产奶却不多。产假结束以后，孩子胃口大了，桃红奶水不足，只有添加奶粉了，上班前给孩子喂一次奶，到下班时再喂一次，其他时间都吃奶粉。

桃红上班后，晓晓带孩子。她养东山时，奶也不够，所以冲奶粉、喂奶都有经验。只不过，东山小时候吃的是国产奶粉和米糊，现在买来的是进口的，还要在奶粉里加多维葡萄糖、蜂蜜。奶水把孩子养得白白胖胖。晓晓看两个孩子胖乎乎的，两手两脚都是肉团，辛苦是辛苦，但很有成就感。

亲家接到女婿电话，知道桃红生了龙凤胎，康家珍高兴得很想立即看到外孙。她给丈夫讲：我想去桃村，去看看外孙，看看桃红，还不知桃红会不会带孩子。

许忠谊知道她在想孩子，就说：去吧，去看看也好，让你享受一下天伦之乐。亲家一个人带两个孩子也困难。就这样，康家珍又一次来桃村。

康家珍还没进门就听到了孩子“哇啦，哇啦”的哭声，像是孩子在叫姥姥——姥姥——故一进家门就说：孩子呀，姥姥来了，姥姥来看你来了——看晓晓抱着孩子在择菜，就抱摇篮里的孩子亲昵不止。

桃红下班时，看到妈妈抱着孩子乐得像捡了个宝贝：妈妈，你替我带孩子呀！辛苦你了。

不辛苦，我高兴着呢，你看，小外孙会笑了，小手小脚乱蹬，像小猪脚蹄，肉团样的，真漂亮。说着，就用嘴去亲孩子的脚。桃红看妈妈幸福的样子，自己心里也乐。以后的很长一段时间都是姥姥喂奶，换尿布。辛苦是辛苦，但终于尝到了天伦之乐，再苦也乐。

东山是个大孩子，下班回来，他把孩子当成玩具似的，抱了孩子也不像样，不几分钟就把孩子弄哭了。

晓晓一听孩子哭了，就跑过去说：你这个人真够呛，孩子一到你的手里就哭，你给我走开一点。说着就把孩子抢了过去。

桃红站在旁边笑他：去，去，去——你只配做他哥哥，你还没长大呀！

国苏和妙儿来了，带来不少尿布、尿不湿，还有红枣、桂圆、奶粉。妙儿抱着孩子想孩子。国苏抱着孩子，看孩子红彤彤的脸，像是自己的孩子，好想自己也有孩子。国苏为第一个孩子流产而可惜。

晓晓说：国苏，你还没玩够啊？该有孩子了，不小了。

伯母，上几天，我又梦见我妈给我送孩子来了，而且是个儿子。

好呀，到你有孩子时，我去给你送鸡蛋长面。伯母等你喜讯。几句话，让国苏更想有孩子。

刘祥庆抱着孙子孙女，自言自语地说：明年，小宝贝会叫爷爷了。小宝贝，快点长大，爷爷送你去读书——

晓晓说：读书也轮不着你送，他姥姥早就在讲了，姥姥带你去上学，姥姥是教师，她会教他读书识字，教他唱歌跳舞，做游戏，长大了也当教师。

好，那么，就都当教师吧，你姥姥是教师，你外公是教师，到你大学毕业了，去当大学教师，超过你姥姥，超过你外公。

爸爸，你给小孙子取个名字吧！

我早想好了，男的叫爱国，女的叫爱家，因为国是人的国，家是人的家，只有爱家的人才会爱国，只有爱国的人才会爱家。

刘祥庆一生都认这个理，也想要一家人都认这个理，让每个老百姓都认这个理。

一家人在辛辛苦苦中享受着天伦之乐。

五

孩子三个月时，桃红再次带公婆来看房子，各个房间新买的家具都已就位。她说："爸，妈，你们只要把衣服被子搬过来就行了，其他桌子、椅子、空调、冰箱、床都放在那里不要动了。明天就搬，我去叫搬家公司来搬家。"

桃红，不急！油漆气味还太重，这油漆味对身体有害，特别是对孩子更有害。迟点早些都是我们住，我们把窗门打开，让气味早些消掉。你也不要常来看新房，油漆味对人没好处。

桃红想想也对。爸爸到底是过来人，生活经验丰富，所以接连半个月，都是东山来开窗开门。老书记去管家。

半个月过去了，桃红在吃饭时告诉大家：明天是星期天，搬家公司来搬东西，各自把要带走的东西整理一下。明天，这里请老爸和东山负责。那面我同妈负责。

当天晚饭后，晓晓就把米、油、盐、碗筷、锅铲、煤气瓶，装了一小车送过来了。装车时，晓晓说：大家听着，明天早饭自理，中餐开始在新房子吃饭。

第二天清早，晓晓很早就起来了，到中塔路早餐店买了张大饼，就到新房打扫卫生。搬家公司车来了。桃红和国苏各抱了一个孩子也来了。东山和父亲两人各自把衣服、鞋子、被褥打包装车，有条不紊。谢国成和章川田来帮忙，跟车装货、卸货，一天就搬完了，国苏帮伯母把东西各就各位时说：住别墅到底舒服，东山哥，我们村什么时候也让我住别墅呀？

东山说：那就看总公司收入如何了。

桃红说：问你呀，你这个当家人还不知道总公司有多少积余啊？

我估计，造五六十套新房问题不大，一期建了，看情况再上两期，争取十年大家都住别墅。

东山哥，我想过了，自已造，造价卖，收回来的钱再上下一期。

嗯！是个办法。

第十五章

村委会调整新班子 桃村青年勇挑重担

一

刘东山和林雷任职已五年了。新一届村委会选举时，林忠华书记连任了一年就自动退位。谢国成辞去副主任职务。刘东山和林雷以绝对多数票获得村民信赖，东山当选村主任村党支部书记，林雷当选为村副主任党支部副书记。林生民任顾问，兼桃农生产合作社主任。毛裕娥为桃村妇女主任。刘国苏任桃村集团公司办公室主任。徐蕾蕾为桃村会计。

林雷主持召开第一次村委会时，刘东山说：桃村老一二代的领导基本上都已退位。以刘祥庆为代表的老一代领导人，花费了全部心血，带领大家改变贫穷落后的面貌。以林忠华为代表的第二代领导人，把我们桃村建成了万亩桃山，这几年，桃村经济已有了很大发展。现在，我们又遇上了国家大搞经济建设的大好机遇，我们新一届领导班子决心继承老一辈革命家的光荣传统，勇敢挑起重担，为新农村建设发力，向建设富饶桃村，美丽桃村努力。让桃村人民过上幸福的日子。

林雷副主任说：根据村委会新村发展规划，为了适应桃村经济社会发展需要，有必要讨论如何调整我们的内部组织机构。请大家讨论。

林生民提出了农业生产合作社因为国家粮食放开，再继续种粮已经没有意义，可否改为农副业生产合作社，以养猪搞副业为主？

徐蕾蕾也说：种稻不合算，改种经济作物，以它赚来的钱买粮比种粮合算。

经过讨论，最后，大家都认为农业生产合作社还是要种粮食，要使我们的粮仓里有粮，我们心里才踏实。

林生民又提出：桃村集体经济已经强大，桃园能否全部由桃农生产合作社统一管理？

林雷说：我说你桃农主任啊，这么大片的桃林，你们管得了呀？再给你增加几十个人，你也管不了。

刘东山也说：唯桃园不能集体管理。一是面积实在太大，集体管不了。二是村民管理桃子已有经验。桃农生产合作社只能起指导督促的作用，在推行新品种上起示范作用。管好集体桃园。

汪涛说：桃园不能集体管理，将来发展桃园旅游时，可能会遇到麻烦。

林雷说：将来如像桃花走廊那样发展桃园旅游，我们再讨论桃农的补偿办法，做做群众的思想工作。

后来，大家又讨论了组织编制，确定各公司经理，分公司主任、经理的职责。

经过充分讨论，刘东山归纳了几条，以村委会名义，做出决定，并发了个通告：

一是桃村总公司改名为桃村集团公司。由村委会正副书记任各公司的经理、厂长，还吸收了科技人员参加。集团公司下设一个花木园林总公司、桃村建筑工程公司和一个服装厂。还有新吸收进来的桃红台塑经销公司。刘国苏继续任集团公司办公室主任。

二是花木园林公司是集团公司主要的经营公司，请阿贵当主任。下设果农生产合作社、桃农生产合作社和花木园林公司。

果农生产合作社共18名员工，请朱长工任主任。果农生产合作社要进一步发展果园，对新开辟的橘园、梨园、杨梅园、葡萄园，与桃园一起，加强管理，尽快形成花果山，力争三年后有果园收入。

桃农生产合作社共12名员工。在林生民主任的带领下，指导村民把桃山上的老桃树更新换代，补种新苗。利用荒山荒地，有计划地引进新品种，动员村民扩种新品种水蜜桃。也管理好江边的桃花走廊的村属桃园，在这个桃园里栽培新品种水蜜桃和管理，起到模范示范作用。

花木园林公司共18名员工，请刘云山当主任。花木园林公司要发展各种观赏性的花木园区，立即建一个盆景园区。也要有计划地扩大花木基地，他们的主要发展方向是发展供城市绿化需要的红枫、樱花、桂花、茶花等畅销苗木的培育，花木走向市场，担负起努力发展集体经济责任。

农业生产合作社由村里直管。农业生产合作共8个人，还是毛长新当主任。农业生产合作社要引进新品种，提高产量，确保桃村粮食自足有余。因为桃村在分田到户时，老书记刘祥庆根据桃村的实际情况，坚持了水田由生产队集体管理，已形成了田地成方、水渠到田头的格局，所以，农田管理相对方便。农业生产合作社要保证粮仓有粮，桃村粮食一直由生产队自产自销。无论市场粮食供应有什么变化，我们桃村人的仓库都有粮。

畜牧养殖场归农业生产合作社管理。畜牧场其实是养猪场，现在有20头猪，20只仔猪，还有几十只鸡，十几只鸭子。配三个妇女管理。刘芝兰当组长。力争仔猪自产自销。力争每个月杀两头猪，还要争取过年每家有鸡有鱼。猪肥做无害化处理，有计划地提供给果园或农田使用。

农业社还有个鱼塘，是原来的农田下边的一条河，养了不少鱼，用鸡粪、鸭粪喂鱼。过年时，家家都能分到几条鲤鱼。

三是请毛裕娥代表村委会把妇女组织起来，让她们参加采摘桃、梨、橘等水果和水果装箱，参加稻谷收晒和养猪场等力所能及的劳动。为配合旅游业发展，鼓励年轻的妇女参加业余歌舞队。力争几年后，能为游客提供一场反映桃村新面貌的歌曲戏曲演出。这方面，请苗小珍配合、协作。

二

阿贵去桃农生产合作社了解新桃种的育苗时，林生民说：看来，我那桃农生产合作社管的范围最广，实际要做的事最少，这是历史留下来的分地到户的原因，我把几个新品种桃子推广了，迟早会把桃园也改成集体。

阿贵说：这不会。唯桃园这一大块还是要坚持家家户户自己管理，我同意刘书记的讲法，一是因为面积实在太大，你们桃农生产合作社管不过来。二是全村人基本上都有管理桃树的经验，到现在为止，桃子还是村民的主要收入。两条腿走路吧！我想，老林，东山的话是对的，你们要在新品种推广上多做点文章，这个方向对头。在日常管理上做文章。

但是，现状对促进旅游，方便游客走路的道路建设受到限制。

老林到底是老主任，想得全面。是有这方面困难，具体执行起来时，多做点工作嘛。

三

裕娥在组织妇女召开妇女大会。晓晓同桃红、国苏、章芝蓉、山嶂娘、云山嫂、阿贵嫂都去了。裕娥说：根据村委会意见，我们桃村的妇女，除了做好家务，管好孩子，做好后勤保障之外，每当桃子开摘时，大家要参加摘桃及桃子装箱、装车。这是各家各户的事。以后，当村建果园的梨、橘、杨梅、葡萄可摘时，也要大家去村集体果园摘果子、装箱。每当秋收时，大家要参加双抢。原在养猪场的大嫂继续把猪养好。

桃红同晓晓说：妈，我听东山说，村里劳动力很紧张，他们男人都冲到第一线去了，我们女人是该配合他们，大家艰苦几年，也应该。

晓晓点点头。你给东山讲，劳力不够，可多招几个农民工，别把阿贵他们累倒了。

裕娥话锋一转，说：我们已经招了四个苗族姑娘，我看我们村里有不少文艺爱好者，街舞跳得很好，也有姑娘会唱歌，还有几个老姐妹喜欢唱越剧，我们想把这些人组织起来，成立一支业余歌舞队，请苗小珍同志当队长，有意者，到她那里报名。越剧组也可上台唱一段，或演几个折子戏。村委会会支持我们的活动。如果搞得好，我们可在春节时，在老年活动室演一场。如果有男同胞参加，我们也欢迎。

林妙秀站起来说：越剧组，我来当队长，我们中间有四个人在奉化老年大学越剧班学唱越剧，到时候，我们请越剧班老师指导，也来凑个热闹，演上一场。

苗小珍说：我来桃村时间不久，但我发现毛蓉珍、毛莲珍，还有林幽秀，都是会唱能跳的活跃分子。到时候，我们去请市文联领导来村指导，我们也可演一场。

林妙娣问：裕娥，参加劳动，我会积极的，你忙，具体工作谁来组织？

我正在想此事，还是你和蕾蕾来组织吧！越剧组由妙秀姐排一二个折子戏，小珍她们来几支舞蹈，那个脚有点病的姑娘，嗓子很好，也可请她唱一首歌。

会场气氛很热烈，大家都议论纷纷。

裕娥示意大家静一静，继续说：养殖组还是由云山嫂和刘芝兰当主任，她们任务重，晒场上的事，她们就不参加了，希望你们完成生猪出栏数，大家过年有肉吃。各组可通过布告栏或电话通知劳动内容、劳动地点、活动地点。

大家对活动内容又议论开了。

裕娥再次叫大家静一静，说：还有一件事，我们村里正在准备造房子，给大家通个气，谁家购房有困难的，要早做准备，如果经济上很困难，实在是买不起房子的，也可找我讲讲。或者给主任讲讲。散会。

会后，裕娥娘给裕娥讲：桃红、水涯她们工作忙，村里的劳动就别叫她了。

裕娥说：特殊情况特殊处理。我知道。

这些大嫂子小姐妹都在议论购房之事。大家都盼住新房，也有几家说，没有钱买房子，甚至说，你们过你们的幸福生活，我过得去就行。

其实，白天上班，晚上走门串户，了解村民的要求，毛裕娥心里有数。她早就调查过各家各户的基本情况了。她不但知道哪些困难家庭，连怎么解决都有心理准备。她准备在适当时机向村委会报告“调查报告”，并提出解决措施。

毛裕娥任职妇女主任期间，成了主任副主任的得力助手。

四

刘东山担任新一届支书主任后，重新修改了“新桃村规划实施意见”，把村西紧靠现村子西侧的山坡下的石塘、荒地、坟地和废弃公路，做了新村建设场地，足可建 50 幢连体别墅。

在新房动工之前，对新区的道路、自来水、煤气管道、厕所、污物场、污水沟、雨水沟、电线、电话线、电视线，按布局图都做了调整和预埋。土地，经土管局批准后，桃村建筑工程公司已开始建一条宽七米的进村大路，通到石塘。石塘也开始土地平整、划线，开始水、电、污水处理，实行深埋，互通。

村委会的远景规划中已充分考虑了旅游业的前景。要求房子外观尽可能漂亮，又要适当超前，也要适合农民生活需要，留足车库，留有放农具、农产品以及杂物的地方。市建筑设计院根据村委会的要求，正在设计。

设计的连体别墅的图纸来了，红瓦白墙，每单元 136 平方米。室内结构是两楼两间，两个单元之间设有防火墙。后半间设有架空层，供停车，放生产工具。假三楼还可让村民自由支配。

村委会把设计图纸公示，听取群众意见后，确定按图施工。

陈明捧着图纸同东山说：“什么事都要找你们俩也不是个事儿，村里成立个基建办公室吧？”

好，我派老村主任去同你们联络，你们只要给他讲就是了。

林雷说：那么，桃农生产合作社主任呢？

暂时叫谢国成去挂个名吧！

五

刘东山把村里的事安排完后，去参加农村支部书记会议。在这次农村支部书记会议上，市委领导分析当前农村党支部工作时说：我们这一代人已经不同于上一代人，不但社会大环境变好了，人的素质也高了。他们思想不再禁锢，知识不再贫乏。客观条件也已为他们进一步创业奠定了良好基础。说他们艰苦奋斗吧，也只是在创业这个层面上艰苦奋斗；说他们开拓进取吧，也只是搏击时代发展潮流上发挥他们的聪明才智。我们要把党的工作做到农民的心上……

这次会上，市领导高度评价了刘东山和桃村党支部。桃村党支部和支部书记刘东山不但遵循老一辈新村建设路子，也领导村委会走自己的生产模式，在保护桃农利益的基础上发展集体经济，用集体经济建设新村。他们也重视思想文明建设。他们最大的特点是工作抓住了人的思想行为的进步，情的培育，村民的凝聚力加强了，万事都好办。所以，他们在努力发展村级经济，制订发展规划的同时，深入群众，了解群众的要求，修改五年规划，把建设美丽桃村、富饶桃村的口号叫得很响。他们还非常重视村民的村规民约建设和道德建设，其所有措施都有利于村民身心健康，有利于培养人间的亲情友情，有利于青少年学习、成长。故此，他们在新村建设时，打算建村文化大礼堂，建村史陈列室，把老书记的房子作为青少年的艰苦奋斗教育基地。桃村制定了村文明公约，家家有家训家规……力争物质丰富的同时，人们的精神面貌也跟上时代的发展。对刘东山来说，他在自己日常工作、生活中也做村委会成员的表率，做村民的表率。他一心为公，不谋私利，他关心社会弱势群体，把生活相对贫困的群体的解放看成是自己工作的主要着力点，走共同富裕的道路。正因为如此，刘东山在群众中有很高的威信，是桃村青年人的榜样。

会上，市委将桃村党支部评为先进党支部。

六

刘东山开会回来后召开了村党支部会议，会上他要求全体党员要吃苦在前，勇挑重担，在各自岗位上做群众的表率。他说：同志们，第一期新房建设的前期工程已经开始，要不了两年就有60户村民可住上别墅。我们在争取富起来的时候，不要忘记还有一些人生活还很艰难，他们中有的有历史原因，家底子很薄，劳动力不强，没有专门的劳动技术；有的因病致贫；有的因学致贫，特别是有几个孩子上学的，他们为了培养下一代，节衣缩食，为了学费东拼西借。还有，像移民户，他们响应政府号召，来到桃村。我们如果不关心他们，他们像是低人一等，精神抑郁，对这里的生产、生活不熟手，不敢放开手脚，干劲就发挥不出来。我希望各公司各生产合作社的党员，要适当安排他们工作，关心他们疾苦，像亲兄弟一样对待他们。

会上，林雷说：你们大多是小头头小领导，你们可以在本单位里摸摸底，检讨检讨在这方面还应该做而没有做好的事。同志们，小平同志说，让一部分人先富起来，接下去实际上还有一句话，以后再让大家都富起来。解放劳苦大众是我党的宗旨，让全体劳动者都富起来是我们的责任。如果谁能把穷哥们很快改变现状，跟上我们的队伍，我林雷谢谢你们。

支部会上，有四个新党员同志，支部为他们举行入党宣誓仪式，新党员是刘云山、许桃红、李静和章水涯。

这次会议以后，各公司和各生产合作社都采取了相应措施，把帮带结了对子，劳动干劲，生活勇气都形成了气候。

刘东山看在眼里，乐在心里。会议以后，他想做做桃红工作，叫桃红公司安排移民户的孩子，如经济允许，要为新农村建设出资帮穷。

七

康家珍和许忠谊退休后常来女儿处，他俩已征求东山意见，把户口移过来，成为桃村人。东山与林雷商量后，同意他俩在桃村落户。有一天，许忠谊对东山说，如果桃村集团公司用得着，他愿尽力。这句话，东山一直记在心里。

桃红公司确实赚钱，银行存款还在向上升，并且，山嶂和水涯工作很得力，合同一个接一个，国外的合同水涯基本上能单独办理，国内信誉已高，正是好汉不入烂店。按赚钱来说，桃红公司的实力已是桃村总公司的又一重要的支柱。

孩子五岁多了，只有星期六或星期天，东山和桃红才有时间把孩子带上，去公园，去江边玩。四个老人把爱国爱家带在身边，教他们唱歌、学画、认字的同时，也在充分享受天伦之乐。

这个星期，东山心里已有准备，他准备在公园玩时，向桃红提出，他要她的公司支持新村计划的想法。

星期五晚上，东山说：桃红，平时你也忙，我也忙，明天去放松放松吧！

去哪里？

你说呢？

去仁湖公园。

好，就去仁湖公园。

两个孩子听了，说：妈，带我去……爸，带我去！

第二天东山开车，带上两个孩子，去了仁湖公园。

仁湖公园在奉化城的北面，四面环山，其间有个很大的仁湖。湖中亭台楼阁，长廊画廊，四周绿荫丛丛，四季花香。爱国下车后就手持冲锋枪，卧倒在草地上，嘴里“嘟嘟嘟——嗒嗒嗒——冲啊！”仿佛他是人民解放军战士，战争已经打响。桃红手里拉了女儿爱家，给女儿一块饼干，向长廊走去。东山停了车子就叫爱国：爱国，把前面的敌人给我消灭了，冲呀——爱国跟上来了，满头大汗。东山递给儿子一瓶矿泉水。爱国咕咚咕咚喝了几口，又躲在柱子后，枪口瞄准了行人……

爱家眼尖，看到荷花下有红鲤鱼，立即喊道：妈！这里有鱼，你看有好大的红鲤鱼。桃红的相机咔嚓咔嚓，摄下了绿色荷叶，荷花朵朵下的鲤鱼戏水。

爱家又看到了草花上的蜻蜓，绕过前面的几棵树，慢慢地接近蜻蜓。蜻蜓飞了，她好懊丧，只能眼巴巴地让它远飞。

东山和桃红坐在亭子里讲桃村近来的变化，东山道出了心事：红红，桃村发展规划正在实施，第一期别墅建设已经开始，村民眼看着新村建设，盼望住别墅的心很迫切。我在想，这是村里的实事工程，众望所归。绝大多数家庭都能买得起房子，假如有5%村民买不起，怎么办？特别是移民户，我看要他们买房，困难。到时候，留下几户不能搬，就像新衣裳上留了个影子……

桃红打断了东山讲话，说：我在你们新村规划出台时已经想到你刚才说的事。今天你提出来了，我想发表我的想法。一是从现在开始就合理安排这些困难家庭的就业，必要时，可先培训，再就业，各公司和各生产合作社都要做这工作。二是村政策要兼顾大局，有利于人才培养和人才引进，有不少人家是因病致贫，因学致贫。我们在政策上要有相应规定，扶他们一把。如设立奖学金制度、医保制度、养老金制度等等。三是对实在困难的家庭，我公司以济贫名义补他们一点。只要我公司像现在这样的发展势头，只要你开口，我会尽力而为。

东山听了桃红的话，高兴得不得了，说：桃红，我要的就是你刚才的话，你真是贤内助啊！

八

东山孩子五岁时，国苏才怀上。这次，国苏非常小心，妙儿也时时照顾国苏。除了上班，林雷不想让国苏参加任何社会活动了。

国苏妊娠期非常平静，不像桃红那样频繁地呕吐。在妙儿的调理下，国苏能吃能睡，眼看肚子越来越大。一家人高兴，妙儿在为孩子准备棉袄棉裤和尿布了。

预产期到了，妙儿陪着国苏去了妇保院，第二天就破水，医生马上接她到产房。因为胎儿过大，产程进展迟缓，到第三天，医生用阴道侧切加徒手加压下才生了个八斤重儿子。林忠华给孙子取了个名，叫林雨果。

第十六章

谢主任玩忽职守时　老书记血染桃林中

一

谢国成嗜赌成性，来桃村前即如此，到了桃村，桃村的村规不准赌博，他就去孙家弟弟处搓麻将。山嶂当兵时，家里没事；山嶂工作后，他还是没事，还是去弟弟处赌钱。山嶂知道后，给他讲过，劝他多在生产上想想，多为村里事想想，学点农业技术。他嘴里答应得挺好，行动上却恶习难改。刚来桃村时，根据移民政策，村里让他当个副主任。他知道，这是摆设，没有实权。现在让他去当桃主任。他心想：我根本没种过桃，能做点啥呢？（谢国成现在是桃农生产合作社副主任）

在村民看来，他非但不会果树栽培，连一般的农活做得都不像样。平时他总是西装领带，活像是个机关干部，或是厂长老板。而他也不知羞耻，经常在村民中宣扬，自己是当厂长出身，在老家办了十几年的水表配件厂，厂办得如何如何好，为了培养儿子才不得不卖掉水表厂……真是自讲自好，烂糊稻草。桃村村民不太愿意听他的自吹自擂，“既然厂好，难道还赚不出儿子的学费，干吗要卖掉呢？”农民是最讲现实的，人们不听他那讲讲神仙阿伯，做做死蟹一只的瞎吹，只看实际行动。他这个副主任是个占了茅坑不拉屎的料。

谢国成去桃农生产合作社之后，像监督劳动，心里怨气冲天。他认为自己是块用得着的好料，是桃村干部不识才，没遇伯乐。他把自己此时的情形比作懵里懵懂地被驱赶进桃林中寄养着的迷途羔羊，从此看不到自己路在何方，前途何在？他思想消沉，情绪低落，干活当然就消极怠工 。村民嘴里不说，背地里都在摇头。谢国成真是三百六十行，一样勿落档。

因为林生民被抽去搞基建去了，村委会虽然知道谢国成对桃树不内行，还是叫他去桃农社。去了又怕他瞎指挥，故叫刘祥庆老书记经常关心一下桃农社。

刘祥庆老书记按照村委会嘱咐，经常到桃农社去。

刘祥庆一生与桃打交道，是个对桃情有独钟的老人。他一心一意地全身心地扑在桃园中，对桃树的关心像关心自己的孩子一样。桃树有点风寒冷热、虫咬小病他都知道。

老书记来桃农社，谢国成真该从思想觉悟上，好好向老书记学习学习，学会种桃护桃的技能。可是他的心不在桃园。

谢国成不懂栽树护林，每天只听老书记在指挥队员，桃农社在剡江边种上 1800 多株小桃树，又把村里规划建路红线内的桃树移位到江边，把剡江边桃园建成方方正正整齐划一的漂亮桃林，建设成一个漂亮的“天下第一桃园桃花走廊”。谢国成跟在队里几个人的后面，像来参观桃花走廊小桥流水，亭台楼阁的，桃树长得郁郁葱葱，他却无心于桃园。他心想，叫我去桃农生产合作社是因为没有合适地方可去。所以，他每天跟着大伙到桃山，日落收工回家，纯粹是混日子。

他对儿子的婚事也从来没认认真真关心过一次。章芝蓉只要一给他讲，他就说：早着呢！我没钱给他买房买车，靠他们自己了，反正许经理会关心他们，我管不了。好像儿子是别人家的。

好在章芝蓉会当家，她把山嶂赚来的钱分文不动地存在银行里，生活起居都一手包办。水涯来家时，也由她热忱接待。

时值阴历八月，不知不觉又到了桃子成熟期。眼看桃子挂满枝头，桃树压弯了腰，今年丰收在望。

桃子马上就可上市了，集团公司担心谢国成的态度和工作不周，再次恳请老书记多多指导，确保劳动果实不受损失。

老书记根据过去的经验，叫谢国成设四个值班点，每个点，每晚都要有人值前后夜班，保卫万亩桃园，确保桃农果实不受损失。谢国成排了班，合作社 12 个人，几乎每天要值夜班一次。有几个人提出，老书记年纪大了，不要排值班了。谢主任便没有把老书记排上值班。

老书记给同志们讲，上前后夜班的人下午休息，后夜班在十二点接班，前后夜班值班人员至少要巡视全桃园一次。值班期间不准离开桃山，不得有误。

桃村的桃子开摘已经一个星期了。眼看今年桃子丰收，桃村人上上下下都忙着摘桃装箱，眼看一车车桃子运走，一把把银子收入，个个都是笑逐颜开。

这一个星期平安无事。在奉化水蜜桃销售公司的促销协调下，村里每天都有大量桃子装箱外运。

二

今晚轮到谢国成值前夜班，他利用值前夜班下午可休息之机，来孙家弟弟家搓麻将。麻将摊头四赌八看十六相，热闹得很。谁知，他手气不好，下午输了 300 多元。几个人提出晚上接着说。谢国成本该吃了饭就去值班，可因输了钱，想返本，便答应再搓一圈。结果还是输，而且输得更惨。弟媳妇提醒他：哥哥，你该去值班了，我来搓。

没事，没事……他顾不得桃园了，再搓还输，一直搓到十点半才收场。

夜饭后，老书记想去看看桃山，看看谁值班。他站在桃山脚下，向几个值班棚看去，发现有个值班棚没有开灯，也不知是谁值班？他手里拿把扇子，慢慢腾腾地走向桃园，走向那个值班棚。走进桃园，他看到路边有一辆电动三轮，锁着。他以为是值班人开车子来值班了，没在意。老书记走进值班棚，没人，便坐在值班棚前抽烟。坐了好长时间，还是没看到有谁来值班，他一直等呀等着。

十点多了，夜已伸手不见五指，桃树在微风中发出的声音像是儿女在给他报喜，他置身阵阵桃香中陶醉。不多时，他隐隐听到路边有脚步声，他以为是值班巡视回来了，站起来向来路上望去，但不见人影。又过了一会儿，他看来路上好像有人钻进路边的桃林。他大声地喊：谁呀？

没人回答。再看看，人没了。他以为是自己人老眼花，看花眼了，还是坐在那里。

夜更深了，一阵晚风吹来，他感到有点冷了，就进了值班棚。

几分钟后，他又听到路边有人走动，再听听，又没了声音。他用耳朵贴地听时，还是有脚步声。（老书记曾在侦察兵部队当过兵，这是侦察兵的惯用方法）再仔细看看，远远看去，那里桃树下有人，他就走了下去。到电动三轮前一看，不得了，车上已装满了桃子。他喊：喂——你们是谁呀？谁叫你们来摘桃子的？

那三个人一身黑衣黑裤，戴黑色大口罩，提着桃箱走了过来，不声不响地把老书记的头用布蒙了，手脚用绳子捆了，开车就跑。

老书记到底是老了，怎么对付得了三个年轻人。但他是侦察兵出身，他用手臂不停地磨动，把衣服磨破了，手臂出血了，没有力气了，也没把绳子磨断。他躺在路边，一阵阵胸闷之后，就失去了知觉。

装着桃子的车子开出村口时，被谢国成碰上了。谢国成本该怀疑车子为何半夜从村里开来，为何夜间有人摘桃？但是他没过问，低着头还在想麻将牌局。走上桃山来，在路边看到一个被捆的人。谁呀？你怎么啦？只听得那人呜呜叫，听不清讲什么。他解开蒙在头上的包布和身上的绳子，一看是老书记，便下意识地推了一下老书记，没反应。他感到事态严重。这怎么办？救人要紧，他跑到林忠华书记家，气喘吁吁地说：书记，老书记他——老书记他——

林书记边穿衣服边问：怎么啦，老书记他怎么啦？

谢国成吓得浑身发抖，讲不出话来，只是拉了林书记就跑，边跑边说：

老书记被人害了，还不知是死是活——在——在——在路边。

此时，林雷也追了出来。三人跑向桃山，来到老书记身边。林忠华一摸还有气。林雷说：来，我来背，你来帮我一下。

林雷把老书记背到医疗站，压了“人中”穴，老书记才醒过来。老书记睁开眼睛就说：有——有人偷桃——

林书记说：你好好休息，别动。说完电话告知东山。

林雷当即报警：我是桃村林雷，我们老书记被人害了，你们快来。

老书记人还好吗？请你们保护好现场，我们马上就到。

东山和桃红开车来到医疗站，一看到林书记就问：书记，怎么一回事？

林书记说：因有人偷桃，被老书记发现了，偷桃人把老书记绑上了，因为绑得太紧，老书记差点丧命。

罪犯落网了吗？

林书记说：还没落网，我们已经报警了，会落网的。

老书记被救助时林雷就报了案，公安人员来看了现场，认为是有人偷桃子，被老书记发现了，下狠心把老书记捆起来了。因为捆得太紧，老书记差点被闷死。

后来，公安人员问了老书记，才知道是谢国成玩忽职守，老书记自觉护桃，才被人所害。可怜呀，老书记为民守桃，血染桃林，头、手脚多处鲜血淋淋，险些丧命。

公安查到了罪犯，罪犯是孙家村人。从罪犯口供中知道，罪犯是麻将桌边的看客，知道谢国成当天值班，却在搓麻将，就趁机开着电动三轮去侦察桃园。天暗了，九点钟，看麻将还有一局，就三个人往桃村走去。约十点，一起进了桃园。刚开始摘桃，就听到老书记叫“谁呀！”他们就卧倒在地上。过了几分钟，看老书记没有下来，又看他进值班棚了，他们便站起来摘桃。快摘满一车时，老书记来了。他看到了摘的桃子了，这些人便用围裙把他头蒙了，用麻绳捆了手脚，逃之夭夭。大概是捆得太紧，把老书记闷昏了。他们再三再四说，我们没存心害死老书记。

当时公安就问谢国成，那天你在做啥？你怎么会发现老书记被害？

谢国成说：我在值班室听到有响声，走下来时发现老书记被捆在那儿。

公安说：你瞎说，你根本就没去值班，你在孙家谢国勇家打麻将，打到十点半才回桃村。是老书记发现你没在岗在位，他发现山下有情况，才被三罪犯害的。

假话被拆穿了，谢国成不得不承认失职。

公安调查清楚的情况很快传开了，大家都知道了谢国成的丑恶嘴脸，背地里都骂他无耻。

骂声传到章芝蓉耳里，气得她直跺脚。章芝蓉指着谢国成的脸骂他，明知道值班不能离开岗位，你却在那里搓麻将，你知道群众怎样骂你吗？他们骂你无耻，骂你是流氓，是流氓——

好在谢山嶂这段时间没在家，如儿子在家，说不定家里闹成啥样。

这次事件后，谢国成成天灰溜溜的，抬不起头来，更不用说威信不威信了。桃农生产合作社副主任之职自然也没了。

三

水涯把此事电话告诉了山嶂。

谢山嶂出差回来了解此事的经过后，气得一星期没回家。还是水涯劝他，好好给你爸说说，回家吧！山嶂这才回家。此事后，谢山嶂更想快点成家，眼不见老爸为净。

水涯要去马来西亚，她想山嶂最近心情不好，给许经理讲讲，同山嶂一起出国一次。不料，山嶂不愿出去，他说：平白无故地用公司的钱陪你去次马来西亚，没有理由，不合情理。你自己走吧！只要你一路平安，就好。

谢山嶂情绪低落逃不过桃红的眼睛。她来到山嶂办公室说：山嶂，看你还是个当兵的呢！我们共产党带出来的兵是铁打的汉子，死都不怕，还会为那点家庭琐事成天低着头，像只受伤的兔子。我知道你为你爸伤透了脑筋，毕竟你爸是你爸，你是你，你到底还是你爸的儿子，这是永远也改变不了的。他有错，东山和林雷都没去讲他，你去批评他，他也不会听的。

我们希望他反省，接受教训，而不是把他打倒，你更有责任做做你爸的思想工作，叫他抬起头来，将功补过。我听东山说过，东山想叫他去章厂长的纸箱厂做办公室工作。他到底是办过厂的，有办厂的经验。每天上班了，他就没时间去赌了，你说呢！

桃红在同山嶂谈时，山嶂已在流泪。

不哭，听话。我们不欢迎哭鼻子的兵。

山嶂说：谢谢你，谢谢大姐，我懂得你们的一片好心。大姐，我想明后天，再去一次武汉。十二汽配厂续订的50吨货款还没进账呢！

好吧！辛苦你了。上次给你的那张信用卡内还有钱吗？

还有不少。

不要太节约了，该用要用，懂吗？说着随手又给了山嶂一张信用卡。

章芝蓉找到公司来了。桃红迎了上去，大婶来找山嶂啊？山嶂，你妈来了——

山嶂跑了过来：妈，快下班了，下班同你一起回家。

你还有家呀？七八天没回家了，不让我担心吗？

许经理听了说：山嶂，走，我们早十分钟下班，坐我的车，送你们到家。

车到谢家，谢国成看桃红车来了，连忙回避。桃红早看见了，说：大叔，我把你儿子送回来了，晚上你好好地批评他几句，告诉他，你再不回来，就卖给水涯了。

这番话说得一家人都笑了。娘儿俩进家时说：许经理的车好啊！好舒服。

山嶂说：妈，待我结婚了，我也买辆车，我开车送你去旅游。

第二天，山嶂去了武汉。他在路上想好了，要给桃红姐和东山大哥写封信，谢谢他们关心。在武汉办完事的那天晚上，他写了封信，利用QQ传到许经理的电脑里。他的信是这样写的：

东山大哥，桃红姐姐：

十二汽车配件厂货款已汇出，请你查收。另外在儿童玩具厂又订了一份5号粒子5吨合同，价格比较有利。我想再跑几个厂，还需要四五天才回来。

大姐，我从我25年的人生里感觉到：人生像是一片海，它有宽阔无际的胸怀，尽管海面不时地会有波涛恶浪，只有海鸥和军舰能领悟海的胸怀。但它也有浪花交织的甜蜜，只有渔夫和水兵远航归来才体会到港口的甜蜜。我是海鸥，我是军舰，我是渔夫，我更是水兵。你是大海，你是迎接水兵远航归来的祖国母亲！我感激你对我的培养，感激你的为人和大海一样的胸怀。

人生像是一首诗，字字句句有动人的真情，充满了无法用语言和文字表达的善良，它是诗外诗，用真情写成的善良。唯有今朝，我才领略你们的善良是无法用金钱论价的。

人生像是一幅画，它有色彩光影调和情趣，也有七彩之外的旖旎，只有画中人懂得他的高贵和伟大。我还不是画中人，今天才随同你们入画。

有一首歌，叫《今世有缘，因为有你》，它虽然讲的是恋爱着的一对情侣，但我觉得这歌词名很适合我同你俩。今世有缘，因为我遇上了大哥大姐。

桃红大姐讲得好。“共产党带出来的兵是铁打的汉子，能流泪吗？”我不流泪，我要做死都不怕的战士，服从命令听指挥，口里只有一句话——坚决完成任务。

写完这些用心写出的字句，我心里才安宁。

谢山嶂　于武汉

山嶂也想给水涯发封信去，以文字寄托相思苦。

水涯：

请你不要再为我家的事担忧。老爸这几年变坏了，玩性太重，以致玩忽职守，差点发生命案。这可能影响到你了。现在我想通了，真像桃红姐讲的，他是他，我们是我们。我们好好工作就成。尽管桃红姐说得没错，但是，我还是想尽快地建立自己的家。离开他们，眼不见为净。

给你唱支歌吧！唱支刀郎、云朵唱的《爱是你我》：爱是你我／用心交织的生活／爱是你和我／在患难之中不变的承诺／爱是你的手／把我的伤痛抚摸／爱是用我的心／倾听你的忧伤欢乐／这世界，我来了／任凭风暴旋涡／真心的爱的承诺／让我看到了阳光闪烁／爱拥抱着我／我们感觉到她的抚摸／就算生活／给我无尽的苦痛折磨／我还是觉得幸福更多……

山嶂　于武汉

谢山嶂QQ发出约十分钟，就收到章水涯的回复：你听着，我给你唱支刘子琪的《今世有缘》，歌中是我，也是你，或者说是我俩：

谁说尘世这么累／有你人间就会美／百年修来同船渡／万劫修来双栖飞／花开生情花落泪／蝶儿恋花惹人醉／也曾失落苦徘徊／纵然风冷雨霏霏／今世有缘／因为有你／世事沧桑／世事沧桑／难得一回醉／今世有缘／因为有你／我愿看到风花雪月的美／风花雪月美……

第十七章

民生厂濒临倒闭中 章川田接管民生厂

一

谢家村因国家建设水库而移民。哥哥谢国成移来桃村，弟弟谢国勇则移到孙家。

谢国成和谢国勇在老家谢家时算得上是村里的头面人物，兄弟俩各办一个小工厂，生活处在中等以上水平。谢国成还当了村主任，在村里呼风唤雨，神气得很。到了桃村，斑鸠进了鸡场，再漂亮也是另类。况且，桃村经济发达，生活相对富裕，他们的生活不能与桃村人相比，已属于相对困难户之类。故此，到了桃村和孙家，兄弟俩就没了在谢家村时那样神气了。

谢国勇与哥哥还不一样，他迁到孙家时，把老家的全部家当和他的纸箱厂搬来了，雄心勃勃想办厂当老板。他花血本租下了原来孙家大队仓库间当厂房，浇了水泥地，布了电线，把机器就位，门外挂出了“孙家民生纸箱厂”牌子。也没有更新机器，招了十个工人，自己当教练，培训了一个月，便开工了。

开工那天，他给老婆讲：这里厂多，需要包装箱的单位多，品种也多，生意不会少。暂时对付着，到发展壮大了再异地新建。好像他很有把握把纸箱厂办得红红火火，前途大好。

但是，事与愿违，他在孙家没有亲人，严格说起来是人生地不熟。开工一个月过去了，始终联系不到业务，生意清淡。

谢国勇这个人其实也不是实干家。在老家时，他靠几个亲戚办了厂，照顾他业务。虽然不能做到每天都机器隆隆，每年赚点是有的。到了孙家，他自认为是厂老板。老板就不同于普通百姓，故作矜持，进出办事，西装领带，手机吼得三里之外都能听到，花钱大手大脚。他过去联系业务的方法（请客、送礼、吃回扣）在孙家不灵验了，加上奉化上规模的纸箱厂少说也有七八家。结果，开厂一年，机器像六月雷声，响响停停，业务不足。赚赚一百，用用一千。眼看老家带过来的钱花完了，他就到信用社贷款，贷款花得差不多了，资金还是捉襟见肘。他绞尽脑汁，从民间高利贷借资。到了此时，谢国勇内心已没有外表那样神气，担忧与日俱增。可是再担忧也难以改变现状。他预感，他的雄心壮志泡汤了。

业务不足，机器开开停停，停机越来越频繁。他死要面子活受罪，有苦说不出，打落牙齿肚里咽。半死不活地拖了五年，机器停了不响了。谢国勇心烦到了将要崩溃的地步。机器停了心烦；天天有人来催款子，心里更烦。眼看银行贷款又到了还贷时间，让他不敢出门。上几天，来了一辆货车，车上跳下人来说：老板，这批货上的图模糊不清，我们经理要退货。不由他说什么，就把货卸到院子里，开车走了。这件事让谢国勇雪上加霜，欲哭无泪。他的纸箱厂到了濒临倒闭的时候了。

谢国成也不知从哪里得来的消息，给弟弟说，桃村的章川田在老家时办过纸箱厂，来桃村后也有心办纸箱厂。

章川田是谢国勇夫人章芝芳的远房叔伯兄妹，故他叫芝芳去探探实情，看他愿不愿意合股办厂。章芝芳便去了桃村。已经十一点了，妻子去桃村还没回来，他还不知她同她那个姓章的堂兄谈得怎么样了？如果他们愿意同我合资，拿 30 万元来，那么，这个厂可能起死回生，如果出资少了……他感到前途渺茫。又等了半个小时，章芝芳带了章川田、章明新等三个同乡来了。

芝芳简单地讲了两句就去做饭。谢国勇笑脸相迎，章兄，请坐，三位请坐。说着忙给客人倒茶。

章川田是行有所图，意有所为而来，刚坐下就提出要看工厂。

谢国勇说：纸箱厂就在隔壁不远，我的切纸机和印花机是老了一点，但装订机是新的，工人技术也过硬……只是销路不畅，业务不足。因此想与你们合作，把厂办好了。

章明新进谢国勇房子时，就看到一大堆纸箱堆在院子里，就说：院子里那些纸箱怎么啦？

国勇马上说：还没发货。

其实章明新已经看出产品质量有问题，这是退回来的纸箱。因为他在章川田纸箱厂里做工时，也管产品质量，眼睛一瞟就知道这是客户退货。碍于面子，没有说穿。

谢国勇说：厂子就在旁边，我们吃了饭再商议吧！

芝芳也有能耐，没半个小时就做出一桌饭来。章川田他们在饭桌上详细地问了生产情况、供销渠道、资金运转等，草草地吃了点饭就去看机器。因为他们都是懂行的人。进了厂房，章川田看厂房破破烂烂，到处都是纸板、纸箱，到处都是灰尘，一股霉味，机器也锈迹斑斑，便问：谢厂，机器停了多久啦？谢国勇不敢明说。章川田直摇头。

谢国勇看章川田直摇头，分明是在讲他管理不力就说：机器还可以，但人生地不熟，业务量不足。你们想合股办厂的话，有30万也就够了。

章川田说：谢老板，这样吧！我们几个回去商量一下，再确定吧！我看印花机非新买不可了，厂子要好好整顿后才能重新开工。从现有情况看，要保证产品质量还需花不少钱。至于你提出要30万嘛，我们拿不出多少钱，我们去请村里出资，如何？如果是桃村总公司出资，顺理成章，你的厂名可就要改名了。

谢国勇顺水推舟说：好的，改名无所谓，最好是冠名，叫桃村民生纸箱厂。

章川田他们走了。谢国勇还抱着空空洞洞的希望。

二

章川田在老家时开过纸箱厂，而且生产过程他全懂，还能亲自上机。因为国家要造水库，才不得不卖掉纸箱厂，移民来桃村。当然，他在老家办厂也没赚到多少钱，他家的经济情况也只能达到“过得去”水平。到了桃村，纸箱厂没了，女儿又在上大学，他只能与村民一起上山下地，种桃种树。眼看卖掉纸箱厂的钱越来越少，他很想把谢国勇的纸箱厂接过来。因为他有这方面的经验，还有像章明新这样的几个骨干，对办纸箱厂充满信心。他认为，他来办纸箱厂业务是有的，单单桃村的桃子包装箱、葡萄箱、橘箱、梨箱、杨梅箱已够他生产的了，如果能接过其他厂的包装箱，业务可能会很忙。

但是，他心里有数，以自己的经济实力，要想拿出30万来接过谢国勇的纸箱厂，肯定是异想天开。即使与明新他俩一起，看来也不够。唯一出招就是请桃村出面办厂，自己去管理。

在家里，他将自己的想法同明新他们三个说了。三个人都认为是个办法。

眼看又一星期过去了，机器停着，厂子越来越不像样了，而桃村方面依旧没有消息，谢国勇心急火燎。他又叫芝芳到姐姐处去打听打听章川田的动向。芝芳来问姐姐时，芝蓉也不知章川田他们的底子，只讲了一句：章川田这人很精明，与别人不一样。

芝芳说：姐姐，你马上替我打听一下他们的诚意，到底想不想合股办厂？

好！芝蓉说着就走了。

谢国成、谢国勇和章芝芳、章芝蓉是两兄弟娶两姐妹。所以，芝蓉有心帮妹妹。芝芳在楼下坐着喝茶。不多时，芝蓉回来了。芝芳急问：姐，你打听到什么了？

那个章川田办过纸箱厂，他懂行。

他们想合股吗？

据章川田女人讲，他想办厂，因为家里拿不出这么多钱，正在向村干部争取资金。

好！那好，我也可回家向他交差了。哥，我走了——

阿芳，争取争取——谢国成也想促成此事。章芝芳回家后给谢国勇说了。

谢国勇的民生纸箱厂因为没业务，想转让，没人接手，说倒闭，还没有宣布，半死不活地吊着，这让谢国勇心烦。哥哥谢国成也很长时间没来孙家了，桃村一点消息也没有。谢国勇在走投无路之中，只有等章家人自己找上门来了。可等了很久也没人来，谢国勇决心亲自去找一次章川田。去前，他想的条件是机器设备厂房入股占 50%，银行还贷各负责 50%。他认为，这样的条件，他已经很吃亏了，吃亏就吃亏一点，总比现在半死不活强。否则，机器生锈了，技术工人都走了，再找，再培训可不是味的了。

晚饭后，谢国勇准备热面孔贴冷屁股，在夫人的陪同下，去了桃村。他们先到哥哥那里坐了一会儿，叫芝芳同姐姐一起去章川田家看看章川田在不在家。没半个小时，芝芳她俩回来了，说是只有章川田感兴趣，还有两个都说经济上转不过来，对民生纸箱厂不抱多少希望，只有船到桥头自会直。芝芳问来了章川田的手机号。谢国勇对章川田也不抱多少希望了，当晚就心灰意冷地回了孙家。

三

时间像小河流水，在无声中不起波澜。谢国勇虽然对章川田有点失去信心，但无路可走呀，他还是希望章川田有个回音，问过兄弟嫂子已经好多次，都没消息。

谢国勇的心情一天比一天坏。纸箱厂停机了，谢国勇每天召集几个村民搓麻将，用麻将来消磨时光。

那天晚上，谢国成来孙家弟弟家，国勇向哥哥吐了不少苦经，希望他能给桃村村干部说说，帮他一把。谢国成却说此事难办，桃村正在搞新农村建设，没钱来投资纸箱厂。

章川田几个想接管民生纸箱厂的事，水涯告诉了桃红：桃红姐，我听说山嶂的叔叔办的纸箱厂，因为没有业务，快要倒闭了。我听爸爸说，他想去接过来，为我们桃村服务。但是，他叔叔要求合股办厂，老爸同明新叔几个人商量，因为出不起 30 万元，僵在那里。老爸想在村里贷款，不知道成不成？

桃红听了水涯的诉说，嘴上没有表示什么，心里却想，这是件好事，至少有三大好处：一是章家办了厂，生活肯定很快就好起来；二是还能安排人去他厂里做工，这些人也会慢慢脱贫；三是桃村有了自己的纸箱包装厂，桃子包装、运送不成问题。所以星期六那天，许桃红去找了章川田商量，章川田又把章卫国和章明新找来了。

章川田说：许经理，我办过纸箱厂，纸箱厂的生产流程简单，关键是两个，一是有技术过硬的技术骨干，能保证质量；二是要有固定销路。如果要说三，那就是管理问题了。只要做到这三条，纸箱厂一定兴旺。

章卫国说：我在川田的纸箱厂做过，切纸这行，我懂，我能拼图切纸。上次我同他们两个一起去过孙家，看民生纸箱厂设备陈旧，印花机是 20 世纪七八十年代的，老掉牙的机器，切纸机精度也不准确，所以要接过来的话，还得花钱……

章明新说：纸箱质量实际上简单，好坏在三个环节，一是纸板质量，二是印花鲜艳，三是装订牢固。我们如果把他的厂子接收过来，桃村的水果包装箱就保证了。

桃红听了三位师傅介绍的情况，脑子里立刻就浮现出了东山说的“扶一下，帮一把”指导就业，帮助脱贫的方针，就说：好了，我知道了。三位师傅，你们听听我分析得对不对。谢国勇的纸箱厂，我看他是办不下去了，他急于转入股份制，注入资金起死为生。我们倒不想落井下石，引灾落祸，我们自己也确实需要一个纸箱厂，再说你们几个章师傅卓尔不群，也该人尽其才，充分发挥你们的特长，彻底改变生活相对困难的局面。所以，我想，我们去参股。你们几个去把这个厂管起来，设备该换就换，都用精度高的机器，管理上我们自己管理。关于销路，我想，单单我们桃村的水果包装箱已够这个厂忙的了。相对来说，我们几个包装箱，品种不多，也容易掌握。质量容易保证。你们说是吗？我看由章川田师傅出面与谢国勇厂长谈，叫他厂房折股为40%，章师傅去当厂长，谢国勇当副厂长，厂名改成桃村民生纸箱厂，你们看如何？

章家三个师傅听了桃红的分析，觉得有理。他们佩服桃红办事真精，如果谈下来了，至少有两个意义：桃村水果包装箱可随要随到；我们三户经济马上就会好转，还可让几户困难户改变贫穷面貌。

晚上，桃红把此事同东山说了。

第三天下午，章芝蓉给谢国勇去了电话，说是，我听山嶂说，水涯把办纸箱厂的事同许经理说了，许经理对接收民生纸箱厂有兴趣，明天上午你来桃村，面对面找许经理说说看。

谢国勇知道许经理有实力，再说她男人是桃村第一把手，就很想谈一次。第二天上午，谢国勇来了，还带了一个比较知心师傅同来。到了章川田家，章川田把此事电话告诉了桃红。桃红叫章川田带谢国勇到村委会谈。章川田带他们到村委会会议室时，许桃红叫上徐蕾蕾，已等在那里了。

谢国勇看许经理来了，以为是桃村总公司想接收他的厂，或者桃红公司想接管纸箱厂，说：许经理，谈判吧？

桃红说：不，不，不……我来听听，你主要同章师傅谈。

谈判开始了。章川田说：谢厂长，我们知道你资金运转困难，产销路子不是很畅通，所以你要我们出30万资金入股共同办厂。我们之所以长久没同你谈，主要是你的厂的设备太过陈旧，我们有点担心，担心投入而没有回报。你现在想同我们再商量合股问题，你就先谈谈你的意见吧。

许经理，章师傅，民生纸箱厂从我移民到孙家办起，已经半死不活地运作了八年多了。这里同老家不一样，这里，我是人生地不熟，而且上规模的纸箱厂少说也有七八家。我的厂在老家还能对付，到这里，用户单位要求高，我的机器也确实陈旧了一点，质量不是太好。现在民生厂困难有两条：一是资金困难，二是销售不畅，用箱单位没固定。所以，要依靠你们拉一把了。

章川田说：谢厂长，实话实说。你的厂，除了一座厂房还可对付外，如果要继续办，所有机器都得重新买过，专业人员还得重新培训，工厂管理上也问题，要专人管理质量，专人跑供销，事情多着呢！

几句话把谢国勇说得面红耳赤：不不不，我的装订机是新的。他知道，章川田的话是给自己先来个下马威，目的是压价。于是他讲了两句就不吭气了，只能等而待之，见机行事了。

静场了几分钟，谢国勇多希望桃红能出来表个态，可是，桃红只是非常认真地听大家谈各自的意见，一句话也不说。章明新师傅说：谢厂长，你准备叫我们怎么样合资入股，讲得明确一点，讲实货吧！

这位师傅叫我报价，我就报个价吧。我想，我的厂房，我的机器，我的原材料，折成50%股份，银行还有20万贷款，也按50%承担。

他的话音刚落，在座的人喧哗了：谢厂长，你在敲竹杠，是吧？贷款是你们过去用掉的，与我们合股没有关系啊！

谢厂长，你的厂房、机器折50%，也太贵了一点，我们感到不合算呀！

谢国勇听了，感到有些惭愧，但他不肯放低价位，像是求人帮忙似的说：你们大户人家，财大气粗，这些钱算不了什么，就宽怀大度一点，帮小弟一把吧，我会感恩你们的。

话说到这样程度，桃红给章川田招招手，章师傅，你去请示一下东山，再定好吗？

章师傅说：好——暂时休会，让我问问刘书记，再确定。

这次谈判没有结果，让谢国勇感到不安。看来他们要刘东山出来说话了，一个许经理已经难以对付，再来一个就更难想象会是什么结果了。但是，这个桃村公司，能量之大是众所周知的，只要厂子兴旺，放低一点也行……

下午上班时，东山被章川田他们拦下了。章川田说：刘书记，我们正在找你，我在老家开过纸箱包装厂。我们三个合计了一下，还差15万元，就能买下孙家谢国勇的民生纸箱厂，村里给我们贷款15万元，以后承包村里的桃箱、梨箱等果品箱，还你们。随后，章川田把与谢国勇谈判的经过讲了一遍。

东山昨晚已听桃红讲过此事，心想，章川田他们三家，既然有办纸箱厂经验，如果他们能把孙家民生纸箱厂接过来，只要好好管理，这三家困难就迎刃而解了。没准还会带动几家困难户，何乐而不为？再者，我们每年，单桃子包装箱数量就不少，更何况将来还有橘、梨、杨梅、葡萄，都要用箱。我们村也需要有一个纸箱厂。他们能生产，对村、对他们都有利，是一桩“双赢”的好事。于是他说：好呀，你们再同民生厂谈时，我叫徐会计和许经理同你们一起去。这样好了，他们存心要叫我们合股，我们也存心想帮他一把，我们出 30 万。

第二次谈判时，章川田亮出了合股办厂意见，他说：谢厂长，如果你同意，就这样办。

谢国勇无可奈何地点点头。这时桃红说话了：那就这样定了，厂名改成桃村民生纸箱厂，章川田任厂长，谢厂长任副厂长。章明新师傅协助两位厂长管理日常事务，章卫国师傅多管管质量，再招收几名高中毕业生，做专门培训。明日就办移交。章师傅，你们几个好好商量一下生产管理。她转过头来对徐蕾蕾说：蕾蕾，明天给纸箱厂单独列个账号！

四

章姓三家，谁也没想到到了桃村还会重操旧业。从谢国勇处接过那破烂的纸箱厂时，他们三个也实在精明，先把电表看了，记录了现有度数。然后，整理各车间，把过去用剩下来的纸板、原材料、杂物和退货回来的纸箱统统清除，把车间打扫得清清爽爽。一个小时后，三人就在车间里协商招工及人员安排。章川田说：原装订车间的两个工人留下一个，李静娘在老家时干过这一行，把她请来。切纸师傅也留下，印花车间招两名新工人。我想同林主任说说看，把他儿子林道理招来，还有一个是钟加兴的女儿钟丽新，这两人都是高中毕业，在家待业。特别是钟加兴，一家四口，两只书包，经济困难得女儿想买块手表都没答应。钟丽新有工作了，他家就不会有多少困难了。我们把两个孩子招来，马上派他们去东方纸箱厂印花车间跟班实习，学成回来当印花工。卫国，你那里也得配上一个切纸工，你看准哪个了没有？

明新说：高山搬迁的家庭困难的不少，只是东山也不知啥想头，几个泥工、木工都派到村建筑工程公司去了，几个劳力很强的人都在农田里，他们的孩子小，像禾明哲兄弟俩，各有三个孩子，都是读书生。这些人可能温饱都成问题。我们把禾明哲的大女儿招来怎么样？

章卫国说：我看，还是请明哲老婆和明星老婆来厂，做装订吧！机器一响，生产转入正轨，现有两个装订工是不够的。明哲大女儿高中还没毕业吧？到高中毕业时，再同明哲谈谈。现在，我想把新迁来的李玉芬的女儿李静招来，她财会学校毕业后，没有工作。

章川田把此事记在本子上了。

明新给厂长说：川田，你还有一个环节没落实。

什么？

图案设计。

哎呀！这个，我交给女儿了。我家水涯上海外贸学院毕业，在大学时学过电脑制图，只要告诉长、宽、高尺寸，就能设计出图纸，切纸时按图就行了，所以，设计这一岗位就不用人了。

章川田对这个厂的前途充满信心。现在厂比老家厂大，预计业务量也比老家要大。搞得好的话，可达到老厂的五六倍，甚至更多。他对章明新说：明新，你的老行当看来要被电话抢走了，过去你去送货时也检查质量，现在质检关还是请你吧，供销问题，如外单位你能联系到更好，给你另发贡献奖。桃村业务就不再有奖金了，你说好不好？

卫国说：厂长，我在想，管经济，我们就不要另找人了，你给徐会计说说，一切收支全由她管，只要给你发月报、年报就行了。

这个建议好，我去给徐会计说说看，我估计她会同意。这样做还有个好处是谁也不能随心所欲地花钱。工资也可直接打进卡里。不像过去，钱一到手，就买酒买菜，花钱没计划。

章厂长认为纸箱的纸质和印花，对保证质量都非常重要。前者请明新把进货关，卫国切纸时再查纸质。成品发出前，发货人再查一次，凡是发霉的一律不准出厂。图案，请广告公司负责，每个图案都要货比三家。他的质量保险制度上，岗岗都有质检员。质量保障制度也很快就出来了。

印花这道工序相对劳动强度大，钟丽新虽然没说什么，但体力上显然难以承担。故章厂长叫钟丽新和李静学切纸，看林道理身强劳力好，就把他调到印花车间。后来，三个小青年被送到东方厂实习去了。

去学习的小青年回厂那天，章厂长主持，开了个全厂职工会，说是全厂职工会，其实像开小组会，总共也只有15个人，连谢国勇厂长也在内了。会上给职工做了分工，明确各自职责，教育职工要爱厂如家之类的话说了一大通。说是一切准备工作都很顺利，单等印花机到厂，就能开工。

三天后，印花机来了，厂方帮助安装，开机试机后，确定性能良好，才回去。

万事俱全，章厂长向集团公司报告，请求“桃村民生纸箱厂”正式开工：刘书记，纸箱厂要结婚生儿子了，你来主持婚礼吧！

你是说，纸箱厂筹备完了，是吧？

是的。你同林主任一起来！

开工那天，刘书记和林主任来了，他带来集团公司订购的三万只桃子包装箱、一千只葡萄包装箱业务。

林主任说：同志们，总公司祝贺纸箱厂开工，因为这个厂经济独立核算，而且，三年内要还清总公司支持你们的办厂资金，所以，大家要爱厂如家，艰苦奋斗，厂领导要牢牢把住质量关，要求生产的每只箱子都牢固，漂亮，实用。要有长远打算，精打细算，降低成本，增加产出的纯利润。厂里的规定、各项制度都要面向职工，让职工有利可图。争取五年后，我们这些职工不再有困难，像其他村民一样住上新房，过上现代化生活。

章厂长一声令下，机器轰鸣。其实，东山和桃红如此关心这个纸箱厂的全过程，对章川田他们如此支持，目的很明确，为的是帮助困难村民能够变贫为富。纸箱厂开工预示着又有一部分人的新生活开始了。从此，桃村也有了自己的纸箱厂。

第十八章

第一期石塘建新房 陈经理鼎力建新村

一

陈明的建筑工程公司正忙着场地平整，进工地的道路拓宽时，市设计院把三种式样的“桃村别墅的平面图”送到了村委会。林雷把它放大，贴在布告栏上，征求村民意见。结果绝大多数赞成一号类型。一号是两层两间假三层结构，一楼有架空层，五室两厅，共136平方米。一星期后，林雷电话告诉市建筑设计院。半个月后，成套的图纸来了，林雷电话叫陈经理来取图纸。

陈经理听到林主任电话就去了村办公室，看了市设计院的建房布局，眉头就锁紧了。按照市设计院的布局，他的建材进场道路非改道不可了。道路改了，货场又不在路边，这怎么办？林主任看陈明目不转睛地注视着图纸，紧锁了眉头，猜想陈明有困难了。老陈，有问题吗？

有，你给我看看刘书记的新村总布局图。

林雷把东山画的新村图展开在桌面上。陈明看了新村主村道的位置后说：有了，没问题了，我把进工的道路改到进村主道上来，把基础做实，到新村房子落成后，再做路面。我走了！

第一期石塘场地比较紧缩，没有堆放建材的空余场地，背山而立，前后两行，各五幢房子。单立明同沈国军正在放垟，确定铁塔位子。刘书记同汪涛一起到了工地。两人站在高坡上，看一车车材料进场，钢筋工的切割机切割钢筋时的火花飞溅，木工的模板已经进场，到处都是一堆堆砖头一堆堆脚手架。刘书记的脑子里已经有了新房的模样。汪涛的脑子里已经有了新村绿化方案。他说：东山，第二期，第三期房子与第一期房子有落差，大概要比一期低四五米。

东山说：没关系，有点落差更立体，像体育场的看台，新村是方方正正的 50 幢房子。整齐排列着，像一首十二字的诗，打印在纸面上。

不，不，不——这里落差也太大了一点，如果在两米之内，就更好一些。

正说着，铁塔升降机进场来了，水泥混凝土车也进场来了……接着又听到振动棒发出的隆隆声。小山村难得的热火朝天的建筑场面已宣告新村马上要诞生了。

新房还只建到一层，村民便三三两两地到工地看新房，脑子里全是未来的幸福生活向往和追求。

脚手架搭到两层时，大热天到了。这年的七八月份，太阳火辣辣地烤着桃林，桃农生产合作社的抽水机泵，日夜不停地把水送进渠道，源源不断地流向桃园。一到傍晚，桃农都抽水、挑水浇灌桃园……大热天，桃子成熟快，甜度高，桃农丰收在望。

强烈的太阳光也照样烤着工地。那天天上没有一点云彩，地面蒸发的热气，热浪滚滚，室内温度已经超过 30 摄氏度，室外温度更高了，让工人师傅都透不过气来。对室外作业的建筑工人来说，他们盼望这样的高温赶快结束。

东山眼看着工人兄弟们汗流浃背，不时地将头伸到自来水龙头下，让自来水冲凉体温，心疼啊！

陈明从工地转回来，就想调整作息时间。他看到单立明张大嘴巴大口大口地喝自来水，在自来水下洗脸，就叫他：老单，来！你歇歇，喝口水。这老天存心同我们作对，好像非把我们兄弟烤干了不可。

单立明跑了过来。陈明看到他的工作衣已经湿透，说：老单，我们把作息时间改一下好吗？上午六点上班，十点半下班，下午三点上班，六点半下班。这样，中午可以让职工好好休息休息。

老单说：好，我去通知班组长。你和书记也不要成天在工地转。太热了，当心中暑。

东山从工地回来，叫桃红买两个冰柜，送到工地办公室去。

陈明买来了十几箱矿泉水，把冰柜塞得满满的。他通知食堂，每天下午上班时，每个工人一瓶冷饮。工地上要保证供应茶水。

现在的建筑速度因机械化作业而加快。沈国军的泥工组32个工人，每两天就能砌一层楼的墙。第三天，水泥混凝土车一进工地，每两天就能浇一层楼面和立柱。两个月就把十幢楼的一层建起来了。一年就把十幢楼都结顶。只是内外墙上粉要花较多时间。

陈明的这个建筑工程公司用了20个月就把十幢楼建成了。

房子二字形排列，井字形分隔，前后都有道路与村主干道相通，外观红瓦白墙，整齐划一。院子宽敞，前后都有道路相通，采光通风良好。陈明用心建房，他把它看成是人生价值的体现。

二

陈明到村委会说：刘书记，林主任，一期房完工了，二期什么时候能开始？请你们抓紧时间，因为机械租赁空置着照样每天都得花钱，这个钱浪费不起呀！

东山点点头，说：陈经理，你们辛苦了。你核算一下造价。看不计地价的造价是多少？造两期关键是资金落实。你们准备吧！

三天后，一期别墅造价出来了。陈明向村委会报告说：我们将机械租赁费、材料费，加上工人工资三项费用加在一起，作为这次农居的造价，每平方米3000元，一个单元408000元。设计费土地价和税金，这期土地平整化时花力多了一点，下期可能造价不会这么高。

林雷说：造价不算高，市售别墅每平方米12000多元，像我们这样的别墅至少要160万元。

那是房地产的价，他们要付地皮价，贷款利息，又要赚利润，还要交税金，我们这些费用都没计算在内，所以，便宜了。

刘书记说：村民购房是一件大事，我们要成立购房审批小组。我提议请林忠华书记任组长，妇女主任毛裕娥任副组长，再加上总公司办公室主任刘国苏和共青团书记谢山嶂四人组成。因为是集体土地，没有计地价，按每单元造价41万元计算。我估计绝大多数家庭出得起。雷雷，马上发布告，告诉大家，一期新屋已经落成，造价41万元，估计申请要房的人不少。要住新房者到村委会购房审批小组申请。购房小组也要立即确定申购新房原则，根据原则办事，明确告诉村民，凡是桃村村民都有权申请，军属优先，马上要结婚的优先，村干部和总公司干部这次不在申请之列。再问一下蕾蕾，集团公司还有多少钱，我们马上上两期。

第二天，购房审批小组在布告栏上就贴出了新房购房布告。此房属集体土地建房，凡本村村民都有权申请新房。房价41万元（不计地价）。申请家庭要预付10万。军烈属优先；引进人才优先；新婚家庭优先；家庭人多，住得太挤的家庭优先。村干部、各公司经理、厂长，这次不在申请之列。购房者须与村委会签订协议。村委会确定后，付款。按申请先后发房号，交钥匙。

三

新房购房公告公布之后，村民沸腾了。第二天就有86户去村委会提交申请。其中有谢山嶂。

住新房是桃村人长久的期盼。自村里传出要建新房以后，很多家在悄悄地准备房款。裕娥娘就是如此，她想为儿子买上一套别墅。她以为儿子在部队，自己是军属，当然属于优先行列。公告贴出那天，她就给裕娥讲了：你弟弟迟早要转业回来，这次就以我的名义替他申请一套新房吧？她满以为能得到裕娥支持，没想到裕娥的态度却大大出乎她的意料。裕娥说：按新房分配原则，我家也属优先，但是，妈，侬想过没有？村民盼住新房已盼了几十年了。弟弟暂时不会转业，阿拉暂时不去凑热闹，好吗？

裕娥没同意，她娘还是有点想不通，又去找东山说了：东山，裕新在部队迟早要回来，我想为儿子购套新房，以我的名义去申请新房不会有问题吧？可是，我给裕娥说了，裕娥却叫我不去凑热闹，你说呢？

东山说：裕新应该有条件，你去申请，我不反对。阿婆，我看，还是姿态放高一点，下期再说吧！你腿脚不便，下期房子地势低，你进出方便，我保证你有新房住。

就这样，裕娥娘没有提出申请。

妙儿也同裕娥娘一样，她与国苏商量，想单独住。所以，她也想申请新房。她的理由是老头已退位，不属干部，她有理由购房。她给老头说了，却遭到林书记反对：我是老书记，公告明文规定干部不在这次购房之列，别去争房，将来有你住的。

老书记？过时了，现在你同我一样，是平民百姓。

后来，妙儿又给林雷打电话讲了。林雷说：妈，我是村总公司副经理、村主任，原则明文规定不在此次分房之列。别去同村民争房。

妙儿说：我是我，你是你，我不是干部。

国苏说：妈妈，你说的道理是对的。但是，我们住在一起热闹，也方便，别去申请了，好吗？

林书记说：这下好了吧！我讲的话你不听，儿子媳妇的话总该听了吧？你这个人呀——

经过村委会审核，新房认购名单公布了，谢山嶂有名，汪涛却榜上无名。

东山问汪涛：汪涛，为何不申请新房？

汪涛说：因为在枣庄时，工资不高，积蓄不多。再说……

东山接着说：再说想住新房的人多，是吧？

汪涛点点头。

那就下期吧！

这期新房认购名单之中，购房审批小组严格掌握原则，没有村干部。村民们为干部的风格竖起了大拇指。

新房认购名单公布后，60户分到新房，都喜气洋洋地到村委会交钱，领取钥匙。

半年后，新房装饰完了，很多家都把新房打扮得全新，老家具都送人了，有的连洗衣机冰箱都给了亲戚朋友。

桃村人除了有种桃的特长外，很多人都懂花木栽培，所以把新房装得很漂亮，把自己的家院打扮得四季花香，非常温馨。

这次，谢山嶂和章水涯商量要购新房，因为年前许经理给山嶂发了八万元奖金，给水涯发了五万元。加上两人两年工资，他们估计买房资金没有问题。章川田知道女儿要申请新房，他估计购房的钱，两个孩子不会有问题，装饰新房可能会有困难，就主动给女儿讲：水涯，我估计谢家没有多少积余，他下次自己买房都困难，要谢国成出钱给儿子买房是不可能。老爸支持你些好吗？

好呀！我是不敢向你开口要钱啊！给我多少？老爸！

装饰的钱我出，够满意了吧？不过，要利息，利息是明年给我生个外孙，而且，孩子要双姓，姓谢章。

章水涯高兴地叫了起来：好！天底下，我老爸，是最最好的老爸了。我给山嶂说去——水涯兴奋地给她老爸一个吻。

山嶂听水涯如此地说了她老爸的支持，高兴地拉了水涯的手，去了村办公室，喊道：蕾蕾姐，60号，谢山嶂。

徐会计问：山嶂，水涯，要准备结婚了吧？水涯点点头。

水涯，你爸支持你多少？

他呀！他是生意人，用了他的钱，要我付利息……

哦——哦——我知道了，上几天我听山嶂说过，他要你生个外孙当利息。是吧？章厂这个人呀——什么时候请我喝喜酒呀？

蕾蕾在山嶂的名字上打了个勾。水涯付了钱，拿了钥匙说：蕾姐，快了，贺礼准备好，少了可不成啊！

贺礼我早就准备了，叫送子观音给你爸送个外孙去，这个礼够了吧？

不够，不够，一个外孙只够给老爸的利息，他给我钱，讲明要付一个外孙作为利息。

章厂这个人呀！一生不知开了多少玩笑——

他呀，他一生也不知开了多少玩笑，还在我与山嶂刚谈恋爱时，他就说要把山嶂作为奖励发给我。我买房时又说要利息，要我生个儿子给他做利息，还说孩子要姓谢章双姓……全村人都知道了。

哈哈——章厂这个人呀——

山嶂的房子在装饰，桃红来到山嶂水涯的新房里。因为水涯已经怀孕，现在双方父母都急着筹办婚事了。

谢国成和章川田看到许经理来到院子时，忙说：许经理，欢迎你啊！你是山嶂水涯的领导，又是他俩的大媒人，房子装饰完了他们就结婚。他们结婚时，请你坐娘舅位，我们得谢谢你喽……章川田显然像是早就想好了的。

章厂，是得早点请我喝喜酒，抱外孙。

外孙的名字，我都想好了。

你不知道是男孩还是女孩，怎么起名啊？

水涯说：男孩，老爸要的利息就是姓谢章的外孙。

章厂，是这样吗？

许经理，你这个人啊，叫我怎么说呢？我开个玩笑，你都记下了。下期我也购房，我和明新、卫国都商量过了，到我们搬新房时，我们好好庆祝一番。你和刘书记是我们邀请的第一批客人，剪进门彩吧？

桃红说：好呀！章师傅，你说说，这几年，你们到底有多少利润？我知道，你们去年年底就还清了桃村借的钱，哪来这么多钱？

桃子包装箱已够我们厂忙的了，我们还接了石机厂的包装箱订单，数量不少，我们现在是二十四小时只停机八小时，加班加点地干。我们还同纸板厂订了合同，由我们经销他们的纸板。

喔，你们也做生意啊？

是向你学的。

嗬！听说这次山嶂买房，你们还开了个家庭会，会上你说要利息，利息是一个外孙，有这么一回事吗？

是的，是一年期利息，一个外孙，要双姓，姓谢章。如果，超过一年，就得双胞胎。一个姓谢，一个姓章——

那么，三年呢，你的利息是几个外孙？桃红笑得前倾后仰。

不会，不会。

……

新房正在装饰中，谢山嶂和章水涯每晚往60号新房跑。

桃红知道水涯和山嶂马上要结婚了，那天下班时，她把水涯和山嶂叫上车，说：水涯，结婚日子确定了没有？姐给你俩一套家用电器，作为我的贺礼。到房子装饰完了，告诉我，我同你们一起去买。

桃红姐，你来喝喜酒就是了，不用你送这么多的礼。你和东山大哥是我俩的恩人，也是我俩的证婚人，房子快装饰完了，只是山嶂的父亲还没选出日子呢。

章川田为女儿女婿出了这么多钱，谢国成自己却心有余而力不足，感到惭愧，只是每天去新房给装饰师傅送水，送点心，帮助搞些清洁卫生。章芝蓉做梦也在想儿子娶媳妇，早点抱孙子。所以，每次水涯来家，她都笑脸相迎，连水涯换下来的来不及洗的衣服都洗了。她早有思想准备，准备儿子结婚后，她就给儿子当后勤部部长，将来还想为水涯带孩子。自山嶂买了新房，她像换了个人似的，每天笑脸，每天勤快。

章水涯的新房院子里本来没有什么花木，不知什么时候，刘云山送去了十多盆鲜花盆景，院子外还种了株五年生石榴树。这让水涯下班去新房时认不得这是自己的家了。不多久，山嶂和水涯就结了婚。

四

近五年，桃红公司的积累像在做乘法，越积越多，利润翻了几番。公司的资金很快就达数千万之多。她知道桃村要新建两期农居。而且，此举得到了许多人的称赞。她给全体员工通了气，先少拨一点，拨 500 万吧！并问东山:你们要上两期，资金充裕吗？要不要拨些钱给总公司，要多少？

东山说：那就先拨 500 万元吧，我代表集团公司谢谢你，我是贪得无厌啊，越多越好。如果能把世界银行都给了我，我也要。

我这是无偿支持新村建设，不像你们，借钱要付利息。这是新村建设专项资金。只要新村建设需要，桃红公司随时都可拨款。

谢谢我的许经理，你不愧是我的爱妻。

去你的，谁叫你当桃村的书记呀！

东山当主任以来，想过要桃红公司来支持桃村建设。桃红主动拨款让他高兴，这说明桃红已把桃村看成是自己的家园了，融入桃村了。是嘛，桃红是桃村人的媳妇，当然要爱桃村啰，谁要你爱人在当桃村书记呢？桃红拨了 500 万，对公司来说像是理发师删发，并不损坏头型，反而让她更漂亮。而对桃村来说，是实事之举。

徐会计发现银行账号里突然多了 500 万元，报告给村委会：刘书记，桃红公司拨来支持新农村建设专项款 500 万元。

东山说：我已经知道了。

林雷说：这下尝到了办公司的甜头了吧！

老书记林忠华说:500 万,500 万要卖多少桃啊？我算是信服桃红了——

眼看还有很多村民要求住新房，东山又主持召开村委会，讨论下一步为全村人民解决住房的方案。他说：桃红公司已拨给村里 500 万元，加上上一期房款，足够二期建房了。我们马上平整石塘区块下的荒地坟地，再建 20 幢，120 个单元的新房。你们看怎样？

大家一致同意东山的建议。

第十九章

桃村青年开拓进取 共建设美好新家园

一

在为桃红义举高兴之余，摆在东山面前的一直有两个难题：一是桃子的销售。桃子成熟期短，销售时间紧迫，远途运输困难，销售半径小，很容易让村民一年的辛苦遭到损失。这个问题虽然在设立了桃村水蜜桃经销公司后有所好转，但一直没有根本解决。二是桃村还有一些人生活在贫困线上下，虽想住新房，现实却困难重重。

那天，他支走了儿子，独自在书房里想着这两个难题如何走出困境的时候，汪涛夫妇来了。

东山，你用四年大学学得的知识，把桃村当作你的实验室了。我看你为了你的研究成果圆满，不断地充实，是不？要不了多久，一定会一鸣惊人。

老同学夸张了。来，老同学，我碰上困难了，你给我参谋参谋。一是桃子怎么能促销？老百姓辛苦一年，能把桃子尽快地销出去才好。

这几年桃子的销售不是很好嘛！我觉得，要想完全解决，必须改变过去品种单一、销售时间过于集中的现象。只有一条路可走，就是发展新品种，拉长销售时限。待到新品种桃子占有量能达到 40% 时，这个问题就自然而然解决了。别急，扩种新品种是很好的办法。当然，新品种一定得挑选品质好的桃子，甜度要高，个子要大，结果要多。也要注意该桃种是否适合本地土质、气候、日照、温差。还要不断观察新品种的质变。所以，我建议推广新品种要稳重，只有确定此桃种确实是好的，才大面积推广。

东山点点头，紧接着又说：还有一个更大的难题是，村五年计划要让全村村民都住上新房，现状是约有10%的村民买不起新房，特别是移民户和高山搬迁户，他们中不少人买房困难。

东山，昨天晚上，我和小苗还谈论过此事。困难群体的解放才标志着整个桃村的解放。这个群体的生活水平更能体现桃村人民的生活水平。只有这个群体过上富裕生活，才体现党在农村工作的伟大成就。其根本办法是培训他们，提高其生产技能，发挥他们各自的特长。村里要为村民提供更多的就业岗位，这是非常重要的一项扶贫措施。我建议发展旅游业。东山，你想过没有，我们村以桃为特色产业，后来又发展果园，这些农业产业都受天气影响，对天气依赖性很强，如遇上天不作美，产量就难以保证。还有，我们要有忧患意识，我们的企业同样受市场风险制约，就像桃红公司，现在形势很好，说不定哪一天，台湾背信弃义，不同你做生意了，你就有可能倒闭。还有，像花木，市场基本已经饱和，以后的销路越来越困难。这些产业都有不稳定性。我认为要发展旅游业，只有旅游业是稳定的。我们村建了新村，新村就是一个旅游点，加上桃花走廊景点，如果再开发后山，建个望海楼景点。三个景点组成一个旅游景区，向浙江省旅游局申请批准后，开展独立旅游景区。我们再将村民中没有正当业务的人招来做专业培训。这就一举两得了，有旅游业务收入，也解决一部分人就业，脱贫。这不是一件很好的事吗？对于购房政策，我建议，对确确实实的困难户，先让他们住上新房，再分期还款。到三期新房能交付，至少还有三年，说不定三年内，这些人中有不少能脱贫。

对于汪涛的建言献策，刘东山感动不已。他认为汪涛的这些话具有醍醐灌顶的作用，打通了自己任督二脉，气血两通。对于产业的发展，我们是要有点忧患意识，要审时度势，才不至于风暴来临时措手不及。是的，困难群体的解放才标志着整个桃村的解放。这个群体的生活水平更能体现桃村人民的生活水平。只有这个群体过上富裕生活，才体现党在农村工作的伟大成就。这几句话，讲得多好。

汪涛，知我者，汪涛也。你说的，我都想过，我也正在这样做，把工作做好是天经地义的本分，不能做爱吃猪肉而不愿意养猪的人。看到成绩也不要兴高采烈，而要看那些不同原因的致贫因素，对症下药才对。

经几个月的摸底调查后，他已经了解这些家庭困难的原因，也想到了他们今后走出困境的办法应该是因人而异地指导就业。虽然，桃村需要脱贫的家庭已经不多，村委会制定政策中还是倾向于“帮一把，扶一下”“既输血，也造血”。有目标地培训人们的劳动技能，安排岗位，让这些家庭跟上桃村发展步伐。为了他们不再因孩子读书而贫困，他实施了贫穷学生奖学金制度，规定了高中生、大学生的奖学金额度，鼓励孩子们读书。对老弱病残的家庭实行扶贫基金。人人享受医疗保险。

第一期新房已经搬进入住，不知两位的购房款准备好了没有？如不够，早些给我说。两位老同学，你们自来桃村后，协助我设计新桃村规划，干了许多实事。规划中的每个果园都留下了你们的脚印。察看土质、朝向、抗风能力，根据果树的习性，确定种什么树，能种多少树，又实地测量新农居位置、间隔距离。还规划村道位置，河道改造，村办公楼最佳位置，连哪里需要建围墙，哪里需要平整土地，都标在图纸上。在新房建设中，又察看市建筑设计院的图纸，建筑公司放样时，都亲自到场。汪涛，你就是我的得力助手。苗小珍来桃村后，成了花木公司阿贵的助手。在绿化图中标出位子，种什么树，每株树的距离，从园林审美角度审视花木大小、间距。阿贵他们种树时，又实地到场。连一个泥球的大小、一株花木的高矮，她都过问。你俩运用现有的知识，为美化桃村做出了有目共睹的贡献。我谢谢你俩。

老同学，不要客气。老书记身体好吗？他老啰，不要再去管村里的事。高兴的话，到村办公室看看报纸，散散步，该享受天伦之乐了。

是呀，老爸一生辛苦，当侦察兵时负过伤，“大跃进”年代又顶住分田到户，坚持用大队的集体力量，组织平整土地，兴修水利，才有了现在的田成方、渠进田的旱涝保收的良田。对山地，他号召扩种桃树，才有了现在的万亩桃园。他每天在地里，日晒雨淋，流血流汗，一直坚持到我大学毕业，才退出村委会。人不在村委会，心还在村里，到底是老共产党员啊！

汪涛相信，这不单单是儿子对父亲的评价，这是全村村民的共识。

二

为了提高村民的文明意识，做文明村民，村委会决定请宣传部领导来村讲一讲“文明村建设对村民的基本要求”，并召开村民大会。

夕阳刚离开树杈，村外通向市区的大路像一条飘带，向市区，向更远的地方飘去。后山的果林，果园间的小路，远远近近的农田、农舍像油画中的彩墨，一点一滴描出气象万千。远在村北的剡江，带着桃农意志，散发浓浓的桃香，平静地向东流去，桃村宁静。

傍晚，村民涌向老年活动室。排排椅子都坐满了人，大妈大嫂像久别重逢，一声声相互问候，高声谈笑，讲的无非是准备把新房建设得有多漂亮，装饰花多少钱，脸上写满了“幸福”两个字。他们并不知道村委会近期又有什么新的举措，他们也不像干部那样关心村里的远期规划，他们对过去的饥寒交迫的日子记忆犹新。他们关心的是自家的生活。他们做着住得舒服一点、生活环境美一点的梦。

刘书记宣布开会：乡亲们——瞬间场子里没了声音。

乡亲们，现在请市委宣传部胡部长给我们讲“文明村建设对村民的基本要求”。大家欢迎！

会场上，虽然没人大声说话，但大家对部长的话并没有多少兴趣，你讲你的，我听我的，听与不听一个样。因为他讲的，桃村人已经在做了。因为你讲的那些道理，我们小小老百姓都懂。

送走胡部长后，林雷说：现在开村民大会！请刘书记给大家讲讲村里的事——

东山环视了台下几百双眼睛，微笑着说：各位叔叔阿姨，父老兄弟们：我们村建设最美桃村，奔小康目标已有眉目。软件不说，我们现在除桃园外，又建成了四个果园，去年已经开始挂果，待到这些果园挂果累累时，村民收入就多多了。还有我们的花木公司发展很快，已为我们赚了不少钱，第一期建的新房用的就是他们赚来的钱。现在，已有60家搬了新房，新房购房原则执行得不错，虽然已经听到一些议论，大家还是按原则办了，这就是我们桃村人的风格。

会场上爆发出一阵掌声。

给购到房子的家庭讲一句话，在你们入住后，决不能破坏村里的生态规划，装饰时也不要扰民。

林雷补充说：建筑垃圾要及时清理，倒到溪滩边的沙坑里，村里会及时处理。

我们准备马上再建20幢，120个单元，就造在现在的石塘区块下面，叫“荒地区块”。因为土地需要平整，造房得先修路，所以，造房还要等到下个月才能动工。宣传部部长讲了，要做文明村民，我们生活富了，但精神上不能贫，只有精神也振作了，才真是幸福生活了。下次购房时也要像这次那样文明。这是第一件事。

东山看台下有些人在窃窃私语，但每个人都脸上挂着笑容，群情振奋。他接着说：第二件事是我们村的下一个五年规划的总体规划已经确定，以现有的工农商旅游业齐头并进为基础，进一步发展橘、梨、杨梅、葡萄等果业区。到这些果园中的树都长成了，包括原来的桃园，后山就是果园旅游园区。以后，我们再完善、发展旅游业。我们村已经在剡江边种了1800株桃树，老桃山也正在改造。今年已种植了新品种“丹霞玉露”1000株，“新玉”500株。明年，我们再种“赤月”“大王白凤”各500株。这些新品种桃子都是经过市水蜜桃研究所试种的，新品种水蜜桃的甜度基本上同玉露桃一样，品质可以保证。这样，我们也弥补了水蜜桃品种单一、贮运性差、销售时间短、销售半径小等缺陷，建成后，预计能增加上千万元收入。我们要把这片桃林建设成集观赏、旅游于一体的旅游基地。那时的桃园就不像现在的桃山那样，像桃花走廊那样，成了公园，有亭子、走廊。我们叫它“天下第一桃园桃花走廊”。将来就在那里开桃花节。这样的一个旅游景区，即使没有客人，我们去那里玩玩也是个场地。当然，旅游还有不少旅游收入，我们要融入、完善旅游业，用旅游收入扩大旅游产品，完善旅游产品，包括旅游饭店、商店、旅游纪念品。让大家会来这里旅游，喜欢上桃村。这样桃村就成了大家喜欢的新的旅游点。根据这条思路，你们已经看到了苗头，前途无限。待到第二期、第三期建好了，绿化了，我们桃村就是一个漂亮的新农村旅游点。

全场热烈掌声。

东山稍停顿了一下，又继续说：第三件事是村生态绿化建设。我们要扮美桃村。我们的花木园林公司，他们的任务很重。这几年，他们一面在建果园，一面开辟花木场，种上茶花、桂花、杜鹃、五针松、香樟、红花檵木……花木和观赏盆景园的盆景已受到很多单位青睐，销量看好。他们为新村里的绿化做出了贡献。大家要爱护花木，支持他们。因为他们增收，也是村里增收。搞生态绿化建设的另一个内容是新村绿化和道路建设，汪涛、苗小珍和阿贵叔已经在为“石塘地块”绿化按图施工，把我们的新村建成花园新村，把我们的生活质量指数再提高一步。第四件事是村文明和文化建设，村规民约已经公布了，我们根据中央的文明要求和小康村文明要求，要求家家都要有家训，大家要遵照现有的教训，把教育孩子放到颂扬爱学习、爱看书、尊重科学的重要位置上来，要叫我们的孩子知道桃村人民的幸福生活是桃村人民艰苦奋斗得来的，是经几代人的努力才实现的，来之不易啊。不但我们村村民之间不能吵架，与邻村村民也不能吵架。村里已有文明监督小组，如村民之间有意见不合，邻村有人来我村争吵，一律由该小组出面解决。最后，我通报一下我们村的两个厂的生产情况：服装厂和纸箱厂的年收入抵得过21世纪初全村的GDP。纸箱厂刚起步，生产形势也不错，至少能让一部分人脱贫致富。桃红公司更不得了，已支援新村建设500万，我同桃红商量过，不要多久还可以支持新村建设一两千万。现在看来，村集体经济已足够满足新村建设。我只是担心村民中不到20户的困难家庭，大家群策群力，拉他们一把，帮他们一下，要知道这个群体的解放，才是党的农村工作伟大成就的体现。

林忠华书记插话说:我退居二线了。但我听到有村民说,村里大搞旅游,又成立了桃农生产合作社,会不会像“大跃进”时代那样把桃园收归集体?同志们，我们不会再去犯那种昏庸无智的错误，我们成立桃农生产合作社是为了推广新品种，指导桃园管理，目的是做好做大我们桃村的特色产业，用这特色产业带动村级经济，用强大的村级经济发展事业。如果我们能脚踏实地地按规划办事，我们能把我们村建设好了，我们就对得起父老乡亲，对得起子孙后代。现在的村委会正在执行远景规划，但要想执行得好，要有全体村民对新一届领导干部的支持，到我们村确确实实富裕了，我们把村子的绿化搞好，做到了既有金山银山也有绿水青山了。最后，报告大家一个好消息，今晚，村文艺队在这里试演歌舞、越剧折子戏。欢迎大家乐一乐。

三

十月一日那晚的村歌舞晚会，在苗小珍的指导下，四个苗族姑娘表演了歌舞《刘三姐》,演出了表现桃村人精神的歌舞、歌曲。越剧组除演唱传统戏曲外，还改变唱词，唱出了桃村的今昔。后来，汪涛独唱了《在那桃花盛开的地方》。整台晚会上，舞台背景全是用国苏拍摄的“春天的桃花”“秋天的桃园”录像片制作成的，还有美丽桃村的场面。所以，四个苗族姑娘歌舞时，就像在桃园里翩翩起舞。最后，晚会以一曲《欢迎桃村来做客》结束。四个苗族姑娘手捧鲜花，走下台来给刘祥庆、林忠华、刘东山、许桃红献花。

演出结束时，在欢快的音乐声中，林忠华、刘祥庆、刘东山、林雷等，都上台祝贺桃村歌舞团第一次演出成功。

演出后，苗小珍邀请桃红到后台，把演员介绍给桃红。桃红邀全体演员坐在一起，共商歌舞团今后如何发展。四个苗族姑娘团团围坐在桃红旁边，提出再招几个男青年，配上乐队、音响设备。

桃红听了大家的想法，就想出资成立专业歌舞团，让苗小珍去当团长，表演形式还可扩大到其他剧种，能演上一两个小时……

这一台演出，让林忠华想到华西村为游客演出的那台介绍华西的歌舞，本村歌舞队与之十分相似，只是力量和规模远不及华西。如果再招收一批有艺术才华的人才，再改编，充实演出内容，能为游客演出，让游客看了演出就能了解桃村，既为游客增加旅游兴趣，也能让游客了解桃村，村里还增加了门票收入，这该多好……

然而，他俩的想法被东山的一句“将来再完善”搁浅了。因为桃村还不能同华西村比，桃村还在发展之中。

演出也让村委会几个人觉得，这支歌舞队很有发展前途。

第二十章

第二期农居已落成 桃村人多数住新居

一

又到了桃子收获的季节，今年桃子因为持果时接连不断的几场台风，被吹掉了不少，所以桃子减产了。桃村水蜜桃经销公司联系的客户已经上门，村干部看今年水蜜桃要供不应求，因此，林雷给村民讲：要保证外地客户需要，当地客户暂时不供应；如果还不够，向临村收购。所以，裕娥他们经销公司忙着往临村组织货源。当地市面上桃子少，价也高。桃子收完了，水蜜桃经销公司没赚到多少钱。外地的经销商对桃村的做法十分满意。

花果山虽然也遭到台风侵袭，但还是绿树成荫，损失不大。花木园林场里照样百花盛开。

历时五年，桃村农居第二期“荒地区块”的20幢连体别墅建成了。今年桃子的损失使几个家庭买房资金不够了，他们纷纷打听这第二期房的落成日子。有的打算推迟到三期。有的正在向亲戚借钱。所以，第二期120个单元认购不甚拥挤。

二期别墅落成，全村一半以上家庭可住上新屋。那120套与上期60

套未能连成一片。一期地平高出二期四米，二期前60套与后60套地平也相差两米，成了阶梯状，整齐划一。好在楼间道路与主道相连。

花木园林公司正在各家各户新屋的园子里种桃、梨、橘树。因为第三期建房还没开始，新房子周围绿化不受施工影响，他们在房子周围、村道两旁种上桂花、茶花、樱花、石榴、香泡、翠竹，路边分段间隔种上红花檵木等观赏花木。

入村路口已树起了一座用黑色花岗石制成的牌楼。牌楼气势宏大，它不像其他牌楼那样有奇草异卉、飞禽走兽，但牌楼顶碧瓦雕檐，重台翘角，线条流畅。牌楼上面正中有“桃村”两个强劲有力的金色大字，虽无落款，实系刘老书记笔墨。四根立柱方正，分别有两副金字对联：一副是“不忘过去苦需代代相传，惜幸福生活要辈辈努力”，另一副是“新村建设是党的富民政策英明，过富裕生活全靠村民共同奋斗”。整个牌楼给人一种庄严雄伟的气势。

两期建房落成后，基本上各公司经理、各厂主要领导及村委会成员都可住上新房了。这几天，这个昔日的大队部仓库，如今的村委会办公室，又人满为患。徐蕾蕾的会计室人头攒动，人人脸上挂满了笑容，只听得一阵又一阵嗦嗦嗦点钞机的声音，和叮当叮当的钥匙碰撞声。那声音绝对比《梅花三弄》还动听。

林忠华很早就来了，他也申请到了新屋，但还没有办手续。他站在大门外像迎接贵宾，一个个打招呼。其实他心里也像村民一样，充满了期待、成就感和满足感。

徐蕾蕾的会计业务都设置在电脑上，只要村民报上一个号码，就能跳出该户的账单，办事效率很高，一个上午就办完了大部分。下午，基本上就只有村委会的几个干部了。裕娥妈到办公室时，裕娥同阿贵婶也来了。蕾蕾抬头看到她时，马上招呼她：婆婆，欢迎你……

裕娥娘说：蕾蕾，85号，毛裕新。

蕾蕾键盘一按说：婆婆，你的房费裕新已汇来了。这钥匙是你的。

徐会计把钥匙给了她。其实她已接到过儿子的电话，知道儿子寄钱来了。

阿贵婶说：裕娥，你看，你妈有多高兴，笑得眼睛都眯成一条线了。

她啊，苦苦累累一辈子，盼的是让弟弟将来有套别墅。她也尝尝住别墅的味道。

晓晓和祥庆走到柜台边，笑笑说：98号，刘祥庆。

阿姨，老书记，你们等一下，桃红姐给我打了个招呼，说她来为你们办手续。说着拿起手机就要拨号。

蕾蕾，你给我办了吧！我有钱。

阿姨，不是有钱没钱的事，桃红姐说，这是儿女孝心——

正说着，东山来了。妈，你把钥匙拿走吧！爸，我来付钱。说着，把许桃红的银行卡递给徐会计。两个老人一前一后去了98号。

两个老人刚离开柜台，许忠谊和康家珍喜滋滋地出现在门口。东山又说：蕾蕾，在这张信用卡里，把我岳父的房费也扣了。

徐蕾蕾接卡时被忠谊接住了，说：东山，你干吗啦？这是我要住房，房产是我的，不能让你出钱。

爸爸，我知道你有钱，但为父母住得舒服一点是儿女的责任。再说，你们能来桃村安家，我高兴还来不及呢！

不要这么说，桥管桥，路管路，我住新房是我的事。说完他把自己的银行卡递交给徐会计，执意要自己付费。

给桃红爸妈钥匙时，蕾蕾抬头看到了裕娥：裕娥姐，几号？

裕娥说：91号。

裕娥姐，我知道你这房是给儿子结婚用的，把你调到靠大路的96号怎么样？

96号原来是谁的？

是我的。因为婆婆的房子在90号。她来给我讲过，要我住在她隔壁。

好，好。谢谢了！裕娥付了钱，走了。

东山看汪涛夫妇走来办公室，问：汪涛，钱够了吗？付了房款，装饰会有困难吗？

汪涛说：谢谢老同学关心——说着来到徐会计面前，徐会计，115号，汪涛。

汪涛，你付了房款，装饰会有困难吗？桃红姐给我讲过，如汪涛有困难，就付一半，还有一半她来付。

谢谢了，谢谢你们关心，够了，够了。

不到下午三点，二期房手续全办完了。

二

二期购房结束后，几乎家家都在讨论装饰规格，几乎家家都在装饰。装饰公司忙得不得了，他们在村民面前展出几套方案，供村民选择。之后，新房装饰人员一拨拨进村，装饰的材料一车车进村……

晓晓家和桃红父母亲在同一幢楼中的两个单元，两家是一个规格的装饰方案——简洁明快，温馨舒适。裕娥的新房在村大路边，她家，因为儿子要结婚，婚房当然要讲究一点，请了装饰公司另外设计、装饰。

林雷的房间和林书记的房间是隔壁，这是妙儿要求的。她想与儿子分开住，但让儿子一家在她家吃饭，相互有个照应。

装饰房子时，林雷非常注意情调，书房做在北侧的正房间，客厅简单而宽敞。

几个公司经理则非常重视客厅和餐厅，他们是生意人，生意人注重交际场合的热忱。

汪涛也正在装饰新房，他们见多识广，装饰方案也是他们自己定的，连保姆房都想到了。

一天，为老爸老妈确定装饰公司后，东山和桃红走进汪涛新房，看新房装饰得很有情调，特别是书房，配有六个大书架，还有两张写字台。儿子的房间里也有书架和书桌。岳父母房间也有书架和写字台。看来，这户人家都是读书人。他笑着说：汪涛，你家的书房真多，看来个个都是文化人。

苗小珍说：都是你带的头，我们在桃村要做的事，都离不开书，所以，阿涛心在书房。我爸妈是教师，书当然多，老爸在写小说，所以也给他一个书架，一台电脑，这样办公桌就多了。

东山抬头看到了苗小珍的爸爸：叔叔，这里的生活过得惯吗？

挺好，挺好——刘书记，你辛苦了。

东山爸妈家及其岳父岳母家和林雷爸妈家都在装饰，他们把装饰交给装饰公司了。这几天，东山他们又走访了下属几个公司。

桃村建筑工程公司建了180套别墅，修了一条T形村道，修建了一条桃花走廊，又帮花木园林公司填土建了盆景园。不久，还要建第三期新房，还要建办公楼、文化大礼堂、宾馆、商店，任务还不少。工程公司也确确实实发展了，已经发展成两百多工人，全套建筑机械的公司。

建筑工程公司利用三期新房还不能立即施工的时机，四辆挖掘机日夜不停地加紧改造护村河。一个月后护村河挖通了，他们又河岸砌石，河上架桥，河水源源不断地流过新村，流向农田。护村河经这样改造，河面宽了，平整了。河上的桥也气派了。

今天，东山和林雷来到建筑工程公司，找几位领导商量拆旧居之事。东山开门见山地说：我找你们，是要你们在拆除旧居时，节约原材料，在三期建房时能充分利用可用的建筑材料。因为，造这些老屋的时候，是上辈子人用肩挑背驮才建起来的，当时也算是新村了。现在我们为了新村建设，非拆不可了。我希望老屋的每一块砖，每一张瓦，院子里的每棵树，都不要浪费。第三期建房马上就要开始，要建12幢，72个单元。以后，还要造学校，造文化大礼堂、村办公楼、农家饭店、旅馆、商店，用材不少，所以可用的材料，请你们尽量用上。

林雷说：拆下来的预制板全部卖给旧建材市场，不少家的门、窗都是后来新做的，有的是别墅门、防盗门，我们都将其收集起来，在造饭店、商店、旅馆、办公楼时，可能用得着，什么材料都不要浪费。

他们讲这些话时，建筑公司的几位领导不住地点点头，说：遵命！砖头不少，瓦片也多，无论如何，瓦片用不了。

那么，多余的瓦片也请旧建材市场收去。如临村有人要瓦片，就卖给他们。一句话，不要浪费。

住上新屋的村民的老房子，除28户留给移民户暂住的房子和整村迁来的几户外，应拆的已经拆除。整个桃村正在发生翻天覆地的改变。一个新村已脱胎换骨地有了新生。村委会一班人始终把为村民谋利益看成头等大事，始终把握既要金山银山也要绿水青山，给子孙万代留下一个好山好水，享之不尽的人居环境。

东山和林雷又来到花木园林公司。花木公司的阿贵和苗小珍带三个农民工正在老屋拆除后的院子里。阿贵正在给农民工说：老屋院子里的树是在户主多年培植下才长成了大树，要征求户主的意见，小心移种。

他俩一家一家地查看，把一株一株树都号上字，字上注明迁到落户的位子。

苗小珍说:几位师傅，你们在掘树时当心，泥球要做大，不要伤到主根，移植到相应位置后，用木棍支撑，固定牢靠。移一株种一株，种一株浇一株。除老书记院子里的树不动外，都要对号入座，知道吗？

她正同俞大山、禾明哲、禾明星三人在掘树。

他们三人都是这次整村搬迁而来的山民，被分配到花木公司。除俞大山在家种过花木外，另外两人是到桃村后才接触到花木。但是，通过几年实践，他们也成了花木公司的师傅了。

林雷对阿贵说：阿贵叔，老书记的老屋的绿化，你好好规划一下。我建议房子四周种上桂花，他院子里原来有一株桃树，再种上几株，叫长工叔挑几株树形好的，种在进门的两侧。告诉工程队，房子的外墙装饰一下，四周建个平台，配上不锈钢扶栏。房子里的原有装饰基本不变，破了的地板和墙面修理一下就行了。

阿贵说：好的，我同工程队一起商量后，再给你们汇报。

一个职工跑来说：阿贵叔，路边的桂花苗用大苗还是用小苗？苗艺师画的是大苗，我估计大苗只够进村路两边种植，沿山横路就没大苗了。

阿贵说：进村路边树用的是一株桂花一株香樟。花木场里的桂花不少，我估计沿山横路够了。沿果园山下路段，间隔种橘、梨、桃树，中间插种两株香樟树，不用桂花。这个方案，我征求过村里的意见。讲完了就欲起身与那职工一起去道路绿化组。

东山说：慢，阿贵经理、苗技术员，我想起来了，各家院子里的花木，尽可能移到各自新居，以尊重主人的劳动成果。如他们想种别的树，再移作他用。

东山，你不是动员大家在新居里种橘、梨、桃吗？还允种其他花木？

我动员大家种橘、梨、桃是为了显示桃村的特色，但不是每家都只种这三种果树，各人的审美观点不同，让他们自由选择。

林雷接着说：我来同你商量后山的杨梅园，这些树苗是从哪里买来的，是不是全是一个品种？

是一个品种，东宝杨梅。

我俩听了群众意见，他们说，东宝杨梅产量不高，采摘时间又迟，提议种一部分本地杨梅。你看行吗？

可以呀，原来的杨梅山上还有不少本地杨梅树，只要培植得好，已经不少了。

噢……这倒是的。

东山说：还有一个问题，老房子拆掉后，是一个广场，广场上的大树有储备吗？

这倒没有。但里山有，到时候，我们去买几株就是了。广场小花木培植马上开始。

花木园林公司为美化村子，正在按苗小珍的设计图纸有条不紊地种树，浇水。

三

东山和林雷听了果农生产合作社关于各种水果销售情况的汇报后，东山说：老刘、长工叔，橘子、梨头、葡萄、杨梅的销售，都要通过水蜜桃经销公司，装箱外销，走桃子销售的模式，今年问题不大，明后年这些水果的产量肯定多得多，不走这条路，销售困难。

刘云山说：看来橘子销售有问题，因为奉化、宁海、象山都有橘子，今年本地销售已经困难，明后年产量更多，销售更难。

这更说明打通外销渠道是唯一出路。

林雷说：明年，水果上市前，我给水蜜桃经销公司布置任务，叫章厂他们纸箱厂多设计几种包装箱。

朱长工说：好的，我看小包装，促销更容易一些，多用小包装，远销。

林雷说：长工叔，明年后年还有个问题是树大招风，及早采取措施。小包装果箱同章厂讲一下，设计要漂亮。

听完了果农社汇报后，东山和林雷又来到三期建房工地。建筑公司已经在为第三期新房平整土地，放样，把老房拆下来的砖头石头运到工地，见工地上一堆堆脚手架、砖头、钢筋、水泥。四架塔吊也立起来了，眼看又是热火朝天的建设场面。

东山站在一个高坡上，对老屋地基如何利用又有了新的规划。他对林雷说：雷雷，老屋拆除后，我们得好好规划一下，把村委会办公室和文化大礼堂都建到西边。我站的位子是桃村花园的位子，建一平台，立一根旗杆。每年国庆节、桃花节、春节，我们村委会几个人举行升旗仪式，集体向国旗敬礼，把升国旗作为一项爱国主义教育，这多有意义呀！

林雷不断地点头。

桃村新领导班子改组五年后，后山上四个果园的果树已经长大，随季花香。果园绿荫丛中，花蝶、蜜蜂飞舞。后山已是名副其实的花果山。桃山上种植的新品种桃树已进入盛产期，江边桃花走廊里的桃树也已初具规模。桃子节时，人流似织。桃子成熟，桃香四溢。售桃期也不像过去十天半月，而是两个月。接着又有葡萄、橘子、梨头。桃村广场上全是新包装的果品箱，简直成了果品市场，果品品尝游览地。

春天，看山上的桃花已经争先恐后地向人们迎着笑脸，赏花的人已经一拨拨地瞄准了桃村桃花。桃村在剡江边的桃林已经三年，像列兵式一样前后左右排成了队，江边的柳树与桃树上结满的花蕾一起红花配绿叶，装扮了春天特有的芬芳。这告诉人们，春天到了，这里的春天真美丽。村委会根据旅游业发展势头，在讨论配套措施。刘东山脑子里又形成了一幅新的蓝图，他提出打通环村的护村河，引剡江水过村，把护村河扮美，把桃村花园扮美；在花园的绿荫丛中的东南边，再建一座农家餐厅，一座桃村宾馆，几间商店，有利于游客就餐、购物。游客在桃村果园买到水果后，实行超市式收银，既方便又实惠。这个方案连同文化大礼堂方案很快通过了。

四

三期别墅动工了。刘东山表面上很高兴，心里却心事重重——还剩下52户，这52户中有几户，劳力不足，经济相对困难，建了房，他们住得起吗？移民户中还有三户，这次从山里搬来的28户，肯定拿不出房款，怎么办……

这几天，刘东山下班到家总是在书房里写着画着，问题一个接一个，有时从书房里传出一阵阵叹息：难呀，真难……有时又兴高采烈，拍案而起，自言自语说：行了，这个办法好，这几家肯定解决问题……他的思想纠结在那些所谓的贫困户身上。

东山和林雷利用晚上时间，有目的地分别走访了还住在老屋里家庭比较困难的村民。

东山想，这三户章姓人办厂，他们买房已经不成问题了，还有三户却让人担心。经了解，新移下山来的28户移民户中，有11户根本无法交清41万元购房费。东山决定同其他几个干部商量商量如何解决。

因此，几天后，东山在一次村委会碰头会上，把了解到的困难户情况给大家说了。他提议：村委会对那几家困难户需要特事特办，同意他们上交移民补助款后的不足部分，与村委会签订协议，分期付款。

村委会几个人想想也只能用这个办法，否则，这几户老房子拆不了，也影响整体规划。

会后，林雷每晚都在串门，走访了东山说的那几家困难户。这几户困难户中有两户是因病致贫，但他们曾经开过小店。他想把他们安排在村日用品旅游产品商场。有三户曾在旅馆做过服务员，待旅馆建好后，还可叫他们继续做服务员工作。其中一家有个下肢残疾姑娘，林雷叫她赶快学电脑，准备与另一个腰部枪伤的荣军一起到收费处收费。在未上岗位之际，安下情绪，耐心等待村里的政策。

林雷到另外三户时，他们主动提出承包村卫生。林雷说：到时候再排排看。三位大嫂中要有一人管村公共厕所，还有两位我去同章厂长商量商量，去那里做装订工，帮助发发货。怎么样?

五

为了让子孙后代不忘幸福生活来之不易，村委会集体讨论决定，留下刘祥庆老屋作为艰苦奋斗史教育基地，也供旅游者参观。建筑公司建了老书记家的四周平台，装上花岗石扶栏后，花木公司又在四周平台边种树绿化，进门处有一块石头雕成的“桃村带路人刘祥庆故居”标志牌。同时，村里已在收集村史资料，决定在新村落成后，把对桃村建设做出过贡献的事例和人物在村史室进行表彰。要子孙后代永远记住，桃村是桃村几代人奋斗的结果，不忘先辈，不忘共产党，不忘自己是桃村人的后代。

东山的新村规划眼看就要实现了，可是，这位年轻的共产党支部书记并没有满足现状，一轮新的奋斗目标正在他脑子里形成。一个文明和谐的桃村建成了，但桃村还不能说是富裕桃村，更不能说是美丽桃村。要长久坚持，既要金山银山，也要绿水青山，桃山、花果山、整个后山、剡江南边，甚至道路、小溪都要改造。桃村人发展特色产业，走农工商并进，发展经济的梦想还在拓展、深化。他们决心把几代人的理想梦都变成现实。

第二十一章

许桃红心系美桃村 桃村人家家住别墅

一

时间稍纵即逝，一晃又是四年，桃村新村已经落成。

这四年，花木公司几乎每天都有花木外运，一年四季都忙碌在江滨公园、城市主干道周围、住宅小区做绿化工程。花木公司的几十个人，今天挖树做泥球，明天填土种苗木，后天浇水施上肥，几十个人，没有一天不忙的。花木公司年销售量已达千万。花果山的四种水果还没到盛产期，今年销售已达100万。桃村集体经济实力已经浓厚，桃村人人均年收入已达5万。

但是，刘东山心里有数，这个人均收入根本不能说明桃村人家家都富有。如果我这个书记能让移民户，高山移民户也达到人均5万，那么，我敢说，桃村是个富裕桃村。

三期新房已有50户认购，章家人和谢家人都已喜气洋洋地从徐会计那里领了房卡和钥匙。从高山迁来的十户也东借西凑买下了新房。可是，剩下的五户困难户闭门不出，眼巴巴地看人家搬入新居，等待村里政策。

东山找了这五个家庭的主人，把他们请到办公室，与他们协商怎么办。

他说：大叔大嫂，我知道，你们家底子薄，平时只够温饱，要住新房困难。你们看这样好吗？你们移民生活补助金大概都用光了吧？我们把政府发给你们的移民住房补助款按户分发到各户的账户内，还差的部分，能交多少交多少，不足部分以分期还款的方式，同村委会签个协议，你们看好吗？

过了几分钟，禾明哲站起来说：主任，说来惭愧，我家为了儿子上高中，已用了全部补助金，家里几乎没有积蓄。我现在在花木公司上班，老婆在纸箱厂做工，我愿意把不足部分慢慢还。我相信再艰苦几年，能还得上。我来签协议。

禾明哲在协议上写了21万元欠款，分五年还清，并签上了大名。

明哲兄，你儿子高三了吧？考上大学时，给我通个气，村里有奖学政策。

还有个李姓大嫂也说：刘书记，政府为了我们好，叫我们搬到桃村来。桃村老百姓对我们也好，村党支部对我们也关心，我是感激不尽，只是，我家祖祖辈辈靠种田过日子，只图饭饱衣暖，没有想住新居，更没想能住别墅。我同我那个商量过，让我们再在老房子里住几年，到有条件了再买，如何？

大嫂，我问你，政府发的生活补助金还有多少？

补助金倒一分也不少，只是我儿子也已高三了。马上考大学了，我们想用这钱给儿子上学去。

这样好了，村里有规定，困难学生上高中、上大学，村里有奖学金。你家把补助金都交了，再把政府发的住房补助给你们打进，不足部分，与村里签协议，分期还清。关于你儿子考上大学，我们村委会给他奖学金，不足部分，我来帮他。

李大嫂高高兴兴签了字。

还有两户。他们知道不搬会影响新村建设，搬又没钱，故此，经过商量，下了狠心，决定借高利贷付房款。所以，他们说：好的，还差三四万元，我们以后慢慢还。

东山听两家说是还差三四万，马上想到，他们哪来的三十几万的房费，便问：两位大嫂，你们能交四十几万元房费？

是，我们问亲戚借了钱。

噢——

这些人家都与村委会签订了协议，走了。

东山想，不对，刚才的两家，可能借了高利贷了。于是，他追了上去，又问：大嫂，你俩停一下，我还有点不明白。

那两位大嫂走了回来。

大嫂，你俩老实告诉我，你们是不是借了高利贷了？

两位大嫂低着头，不肯回答。

讲呀，怎么在我面前还不肯说明实际情况啊？讲呀！东山面色严峻，心里着急，要两位大嫂吐出真情。

两位大嫂看书记问得急，你看看我，我看看你，脸一阵红一阵白，最后，都点点头。

借了多少，利息多少？

两位大嫂怎么样也不肯告诉具体数目。东山说：有30万吧？

其中一位说：刘书记，你不要再问了，我是不会告诉你的。村里为了村民能住上别墅，花了大量的钱不说，花的精力都让我们感动。我们已是桃村人，是桃村人就要分担责任，支持你们工作，我们再艰苦几年，能还清高利贷。

东山把刚才了解到的情况记在本子里，又说：两位大嫂，不管你们借了多少高利贷，同村里签30万贷款协议，好吗？把借的钱能还多少还多少。

两位大嫂都流泪了。书记，我一家永远也忘不了你的恩情，我们用五到十年，一定还贷。

还有一个是高山迁来的多子女家庭。三只书包已经压得他们直不起腰来，夫妻俩都在农业生产合作社，村里给他们分配的钱只够日常消费，移民生活补助金早就用空了。因此，他一直低着头，不说话。

东山说：吕大哥，我知道你困难，交不起房费，你说说你的困难吧，让我心里有数。

那位吕姓的大哥才站了起来。

东山马上拉他坐下：吕大哥，你慢慢说。

吕大哥叫吕其兴，今年48岁，家底子很薄，在半山老家时，以种地卖柴为生，三餐都难保证。到了桃村，生活也只能维持三餐。苦苦累累积下几个钱都给了学校。夫妻俩根本就不想住别墅，村里要他搬新房，他有苦难言。刘书记，我想搬回老家去，免得麻烦你们……说着又站了起来。

东山再次把他按下在椅子上：吕大哥，你别急，你是我们桃村人，我这个书记不会不管，你把具体情况说说，让我心里有数。

吕其兴流着泪说了他的家史。原来他父母为了他读书，卖了家具，盼他有个工作。他中师毕业后在小学里教书，两年以后结了婚，也有了一个孩子。可是，时运不济，他父母双双生病住院，用了不少钱。他东借西借才还上医药费。不久父亲死了，为了母亲，也为了逃债，回家种田。他说：后来又有了老二老三，三个孩子想读书，也会读书，所以我再苦再累也让他们上中学。现在一个上高中，两个上初中，我哪来钱买新屋呀……讲到后来他已泣不成声。

东山说：好，情况我知道了，我有办法帮你，三个孩上高中、初中的钱，用我们桃村总公司的政策补助，你就签协议吧！

吕其兴握笔的手在颤抖，抖抖擞擞中签上了“吕其兴”三个字后，就跪下了。刘书记，我对不起你们，再苦再累，时间长一点，我也要还村里的钱，到我孩子有了工作，我一定叫他们报效桃村，报效祖国。

东山把他拉起，并把250号钥匙给了他。

第二天，桃红就去了吕家，说：吕大哥，一个星期后，装饰公司来为你家装饰，你在家等着，不要走开，好吗？

吕其兴听了桃红的话，在懵懵懂懂之中如梦初醒，说：谢谢许经理，我不敢再花你们的钱呀！

从这次贫困户谈话中，刘东山进一步相信因学致贫，脑子里就有必须加大支学额度的打算。

二

全村村民住上别墅后，刘东山、林雷又在村委会办公室开了个总公司干部大会。会上，他首先向大家报了个喜。他说：我们桃村村民已经全部住上了别墅。我和林雷已同溪口风景区管委会谈过，他们原则上同意桃村新村成为一个景区。今年桃花节后，我们就有旅游收入。我们想用旅游收入，增加旅游设施，增加旅游景点。明年在后山顶上建一座十米高的观世音菩萨石像，和类似于雪窦山妙高台样的休息室。在山上，游客可看到奉化、江口，甚至更远。在上山道路上建座茶室和历史上著名的孝子塑像，大力宣扬孝悌文化，做礼仪教育。

汪涛马上说：老同学，这个设想好。这个项目的设计任务交给我吧！我建议，设在老村口的“天下第一桃园”石牌周围环境要改造一下，让游客还未进村，就感觉到进了美丽的桃园。

东山点点头，说：我们总公司所属各公司、各厂去年实际收益达8000多万元，扣除工资、成本和经营开支，还有3000万元。去年建房用掉5000万，不足部分，桃红公司三次共支持两千万，收支平衡。请各公司经理总结一下公司的生产情况。

村建筑工程公司经理陈明说：本公司几年建别墅、筑路，配合花木园林公司建园等工程都已完工，我们的经济核算都在村里。明年，我们还要建办公楼、文化大礼堂、农家客栈等，我们打算待这些工程完工后，去承包市工程，争取给桃村多做贡献。

阿贵报告了花木园林公司的花木销售情况，果农生产合作社生产橘、梨、杨梅、葡萄数量，农业生产稻谷量，集体桃园生产桃子量。他说：我要感谢建筑工程公司给我们大力支持，我们已建成了一个像样的花卉观赏园，江边走廊。果树还没到盛产期，明年，直至后年，每种果子产值都能达20~30万，甚至更高。花木也很有发展前途，虽然花木生产周期长，但它的收益也大。预计明年将比今年增产三到四成。我知道金峨村就是以花木发家的，我建议租下孙家后山的地块，扩大种植量。要不了五年，单花木一项就能上几千万。

桃红说：我们公司收支暂时保密。今年给村经济注入两千万，用于民居建设，明年将会更多。我还想为困难户免除部分借贷款。同志们不要说我在做善事，我这是在支持困难群体的解放，这样才标志着党在农村工作的伟大胜利。

全场爆发出热烈的掌声。

服装厂付厂长说：我们厂产量不少，利润相对较低。去年出口受国外经济不景气的影响，与前年持平，但国内市场打开了，销量倍增，职工福利改善，人心稳定。明年准备增加一条流水线，生产工作服……

章川田说：我们厂起步晚，对总公司没有多少贡献，明年努力。

最后，徐会计报告了去年一年的财政收支情况。

东山说：这次会议的第二件事，是要要求全体干部带头，为几家生活还有困难的村民献爱心。

章川田厂长第一个站了起来，他慷慨地捐了5万。

桃红提醒说：章厂，你没忘记山嶂和水涯结婚后还有困难吧？你要留足，别打肿脸充胖子。

章川田站起来笑着说：哎呀，许经理呀！山嶂和水涯在你的门下，我交给你了，你去管他们吧！他们有困难，你会像大姐姐一样管着他们，我不管了！

许桃红接着说：章厂呀章厂！你这个人叫我怎么说呢，我提醒你一句，却把我当你女儿了！你这个人啊。

会场里笑声满堂。

陈明说：各位领导，我们建筑工程公司本位主义，我们几位经理商量过，我们要为在本公司工作的几家困难户支付装饰费，让他们住得舒服一点，让他们尽快还贷。

阿贵说：我们花木园林公司没钱，赚来的钱都入了总公司的名下了。但我们会在奖金分配上，适当地给有困难的职工倾斜，让他们尽快还清欠款。

因为大家都刚付了房款，刚装饰了房子，拿不出多少钱来支持困难户。接连三天，村委会办公室堆满了衣物，捐款。

三

开完了总公司会后，又开了村委会会议。刘东山在村委会上总结了新房落成和村民全都住入新房过程中的好人好事后，决定立即开始建造村委会办公楼、文化大礼堂、农家客栈和两间旅游商店。他说：桃村新村展现出现代农村的新貌，它本身就是一个旅游景点，为增强人们对桃村的美景印象，我们要把办公室、文化大礼堂建得漂亮一些，配上室内设施，让接待游客时，游客坐在文化大礼堂里舒舒服服听我们介绍，观看文艺演出。我看了奉化建筑设计院对文化大礼堂和办公楼的设计很漂亮，建筑价格相对也高。请同志们看看，合适不合适。说着他把图纸展开在台子上。

村委会几个人看了图纸都很满意。于是，会后，东山把图纸交给陈明，并说：陈经理，根据你们的建筑速度，要多长时间？

争取两年能完工，装饰大概也要六个月。这样，明年年底，最长到后年桃花节前，桃村的建筑工程全部都能完工了。

林雷说：陈明，虽然建造办公楼经济上没有多大困难，但可节约的地方还是要节约。所谓人尽其才，物尽所能，要充分运用老房子拆下来的材料，不要浪费。

陈明从村办公室出来后，提着一大捆图纸到建筑公司，召集了各组组长开会，布置任务，工程就开始了。

几天后，在广场两侧就立起了塔吊，挖掘机挖出来的泥巴由大卡车运到村外溪滩，为扩大园林公司观赏园打下基础。一举两得。

现在建筑工程全是钢筋水泥统体浇注，模板做成后，水泥车一天就能浇出一层楼来。窗框门框都是预制件，一个星期泥工就能完成一层楼。所以，没一年，四座房子就结顶了。因为这些房子是面子工程，所以内外墙铺设相对花时花力。

两年后，村办公室建成了，古建筑模式的文化大礼堂建成了，一座古色古香的宾馆——桃村宾馆建成了。

桃村宾馆有 15 间标准客房，设有 30 张标准床。还有个宽敞的大厅，配有餐厅。其旁建了两间商店和一个收银处。

后续工程完工后，陈明向东山、林雷报告说：刘书记，林主任，桃村建筑工程结束了。请村委会验收。

林雷说：好，辛苦你们了。你们转入花木园林公司的观赏园吧。

主任，我们公司已经在承接梅园花园的商住楼工程，公司的机械马上都要撤到那面去了，给观赏园留一个组。行吗？

行！

东山听他俩说话后说：还有任务，后山和桃园要建景点。

陈明说：景点马上要动工吗？设计了吗？

东山说：正在设计，设计完就动工。

四

东山和林雷一起与剡江装饰公司谈妥了办公楼装饰。也就是说，剡江装饰公司承接了桃村办公楼的装饰。

桃红听东山讲办公楼工程建设相对豪华，花钱不少，第二天就又从自己公司的账户里拨款 500 万元，供村委会添置办公家具。

三个月后，文化大礼堂装饰得富丽堂皇，大堂内放上了 350 把崭新的沙发椅子。舞台灯光配置，幕布、布景都是新的，铺着红色的地毯。文化大礼堂内另设了一间村史陈列室，其内墙壁上的桃村村史非常醒目。一间老年活动室内配上了象棋、麻将。一间图书阅览室书架、桌子、椅子全套。林雷给文化大礼堂配了个妇女，负责打扫卫生。

各办公室内也配上了办公桌、电脑、沙发、茶几、书架。小会议室配上了会议桌、椅子。墙上挂满了桃村的各种荣誉证牌和毛泽东、邓小平、江泽民、胡锦涛、习近平五位领袖的像。桃村委会办公室旧貌换新颜。

林雷在主村道两侧的香樟树下设了精美的宣传栏。其内有东山写的桃村发展史介绍，有“醉美桃村摄影展览”，还有一块黑板报，一个文化园地，一个布告栏。文化园地里有醒目的村规民约。黑板报上写有文明村建设中的好人好事。布告栏上有“桃村旅游指南”……

最近，市文化局和文联给桃村文化大礼堂送来了不少书画，老年大学书画班为桃村文化大礼堂送来了12幅书画。文化大礼堂内灯光通明，充满了浓浓的文化氛围。

夜幕降临了。广场里响起了流行歌曲，活跃着一支村民自发的街舞队。

五

村民都住上了新房。现在的桃村是后山下方方正正的一批红瓦白墙的连体别墅群，其旁是办公楼、商店，还有一个广场。三面有护村河围绕，护村河上全是葡萄架，只有一座进村的桥。新村幽静，整洁，花团锦簇。

桃红怕公公婆婆老了，生活不方便，给他们找了个保姆。妈，你也快80岁的人了，还叫你洗刷、烧菜烧饭，这不行，我们请个阿姨帮帮你，我们回来也有了热菜热饭吃，多好——热闹。

祥庆和晓晓搬进新房后，也确实感到行动不便，也就答应了。

一家人帮许忠谊老师搬入新屋后，他们老夫妻带着外孙，笑容满面，尽享天伦之乐。

那天，许老师正在给外孙爱国、爱家讲奉化水蜜桃的民间故事。这个孝子后生，千辛万苦从天庭得了仙桃回来，奉献给老娘，母子俩吃了仙桃，成仙了。两个小外孙的眼睛直溜溜地盯着许老师。这时，桃红带了个保姆，来接儿子女儿来了。故事不得不停下来。小爱家还想听，不停地说：外公，后来呢，讲嘛，讲嘛——

许老师叫桃红把保姆带到她妈妈那里，继续说：后来，娘儿俩吃了仙桃成仙了，把桃核丢在园子里，第二年春天，园子里就长出一株小桃树。又四年后，桃树长大了，开花结果，乡亲们知道是仙桃，便纷纷种桃。奉化成了水蜜桃之乡，大家都能吃到又香又甜的玉露水蜜桃了。

外公，那么，我们吃的水蜜桃是仙桃了——

许老师点点头，说：今天就讲到这里，明天，外公给你讲“奉化芋艿头”的故事。走吧，跟妈回家。

住入新屋的当儿，不单是这几家喜气洋洋，几乎家家户户都喜气洋洋。

林雷小夫妻住在91号楼。林雷娘知道装饰结束，就来儿子家帮助搞搞卫生。路上，她想，媳妇漂亮，具备不折不扣的成熟姑娘特征，怎么生了个林雨果四五年了，就不见肚子突出来……到了91号门口就听到国苏正在吐，她马上就改口说：国苏，我看你面色不好，大概是有喜了。你俩不用烧饭，下班了，就来我这儿，一起吃饭热闹，你们忙你们的事吧！要不要我来给你们打扫打扫卫生？

国苏直摇头，不用，不用，我自己会整理。

国苏，是有喜了吧？雷雷知道吗？

他知道。

六

除村道边老书记的一幢老房外，其他老屋已经全部拆除。平整了土地，种上香樟、桂花，沿护村河两岸葡萄棚像专为护村河扮美，村河河水从葡萄棚下，经过村桥下，静静地流过美丽的村庄——

昨天，东山已经同汪涛、阿贵、刘云山去傅岙山勘察土质和水源。与刘云山讨论了种什么，要花多少劳力，多少时间，怎么管理，几年可还清租金？并要汪涛和阿贵写个具体规划，供村委会讨论。

阿贵提出，这块苗木基地可请苗园艺师负责，配八个有经验的人管理。要不了五年，就能赚大钱。东山和刘云山一起去了傅岙山村村委会。

东山想用桃红支持的一部分资金，租下傅岙山村靠近桃村的那片荒地，为花木园林公司提供种茶花、杜鹃、红枫、桂花、樱花、五针松、香樟的育苗基地，为花木园林公司提供城市绿化足够的花木打下基础。也可在那里育种，出售桃、梨、杨梅等幼苗。

这时，汪涛给东山送来了“后山景点发展图”（设想）。

第二十二章

桃村青年规划新景 美丽乡村且看桃村

一

桃村经济长足发展后，刘东山用15年时间做了旧村改造，目前桃村已是成片的别墅，坐落在万顷桃园之中。山上果树成片，村里绿树成荫，花团锦簇，四季花香。整个村庄成了方方正正的一个阶梯状的方城，处在绿色包围之中。村中道路平整，进出交通方便。天上没有电线，地上没有水沟。文化体育设施、商店、旅店齐全。全村没有垃圾，除文化大礼堂旁有公共厕所外，全村没有厕所。雨水管道和生活污水分道做污水处理。全村不见鸡狗，养殖场在远离村子的果园里。猪粪集中堆放，发酵后施于果园农田。家家有只食品桶，吃剩的饭菜收拾在此桶内。养殖场员工每天会来收拾一次。为了村容美，村规民约中规定，衣服被子只晒在自家院子里，路边不准堆放杂物，实行门前三保。

林雷和山嶂花了整整一天，测量了各景点方位，确定了办公楼、文化大礼堂、桃村小区、桃村宾馆和主村道的位置，并画了一张“桃村景区布局图”，请广告公司做成1.5×2.0米大的布局图，放在桃村入口处。文化大礼堂旁挂出了“桃村图书室”和“桃村老年活动室”。还有“桃村盆景园”“橘园”“梨园”“杨梅园”“葡萄园”分别安置在各园区。各景点入口处都有指示牌。

桃红台塑经销公司已迁址到桃村办公楼。桃村办公楼前已有“中国共产党桃村党支部”“宁波市奉化区肖王庙街道桃村委员会”“宁波市奉化区肖王庙街道桃村集团公司 ”“宁波市奉化区农科所水蜜桃基地”“宁波市奉化区桃村花木基地”“宁波市奉化区桃村桃红台塑经销公司”“宁波市奉化区桃村建筑工程公司”“宁波市奉化区青少年教育基地”八块牌子。

桃村村民全是上班族，即使是在各生产合作社的人，也不必自带生产工具。家家户户最常见的生产工具是摘桃子、装桃子的箩筐篇担和平时施肥用的工具。家家烧的都是管道煤气，养殖场用的是猪粪发酵的沼气。果园里有间工具房，兼放化肥和果品运输车。唯一不同于城市的是有一座粮食仓库，供农业生产合作社存放稻米、玉米之类。桃村人没有自留地，他们的蔬菜都种在自家桃园里。

新村全部完工以后，刘东山的思路就集中在三大旅游景点的建设上了。他心想，老爸和林书记的做大做强桃子特色产业，农工商并进，适度发展旅游业的新村建设之路，走到我这里，现在是适度发展旅游业的时候了。我把旅游这块蛋糕做大，肯定是建设美丽桃村、富饶桃村的很有希望的举措。

刘东山仔仔细细地看了汪涛的旅游景点的设计，对后山步行道和山顶亭台的设计似乎是最佳位子最合理的布局。“望海楼”这个景点的设计非常新颖。路、亭、房子的位子都标得清清楚楚，连古建筑模式的房子的建筑施工图都出来了，好像汪涛是经过实地勘察后设计的。他很佩服汪涛有建筑工程方面的知识，但觉得对上山步道的台阶和扶手设计欠开阔，休息亭子也欠漂亮。还有山顶平台上的扶手的牢固度、安全性能，都得进一步加固。二是汪涛对“桃花走廊”景区的三条长廊设计，长廊各不相同，东山觉得很有特色。他也考虑了桃花走廊的分布和桃园溪流两旁砌石、扶手及桥的样子，桃园内的走廊要增加为游客提供拍摄的平台。三就是新村景点了，汪涛没有提及这个景点。东山认为，新村景点着重是文字说明和介绍以及路边花木的艺术造型。要确定指示牌的位子，要突出革命传统教育、永久性的标牌的制作，村容村貌，清洁卫生，村民的文明素质……这个景点粗看起来最简单，其实要做好并不容易，要全村村民配合。总之，他对三个景点的建设已摆上下期要做的议事日程。他估计，这三个景区看来耗资不少，特别是望海楼景点。

脑子里轮廓已清楚，就想组织实施了。第二天，东山打电话给汪涛：汪涛，明天有空吗？我想明天请你和云山把三个旅游景点的项目，做一次实地考察。

汪涛说：好的，我来通知老刘。

刘云山接到汪涛电话时说：这还用实地去看吗，我们脑子里早就有了影子了。

汪涛说：刘叔，还是走一次吧，可能东山有东山的想法。

第二天清早，刘东山头戴草帽，背了个军用水壶，同汪涛和刘云山来到“天下第一桃园”。走在万亩桃园的路上，汪涛说：我设计的桃园走廊就从这里开始，分成三支，分别向东、西南、北面延伸，每支路线都有四五条分支，每一条主支上都有走廊，都有一个两层亭子，走上两楼，既可休息，也可拍照。其中有三条支线是相通的。

刘东山说：这设计合理，但三条主线可能有好几公里，花钱不少，如果要做得漂亮一点，让游客感觉到舒服，沿途还要有各种文字说明。

刘云山插话说：沿途还要有石凳子，让游客走累了可坐几分钟。

三人沿着小路走到头，再走回来，已是中午。东山说：桃园溪边砌墙，溪上造桥，请汪工加上。从规划线路上看，沿途占用了不少桃林，村委会还得研究一次补偿办法。下午，上山。我们三人做桃村风景区的第一批游客。

下午，他们三人，加上苗工，一起按照汪工画的路线上山。要上后山，实际上没有路，过去到山顶是从孙家那面上山的，要想三个景点连在一起，再绕道孙家显然不是良策。所以必须新开辟一条新的上山路线。根据汪涛设计的步行道位置，三人从村边S形绕到杨梅园，再从橘园和杨梅园之间出发，从杨梅园向东南，穿过岩岸下的乱石，要经过十米左右的一个峡谷，再向后绕个弧形，向上十几米就到了老松树下。老松树旁边有一块约两百平方米的平地，向东南方向的老松树下是丈余深的崖壁。到了山顶，大家都已满头大汗，气喘吁吁的了。东山说：汪涛，你来勘察过几次了，为什么非要走这条路，峡谷底部这么不到50厘米的谷底？

汪涛说:没有路可走啊，谷底用乱石填高80厘米，路就有一米路面了。游客走在弯弯曲曲的山路上，本身就是一道风景线，再走过峡谷，山下人就看不到游客了，突然，游客出现在山顶平台时，给山下的游客一个惊喜的感觉。

四个人到了山顶，像是进了天庭。平台上远眺，奉化城一览无余。那天能见度很好，他们看到了江口，西坞。汪涛说：如果把这个景点建得漂亮了，确实是一个值得一玩的景点，不怕没人来此走走玩玩。刘东山已经下了决心，说：我们把这里建得漂漂亮亮，为游客提供一个旅游胜地，该是多好。他把自己的意见给汪涛说了。

爬这座山，已经好累好累。因为没路，下山更不容易。

两天后，在单立明的帮助下，汪涛给这条路敲上路桩。单立明的脑子里已经有了如何施工的计划。

老单，挖掘机上得来吗？

上得来。只是做路基花时间多，花岗石台阶铺设只能手工做。望海楼材料要等路做完了后，再人工运送。水泥车上不去。山顶平台和房子施工速度相对就慢了。

听了老单的话，汪涛当晚就改了望海楼设计，改水泥柱为木头柱子，改砖混结构为木结构。

二

市政府邀请溪口风景区和省旅游局几位领导来到桃村。他们已绕村走了一圈，看了新村，看了桃园，才来办公室。刘东山马上把客人请到小会议室。

溪口风景区领导说：东山，桃村很漂亮呀，办公室和文化大礼堂也很漂亮。我们这次来桃村考察，是想新开辟一条旅游路线，以桃村、青云村、屯头村为旅游景点，延长宁波溪口雪窦山旅游线路，称为桃花走廊。你们要扮美桃村景区，为游客提供新的景点。

刘东山详细介绍了正在建设的三个景点情况说：望海楼景点很有前途，建成了非常漂亮。大概还要两年，桃村景区才能对游客开放。

风景区领导问：要不要风景区给你们提供点支持？

东山说：你们把桃村景点列入线路已经是大力支持了。到我们全建设完了，再请你们来考核验收吧！

风景区位领导说：开辟桃花走廊桃村景区的目的是拉长游客留在奉化的时间，开出宁波溪口雪窦山新农村桃花走廊三日游。不过桃村景点暂时还不可能全年接客，在桃花盛开的时候，在桃子上市的时候，可能来人是大批量的，所以，那时，桃村景区接待游客时非常兴旺，你们要采取相应的措施。

省旅游局领导说：我们同意你们文艺演出收费，每位游客100元。完全建成时，给省旅游局写个报告，我们会确定桃村景区的收费标准。

说完，大家就回去了。

刘东山想，到我们把望海楼景点建成了，开展果品采摘游，不就常年都能接待游客了嘛！

村委会开会做年终总结。与往年不同的是，这次年会以茶话会形式，邀请了总公司干部和退居二线的老干部参加。会议之前，由刘书记带队，在广场里举行升旗仪式，在国歌声中升旗，向国旗敬礼。

桃村干部坐在新装饰的小会议室里听林雷主任代表村委会做工作报告。林主任在总结中充分肯定了村委会一年的工作成绩，在总结这期分房经验时，高度赞扬村委会一班人深入细致地了解实情，在帮助困难户的做法上是创造性的，是得民心的。他也表扬了建筑工程公司的陈明经理，说他以村为家，以少花钱、办好事的精神为村里盖了一个新村。他也表扬了阿贵和刘云山。他说：花木公司为新村绿化费尽心思，做出了贡献。花木公司也为桃村赚了钱，为新村建设提供了资金保障。最后，他说：我们还要感谢桃村媳妇许桃红经理，她为新村建设出了力，帮助困难户住上了新房。刘书记讲，困难群体的解放才标志人类的解放，许经理的做法体现了新时代年轻人的伟大胸怀，先天下之忧而忧，后天下之乐而乐。这几年，我们桃村新农村建成，是全体村民共同努力的结果。

老林书记说：桃村青年是有为青年，桃村干部也是年轻有为的干部。桃村有今天，虽然与老一辈干部艰苦奋斗分不开，主要是现任的年轻干部的科学管理所取得的成绩。

刘祥庆书记说：成绩属于过去，请年轻一代要以民为重，以国家为重，做一个群众信得过的好干部。

林生民老主任说：新村的建成，花了几代人的心血。我们执政时，总是怕没钱，不敢花钱，现在年轻一代干部，是钱来得快，也会花钱，关键是有开拓进取的精神，有科学头脑，两位当家人，遵循老书记的路子，把桃子产业做强了，又充分发挥了农工商齐头并进，有了新村建设的基础。刘书记又在为扮美桃村设计蓝图。现在请刘书记介绍介绍桃村景区建设设想吧。

刘东山说：我们村，上几年解决了桃子成熟期短、销售半径小的瓶颈，这几年又解决了贫困群众的住房，一个美丽富饶的桃村已经为奉化新农村建设画出了浓重一笔。我们还得为新村增加色彩，使之更美。经过村规民约、家训等，做文明村民的教育以后，村民的精神面貌焕然一新。我们不但做大做强桃子产业，而且已做成了果品的大产业，农工商发展强劲，几个厂、几个公司都已经强大。现在，已经到了适度发展旅游业这一阶段，我们要在发展旅游业上做文章了。我们规划做三个旅游景区：一是“桃花走廊”景区，春天一片红，夏天一片绿，秋天满园桃香，冬天修完枝后，桃园一片整齐。我们要建三条长廊，为群众赏花，品尝桃子游服务。在做桃花走廊时，还请沿途受到影响的家庭，以大局为重，同我们协作。二是后山“望海楼”景区，要建一条步行道上山，山顶上建观光平台，旅客休息用房。

这个景区相对艰难，建好了后，大家可看到奉化全城，天气好的时候，可以到江口、西坞，在那里看奉城遍地高楼，看高速公路上川流不息的车流，看动车飞驰。这是一个很漂亮的景点。这两个景点建成后，即使我们自己，星期天，带上老爸、老妈、妻子儿女，缓慢登上山顶，看欣欣向荣的奉化新城，也是一件很快乐的事。三是“新村”景区，我们桃村花园式新房已经建成，加上漂亮的办公楼和雄伟的文化大礼堂，可以向游客展示一个美丽的新农村。这个景区的形象好坏，全靠全体村民来维护，来添彩加墨了，让游客认同我们桃村人的形象。我们要向游客展示一个山美、村美、人更美的文明，懂礼仪，讲卫生的桃村人的形象。四是为配合旅游，我们要加强村文工团建设，用文艺宣传文明，用艺术宣传桃村。其他的还要充分发挥文化大礼堂作用，村民可在安静的读书环境中学习科学文化知识。开展全民读书运动，全民学科学活动。也要办好用好宣传栏，表扬好人好事，表扬文明之家。新的一年，我想，我们要讨论村里的现行制度，村民的劳保福利养老制度和奖学金制度。请大家征求广大村民的意见，特别是生活还有困难的人群的意见。

刘东山讲完后，大家报以热烈掌声。

林雷说：现在请陈明、阿贵、刘云山、许桃红、汪涛上台，请两位老书记、老主任和刘书记为“桃村之星”戴上大红花。

场内掌声雷动，经久不息，刘国苏为“桃村之星”摄下了永久的纪念。

林雷宣布：现在开茶话会。新的一年开始了，请大家谈谈新一年对村委会有什么要求、建议和想法。不限形式，自由发言。

苗小珍第一个发言，说：刚才刘书记讲了加强村文工团建设，我想还要招兵买马，招几个能歌善舞的文艺爱好者，还要花力气购置电控设备和道具。希望村里有专项资金。

刘国苏说：村里考虑的劳保福利要倾向于老年人和品学兼优的学生，建议孩子上高中、大学学费全由村里负责。除此之外，请村里考虑考虑村民外出旅游。

毛裕娥说：我们新村是建起来了，全村都住上了别墅，但是，村里还有困难户，我建议各公司、各生产合作社，要扶持他们，要有目标地培训他们的生产、工作能力，这是帮助他们生活好起来的最好办法。

谢山嶂站起来说：各位领导，我们桃村团支部力量比较弱，但是，我们一定做党支部的助手。我们在广告、路牌设计上还是有一手的，请党支部把这方面的任务交给我们。

刘国苏把同志们的意见都记在会议记录里。

刘书记说：同志们的意见很好，我们村委会会研究大家的意见。我们会根据总公司的经济实力，分批分期地实施。总之，新的一年里，做更多的实事。请各公司领导做好各自工作，教育你们管理范围内的人员，能坚决服从村里的决定，配合村里工作。谢谢大家。我也谈谈桃村今后发展。大家都说桃村村民富了，是的，桃村村民是比过去富了，但是，这是自己与自己比的，是与过去比的，桃村今后能有多少发展？是摆在我们面前必须回答的问题。大家知道不知道中国第一村？十年前我去参观时，他们的老书记介绍说，他们没有贷款，说是靠自己赚来的钱搞发展，这才是真本事，当时会场里掌声雷动。时至今天，因为他们两大主打产业严重亏本，现在已负债累累，这是为什么？我认为，这里的关键是领导人不能审时度势，我们要接受他们的教训，我们的主打产业（桃子产业等水果业）是农业，也有风险，一场台风就能叫你今年喝西北风。花木眼看已经产大于销，最多能旺销两三年。桃红公司依赖着台塑公司，如果台湾不同你订合同了，你就有马上倒闭的可能。所以，我们水果园也得更新品种，否则你就有可能卖不出去。花木园林公司也得争取多品种，人家没有的品种，大路货将会没有出路。作为村级领导，每个人的头脑里必须有忧患意识，要把握机遇，审时度势。如脑子里没有忧患意识，不能做到审时度势，不能抓住机遇，你将是历史的罪人。请同志们掂量掂量我的想法。我只是提点看法而已。我们之所以要发展旅游业，也是因为旅游业风险少，收入相对稳定。旅游的综合收入能搞活经济。

1月1日，趁元旦节日之际，李静和她丈夫开在桃村服务区的照相馆开业了。门前爆竹炸响，人们看到“桃花源里照相馆”招牌耀眼，几张放大了的“桃村老农”“桃村姑娘”“桃村新姿”“桃花走廊”“天下第一桃园”照片把店面打扮得非常漂亮。

与此同时，“桃村宾馆”和“桃村日用品商店”也开业了。

开春后，望海楼景点开始施工。陈明调来了五台挖掘机，像击鼓传花一样把望海楼建筑材料、钢筋、水泥、木材、石子、石板、模板都吊了上去，大大加快了工程进度。

第二十三章

游新村游客赞桃村　桃村人歌舞迎贵宾

一

刘东山确定“望海楼景点”暂时不建孝子像，因为耗时，时间来不及了。也因为拟建地的土地属性还有问题，不建观音菩萨，将来再完善。

他率汪涛和桃村建筑工程公司职工苦干两年，“桃花走廊景点”和“望海楼景点”都建成了。沿村主道向后山望去，上望海楼的步行道像是结有彩球的飘带，望海楼极像妙高台。这个景点像诗人江涛《西江月》描写的那样：“雄时巍峨绝顶，端教拱揖群山。晓烟笼络莫跻攀，安得登临一览。摇曳岚迷月岫，氤氲雾结云鬟。片时缥缈欲消残，直待朝阳烂漫。”

“桃花走廊”上的观景台，像是三朵出水荷花。上了观景台，桃园一望无际，全在眼底。远处“红海”一片，近处绿叶配红花，蜂蝶枝头舞。

新村的别墅前，靠路边院子外，花木园林公司栽了各色果树或花木，有五针松、石榴、文旦、柿子、冬枣、黄花梨。进村主道在高大的香樟树下有一排整齐的宣传窗。村外的河道上的葡萄已发芽，青翠一色……

桃花节前，“桃村景区”票价批下来了。文件明文规定，桃花节时不收费，平时可单独收费。为了开好今年的桃花节，为了让游客看到一个很有特色的新村形象，了解桃村的发展，村委会专门召集有关人员开了个会。被邀的人中有苗小珍、李静、李洁、林道理、刘国苏、章水涯及四位苗族姑娘。刘书记说：今天召你们开个迎接桃花节专题会。今年的桃花节，我们决定同时开放三个景点。这次桃花节，我估计会有大批游客来到我们桃村景区赏花赏景。桃村文工团要准备节目，为游客演出一个半小时的歌舞，用歌舞来反映我们桃村人的精神面貌。与前几届的桃花节不同的是，有一场歌舞招待游客，在歌舞演出之前，加上请林书记介绍桃村新村建设情况。我估计游客中有外国来宾，所以，邀请章水涯做现场翻译。林书记讲一句，章水涯翻译一句。林书记的讲稿我已经在准备了。这是一个很有特色的节目，可以让游客耳目一新。接下去就是歌舞节目。这个节目要收费，每人100元。第二个节目是成立桃村导游组。由李静负责，要有三到四个人，能用普通话介绍新村美景，也要开放游客进家参观。三个景点的介绍内容我已经请林主任在写了。第三个节目是布置好宣传窗，此事请刘国苏来。宣传窗里要有桃村发展史、桃村景点介绍、桃村摄影展及桃村人的书画展。要求条理，字迹清楚，图文并茂。除了宣传窗外，还要布置好文化大礼堂和图书室。因为今年的桃花节后是卖票的，游客看文艺演出也是买票进场的。所以，各方面工作都要做到家。现在，请大家看看还有困难没有？

苗小珍站起来说：东山，我们歌舞团演一个半小时问题不大，节目我会安排。我们这次演出没用乐队，全是VCD配乐，电脑控制背景。我去请那个下肢残疾的郑荷花独唱《那就是我》，这支歌她唱得一定好。再请李静和谢山嶂唱《在那桃花盛开的地方》。在他们唱歌时，我们配上舞蹈。今年新上一曲新编《刘三姐》歌舞剧，游客一定喜欢。还有两个小品等。彩排时请你和林主任，还有刘姐过目。

东山说：刘国苏，给你一个任务，你同苗小珍一起，再审核一下节目，节目要健康，语句要精练，不能太过夸张。

国苏点点头。

水涯说：刘书记，请你把林书记的讲话稿早一点给我，我要早把它翻译好。译成后让你审查、纠错。我提议外宾导游任务交给我，我准备带领他们参观我家新房时给他们用英语介绍，邀他们在我家庭院里合影留念。

好的，节目靠大家编出来。大家动动脑筋，齐心合力，把这次桃花节开好。

苗小珍准备在桃花节上请郑荷花唱《那就是我》后，姑娘已经几次带了唱片在台上试镜，试唱。她的歌喉的确好，咬词也准。《那就是我》这支歌是不太容易唱的歌，音调高低起落，不容易掌握，但她唱得很动听。

一曲《桃村青年》由新招的一男一女演唱，也别具一格。

四个苗族姑娘自编自演的《刘三姐》不同于刘三姐电影，舞姿很漂亮，已经排了好多次了。

刘国苏看了全部节目，修改了以《春天的故事》乐曲为基调的《桃花源里桃花梦》里的几句话。砍杀了一个叫《售桃风波》的小品。因为两个小品内容有些重复。

刘国苏和李静已经准备了相机，选择了摄影点，又把过去拍下的照片做一次一次的精选，该放大的放大，搞成几个系列——新村系列、桃花系列、桃子系列、桃农系列。宣传窗里有一组由毛国苏、谢山嶂拍摄的“美丽桃村”照片，共有一百多幅。还有老年大学的“桃村姑娘”“桃花灼灼”照片。

文化大礼堂里有老年大学山水画班展出的“桃村书记”“桃村青年”“万亩桃林”“桃仙”“桃乡老农”等山水画。

桃红向新华书店买的上千本图书，被运到了图书室。她叫水涯分类放到书架上。图书室六个书架上全摆满了。桃红又为图书室配备了四张书桌，两台电脑。这样，图书室就能为村民提供阅读环境了。

徐蕾蕾和刘国苏重新布置了村委会小会议室。山嶂娘又拖地板又擦窗，把小会议室搞得清清爽爽。

花木园林公司已准备了数百盆花木盆景，刘云山已确定花木盆景的安放布局。待到会前一天，可率花木公司员工按图就位。桃村到处都有盆景，迎接客人。

林雷到广告公司做了游览指示牌，还有如“爱护花木”方面的广告。

刘书记写的新村介绍已打印成文。林书记已经在背诵，力争做到能倒背如流。章水涯也在试讲，试演。

离桃花节还有半个月。举办桃花节的消息传出，桃村人都知道这期桃花节对桃村来说有多大的影响，开好了，以后游客不断，旅游业收入不可估量;开孬了，有损桃村人形象。所以，这段时间里，村民都在议论桃花节。不到半月，已经有十来户女主人来村委会主动请缨，请导游带游客参观他们的新房，他们会好好招待游客。也有人想做志愿者，搞大礼堂卫生和环境卫生。

也有几家主妇在准备做麻糍、艾鸭蛋，包粽子，烤洋芋艿。谁家有客人，就往谁家送，招待客人。

这几天，李静娘利用几个晚上不声不响地把文化大礼堂打扫了，从台上到台下都打扫整理得清清爽爽，整整齐齐。也把图书室、老年活动室都打扫了。

花木园林公司借桃花节之机，在盆景园打出“欢迎参观千姿百态的盆景园，节日期间优惠 30%”的广告，把花盆摆满了道路两边。

在来桃村的路上，两侧形形色色的广告、介绍、贺词一天比一天多，节日气氛越来越浓。

……

二

四月十日，由区委、区政府组织的桃花节召开了。广场上彩旗招展，气球高挂。广场四周都有各公司、各厂家配有《在那桃花盛开的地方》歌曲演唱者蒋大为照片的各色广告。在桃村牌楼前有大幅标语“桃村人民欢迎你”。天蒙蒙亮，桃村还在晨雾缭绕之中，广播里一遍又一遍地播放《在那桃花盛开的地方》时，就有电动车载着情侣、小车载着一家老小进村前广场。人们发现后山上已有了成片的果树，沿山下树影中已经有了红瓦白墙、整齐划一的一排排别墅。天上没有电线，地上没有水沟。道路、花台、草地没有一张纸屑。路口、景点前有挂着“志愿者”标志的人在指路。游客行走在小区之中，指指点点地赞美说：桃村人富了，桃村更美了。

到七点钟，村外车水马龙，旅游大巴一辆接一辆进入广场，小车停满了大街小巷。在交警的指挥中，后面的车辆停到村外公路边，也不知道有多少车，更没法知道有多少人了。很快，文化大礼堂大门前已排成长队。桃花走廊里已有一群群男女老少……

八点钟，村前广场上临时搭起来的台上，市委宣传部部长宣布“奉化区桃文化节”开幕。

我宣布——一年一度的奉化区桃文化节开幕。升旗——奏国歌——

村委会干部整齐地列队在旗杆下，同全体游客一起行注目礼。奏完国歌，部长说：首先，请林忠华老书记介绍桃村新村建设。大家欢迎！

林忠华和章水涯从容地微笑着走上台来。林忠华今天是西装领带，奶油包头，精神焕发。章水涯西装短裙，肉袜高跟，跟随在老书记旁边走上台来。站正后，林书记用奉化话说：桃村人民经过几十年的艰苦奋斗，通过种桃，发展桃园，走农工商齐头并进的路子，已经有了万亩桃园，后山已经建成花果山和一个望海楼景点，已经家家住上别墅，村子四季花香。我们要建美丽桃村、富饶桃村的愿望实现了——欢迎大家来桃村做客，到各景点看看……

林书记讲一句，章水涯用英语翻译一句。台下的游客目睹如此景象感到十分新鲜。

现在——请刘东山书记介绍桃村三景点——

刘东山说：桃村在发展桃子产业的基础上，用十年时间建起了桃村小区，桃村人家家住别墅，还发展了橘、梨、葡萄、杨梅四个果园。后来又用了两年时间，建设了“桃花走廊”景点和后山上的“望海楼”景点，这样，桃村景区的三个景点都建成了。欢迎大家到望海楼景点去看美丽的奉化城，在桃花走廊景点当一回桃花仙子。欢迎大家参观新村，欢迎大家到村民家里去看看，去坐坐，欢迎大家到文化大礼堂看歌舞演出……

文化大礼堂内300多个座位已座无虚席。其中，还有十几个高鼻子蓝眼睛的外宾。大幕徐徐启开时，大灯下苗小珍一身苗族姑娘打扮，站着报幕：

首先请老书记给大家介绍桃村发展。

林书记一身刚才的打扮，同章水涯一起走上台来。章水涯此时已换成一身淡红印花旗袍，右耳上方戴了朵大红绢花。一阵热烈掌声后，林书记介绍了桃村发展史。林书记讲一句，水涯用英语翻译一句。当林书记讲到桃村人没有外债，全靠艰苦奋斗的时候，台下掌声雷动，观众相机频频闪光。几个外宾跑到台前，对准他俩频频闪光。

林书记介绍完后，演出开始。今天的演出有歌舞，有独唱，有越剧联唱。一曲由苗小珍和新招的青年的对唱《桃村青年》，其内容是桃村人在雄心壮志中建成了一个美丽桃村……这个反映桃村人故事的歌曲绝对不比玖月奇迹的《中国范儿》逊色，醉倒了观众。当唱完《那就是我》时，台下掌声雷动，久久不息。在看小品《都是麻将害的》时，不少人动了感情，抹泪。

演出结束时，大礼堂门前已经有李静、林道理、丽新和李洁四位桃村导游，手举着“桃村导游”旗子，等候大家。

同志们，走呀，我带你们去望海楼，看奉化全景！丽新姑娘举着导游旗，带了数十名游客向后山上的望海楼走去。后山，说高不高，说低也不低，要走726个台阶才能到望海楼。沿途建有休息亭，人们休息了几分钟后，又往上爬。到了山顶，只见云雾在山间缭绕，飘过山村，飘过万亩桃林，飘到山顶老松树和望海楼。山顶在阳光照耀下色彩缤纷。人在平台上，八面来风，风中花香浓郁。凭栏可极目千里：奉城一览无余，一座座高楼，一座座村庄，一座座青山，一块块田野，剡江和县江好似浩浩东去的一江春水，像彩带飞舞。远处可见动车飞驰和高速路上点点车流。近处可闻牧童横笛。平台下是一望无际的桃园，一片红色的海洋。人在平台，脚下烟雾缭绕，如入仙境……一批游客未走，另一批游客又至，步行道成了流动着的彩虹。

走呀，我带你们去桃花走廊，看桃花一片，摄下你们成为桃花仙子的一刻！林道理举着导游旗走在万亩桃园之中。这里花海一片，桃花灼灼，蜂蝶纷飞。已有几对情侣扶桃摄影，他们盼望日后的生活像桃花一样红火。姑娘走进桃林，成了桃花仙子。老人进了桃林，像是参加王母娘娘蟠桃会的仙翁。爬上二楼摄影台，相机摄下了万亩桃园，记录了春的恩赐和大地的曼妙。

有书画爱好的同志跟我走呀——我们到宣传窗前去展示我们的才能，参加桃花笔会……李静把几位书法爱好者带到宣传窗前，刘祥庆老书记已等在那里。他用行书写下了一幅强劲有力的字画。“做大做强特色产业，农工商齐头并进，充分利用自然资源，发展旅游业，是新农村建设的必由之路。”字字强劲有力，道出了桃村人的声音。刘祥庆自小舞文弄墨，精于书道，行书可见古意，潇洒不失温婉，秀气里藏不住傲骨，深朴华美。他是桃花笔会会主，每年都有他的笔墨。书法协会秘书长邬生校写下了“桃花源里桃花梦”七个大字。大有“一览众山小，会当凌绝顶”之势，神清骨秀。一位不知名的外地朋友写下了一首诗：“莺飞阡陌送春风，吹破桃枝万点红。不慕剡江千柳绿，却听桃语碎梦中。”看似不显山露水，落笔非常有力度，看似无意于书、慢条斯理蘸点墨，一路写来，非常艺术。老年大学书画班几位老同志又写又画，给桃文化节献上了浓墨重彩。

这时，有一位中年女同志笑眯眯地抓起了台子上的小毫，坐了下来，当即挥毫用小楷端端正正地写了首《桃花节随笔——记奉化桃花节》，并配了插图《桃园美景》。

奉化桃花节

春光洒满桃园，
桃林幽幽，
桃花灼灼，
满园绿叶红花秀。

花为媒，人如潮，
佳丽对对花为妆，

爷孙林间捉迷藏。
蜂蝶共人舞。

这边是摄影平台
长枪短炮，
摄下人面桃花分外红，
那边是桃花笔会
浓墨重彩，
画下绿叶红花满枝秀。

礼堂里，
老书记介绍桃村，
话未了会堂里掌声雷动。
桃村姑流利英语人敬佩，
迷倒了蓝眼高鼻老外。

舞台上歌声嘹亮舞姿美。
广场上龙腾狮跃人沸腾，
要问何处最闹猛？
奉化桃花节。

李静欲问作者尊姓大名，此人一笑走出现场。李静把这首诗收藏起来。

有上百人跟着旅游团导游到桃村小区。他们看到，一排排红瓦白墙的别墅在绿树成荫的花园之中，家家院子开阔，鲜花锦簇。小区道路平整，四通八达，路边五针松、石榴、文旦、橘树、梨树间隔有序，花木造型新颖，地上看不到烟蒂、垃圾，村民的小车都进了车库，路边没有乱停的车辆。消防龙头隐蔽在树木之中。播放的音乐幽幽地从花丛里传来。

李洁带了十几个游客，穿过村道之后，又把他们带到自己新房里，自我介绍说：这就是我的家！李洁娘招呼大家进家里坐，游客鱼贯而入。客厅里已有橘子、梨、花生、糖果。几个姑娘说：李姐，这套别墅，你花了多少钱？

41 万元，装饰 10 万元。

李洁这么一说，大家异口同声地说：便宜，真便宜，在城里，非要两百万不可，而且，环境还不会比这里漂亮……

一个游客问：我发现，有几家装饰得很简单，桃村家家户户都能买得起别墅吗？

装饰简单的有几种情况，有的家里确实困难，有的家里儿子马上要结婚，等待结婚时装饰。现在桃村，除了老年人和学生，人人都有工作，挣钱也快。也有几家钱不够的，村里同意他们分期付款，才住上别墅。

这时隔壁李嫂给游客送来了新蒸的艾鸭蛋，说：同志们！尝尝我们桃村人的土特产。说着把筷子分给一人一双。阿贵婶送来了两大盆烤山薯，烤芋头，放在院子里的石桌上，说：同志们别客气，吃点土产品。

游客在桃村人的好客中，赞美桃村。一个长者用浓重的四川话对李洁娘说：老嫂子欸——你真够幸福的啰——

老人说：全靠共产党的好领导啊，全靠桃村干部领导得好呀！

游客邀请李洁和她妈妈在院子里拍照留念。李洁娘站在中间，闪光中记录了游客参观别墅，在照片上写上“桃村客人”。

水涯正同外宾旅游团导游一起参观新村。她用英语邀请外宾随她参观她的新居。她带领外宾在村道内转一圈，也领他们走进院子，带外宾到自己家里。水涯娘拉着水涯的女儿来到客厅。水涯用英语说：她是我的女儿，三岁。外宾看院子里万紫千红，家里窗明几净。墙上有水涯的结婚照。外宾指指新房，指指结婚照，指指水涯同儿子女儿的合照，嘴里不知讲了多少个 beautiful（漂亮）。他们邀请水涯家与他们一起照相。在水涯家院子里与外宾拍了照。

照完相，有个外宾问水涯：你是桃村聘你当翻译的？

水涯用英语说：No，No，我是桃村人。我们桃村有好几个像我这样懂英语的人。我们刘书记和我的经理英语比我还强。

随后，水涯带外宾团队又去望海楼景点的游览。他们登高远望，奉化城高楼林立，县江贯穿全城，远看田野、农村、高速公路、铁路和青山绿水。俯视山下桃村，像阅兵式上的方块，坐落在花海之中。剡溪像飘带一样舞动在群山间远去。相机摄下了这古老而新艳的奉化城。没有一个人不赞美这个景点好。外宾又是 beautiful, 不知又讲了多少个 beautiful。

在游客去景点时，村委会小会议室里来了几位远方的来客。他们好像有备而来，像记者，也像领导，没有自报姓名。东山不认识，林雷也不认识。有一位老同志参观完桃村后，走进会议室就说：老书记总结的新农村建设之路是一条很好的经验。你们桃村别墅沿山空地而建，一座座坐落在绿荫丛中，远望像棋盘中的棋子，近看像一辆辆阅兵坦克导弹车，整齐划一。家家庭院开阔，大门外直通村道。整个村子没了空中电线，没了水沟和台阶。家家四季花香。农家难得有了如此高规格的住房，桃村人过上了幸福日子。难得，难得——

东山说：老同志，在我们奉化，像我们桃村这样的新农村，不单单是我们桃村，我们是向他们学的。

其中一位老同志笑笑对东山说：书记，你们建新村，钱从哪里来的，贷款了多少？

东山说：没有贷款，是自建自买。

每家几平方米？多少一套？

136 平方米，41 万元。

那么，公共建筑呢？你建的办公楼、文化大礼堂、商店都很气派，这些和村内道路建设总得花不少钱，钱从哪里来？

东山说：我们桃村的村级经济依靠桃子、花木及总公司下面的各个分公司赚钱。

年村级经济有多少？

暂时无可奉告，明后年还将更多。

一位年轻的妇女问：那么明后年，你们还有什么动作？

东山说：明年，我们准备建“桃村花园”，进一步完善后山的望海楼景点的建设，还要加大科技投入，提升水蜜桃、梨、橘、杨梅品质，增加绿水青山建设的投入，也要增加养老保险和医疗保险，还有奖励学生的奖学金金额。彻底防止因病致贫，因学致贫现象的再次发生。

你是中国农村党支部书记的典范。了不起，实在是了不起。你的经验是……

东山说：我是摸石头过河，没有经验。我靠的是上一代干部为我们打下的基础，为我们确定了新村建设的路子，也靠村里有一班全心全意为村民着想的干部，日常有父老乡亲的支持。有了这些，什么事都好办。我们村还没达到家家富裕的程度。我们桃村干部正在为建成富裕桃村、美丽桃村而努力。

那个老同志伸出了大拇指：说得好！我欣赏你那“在农村，困难群体的解放才标志着整个农村的解放。这个群体的生活水平更能体现农村人民的生活水平。只有这个群体过上富裕生活，才体现党在农村工作的伟大成就”的理论。只要领头雁具有共同富裕的行动总则，我国农村才能达到真的小康生活。

东山看了有点面熟，你是……

老同志笑笑说：桃村人，桃花源里桃花梦，代表了全中国农村农民兄弟的梦，梦想成真了。临走时，老同志挥笔献上了一首散文诗。

桃花源里青年人

在那风景秀丽的山村，
越过没有硝烟的世昏。
桃花源里青年人，
接过老人的嘱咐：

桃园须扩大，品质须提高，
后山该美化，村民盼新房……

风萧萧，风扫千古陈垢，
雨沥沥，雨唤美丽新村。
桃花源里青年人，
书写时代的记忆：
桃源红，红透果香一片，
桃源艳，艳满别墅新村。

说了句，“献给桃村青年为实现桃花源里桃花梦所作”，挥挥手，走了。

（全书完）

后记

后生可敬

历时三年，我跑了奉化许多新农村。很多新农村确实建设得很漂亮，那里的村干部带领村民建设家园的事迹让我非常感动。故此，我以这些干部的形象为原型，根据他们的大胆创新思想、情操，写了《桃花源里桃花梦》。

我认为，《桃花源里桃花梦》是现时期农民的共同梦想，同时也认为桃村在建设美丽乡村中总结出来的经验是可行的。他们的经验是：因地制宜，选中主导产业，做大做强主导产业，扶持工商并进，充分利用当地的自然资源，发展旅游业，是新农村建设的必由路子。这个经验是多么宝贵。

各村的主导产业也各不相同，有桃园，有花木，有橘园，有山水旅游，有古村旅游，有农宿旅游……形形色色，不拘一格。希望不单单是实现《桃花源里桃花梦》的梦，而是实现形形色色的农民富裕梦。

这些战斗在农村的青年干部的思想已经不再局限于自家的富裕。他们说："困难群体的解放，才是真的农民解放，带了这些人群致富，才体现党在农村的伟大成就。"走共同发展共同富裕的路。农村富，国家就富，农村美，国家就美。建设富裕新村，美丽新村。

实现《桃花源里桃花梦》可喜可贺，这些带领村民共同致富的农村青年更是多么可贵。

后生可敬。

苦竹　2016年10月

2014年6月初稿，于宁波镇海

2015年10月第一次修稿，于奉化

2016年10月第二次修稿，于奉化

2017年2月定稿，于奉化